PIETER ASPE

Bankroet

Manteau

THRILLER

Voor mijn zusjes Anne-Marie en Claudine

Alles wat je in dit leven nodig hebt,
zijn onwetendheid en zelfvertrouwen.
MARK 'DEKEMPE' TWAIN

Met dank aan Donald Verslijcken en Willy Versluys

Standaard Uitgeverij nv, Mechelsesteenweg 203, B-2018 Antwerpen
www.manteau.be
info@manteau.be

Vertegenwoordiging in Nederland: Uitgeverij Unieboek BV, Houten
www.unieboek.nl

Eerste druk oktober 2008

Omslagontwerp Wil Immink

ISBN 978 90 223 2248 2
D 2008/0034/33
NUR 330

Mixed Sources
Productgroep uit goed beheerde bossen, gecontroleerde bronnen en gerecycled materiaal.
FSC www.fsc.org Cert no. CU-COC-802528
© 1996 Forest Stewardship Council

1

De mist die in lange slierten boven de lagune zweefde, schermde schuchter de eerste zonnestralen af. Een grijze sluier verdoezelde de contouren van de eeuwenoude, scheefgezakte palazzi, maar hij was niet dicht genoeg om het uitzicht op het Canal Grande volledig te belemmeren. De zon was duidelijk aan de winnende hand. Het was een kwestie van minuten voor de hemel opentrok en de stad zich in haar volle glorie liet bewonderen.

Van In trok het raam open, ging blootsvoets op het natte balkon staan en keek naar de gondels die voor hem op het groene water dobberden, naar de compacte vrachtboten die de zijkanalen opvoeren en naar een vroege meute jonge luidruchtige toeristen die zich over de Riva degli Schiavoni naar het San Marcoplein haastte. De frisse lucht deed hem deugd. Toen de jongeren om de hoek verdwenen en hun stemmen wegstierven, hoorde hij alleen nog de golven zachtjes tegen de kaaimuur klotsen. Het was een zalig moment.

'Welk weer wordt het, schat?'

Hannelore draaide zich op haar zij naar het openstaande raam. Het had gisteren de hele dag geregend. Ze hoopte dat het vandaag beter werd, want ze hadden de kamer maar voor drie nachten geboekt. Drie romantische nachten. Dat had hij beloofd.

'Het wordt la primavera', klonk het.

'Wat zeg je?'
'Dat het lente wordt.'
'Ik hoop dat je gelijk krijgt.'
'Ik denk het wel.'

Zijn woorden waren nog niet koud, of een krachtige zonnestraal boorde zich als een vlammend zwaard door de mistsluiers en zette de gevels in een gelige gloed. De stad kwam nu heel snel tot leven. Souvenirventers stalden hun kleurige koopwaar uit op de kade, terwijl gladgeschoren mannen in keurige pakken met kalfsleren tassen in de hand zich onverstoorbaar een weg door de aanzwellende menigte dagjesmensen baanden. Straks was er geen doorkomen meer aan. Ze hadden het gisteren zelf aan den lijve ondervonden toen ze pas om een uur of tien uit het hotel waren vertrokken.

'Dan kan ik beter opstaan', zei ze. 'Wil je het raam dichtdoen?'

Hannelore gooide de donsdeken van zich af en ging op de rand van het bed zitten. Haar kleren lagen in de badkamer. Als ze zich wilde aankleden, moest ze eerst voorbij het raam en dat vond ze een beetje riskant. Mensen die aan de overkant van de kade stonden, konden zo binnenkijken.

'Dat lijkt me inderdaad veiliger', grinnikte Van In, die ondertussen het raam had dichtgedaan. 'Die Italianen worden gek als ze jou zo zien.'

'Doe niet flauw, Van In.'

'Ik doe nooit flauw, Hanne. Ik ben je man.'

Hij zette een stap naar voren en bekeek haar ongegeneerd. Hij kreeg weer zin, hoewel het amper een halfuur geleden was dat ze hadden gevreeën.

'En ik ben je vrouw', zei ze. 'En die zegt dat we eerst gaan ontbijten.'

'Jammer.'

Ze ontweek handig zijn grijpgrage handen, sprong op van het bed en liep met opgeheven hoofd naar de badkamer.

'Ga ondertussen buiten een sigaret roken', riep ze. 'Ik zie je over tien minuten aan de ontbijttafel.'

Van In haalde zijn schouders op. Dat noemen ze dan een romantische uitstap naar Venetië, mompelde hij in zichzelf. Ze hadden evengoed naar Barcelona of Parijs kunnen gaan, maar hij had resoluut voor Venetië gekozen, hoewel iedereen het hem had afgeraden wegens te prijzig. Van In had, hoe kon het anders, zijn willetje doorgedreven. Hij had er zelfs nog een schepje bovenop gedaan door een kamer in het wereldberoemde Hotel Danieli te boeken, een kamer met uitzicht op de lagune nog wel. Gelukkig wist Hannelore niet hoeveel hij daarvoor had betaald.

'Tot straks, schat.'

Hij wierp een begerige blik in de badkamer. Te laat. Ze stond al onder de douche. In de gang die naar de indrukwekkende hal van het hotel leidde liep hij bijna een Japanse omver. De vrouw glimlachte toen hij zich in het Engels verontschuldigde en maakte daarna een diepe buiging, alsof het haar schuld was dat ze met elkaar in aanvaring waren gekomen. Van In liep hoofdschuddend de trap af. De receptionist achter de balie begroette hem met 'buon giorno'. Van een andere medewerker kreeg hij een knikje en een brede glimlach. Het was de vraag of ze het ook meenden. Van In stond er niet bij stil. Hij was al blij dat glimlachen niet verplicht was bij de politie.

De mist was nu bijna helemaal opgelost. De zon won snel aan kracht. Van In stak een sigaret op en slenterde naar de overkant van de kade, waar het rustiger was en de mensen hem niet aangaapten omdat hij een sigaret aan het roken was. Het was ruim twee jaar geleden dat ze nog vakantie hadden gehad en hij had zich voorgenomen van ieder moment te genieten. Ze waren met de nachttrein gekomen omdat de reis dan langer duurde. Anders dan met een vliegtuig had je zo de indruk dat je echt reisde. En het was verdomd romantisch om samen een coupé te delen. Zeker als de bedden breed genoeg waren. Hij gooide de opgerookte sigaret op de grond, doofde het stompje met de hak van zijn schoen en stak een tweede op. Hannelore had niet veel tijd nodig om zich klaar te maken, maar zo snel was ze nu ook weer niet.

Commissaris Tozzi was een ernstige man met gitzwart haar en donkere, fonkelende ogen die alles registreerden wat rondom hem gebeurde. Hij stond al meer dan vijf jaar aan het hoofd van de plaatselijke recherche en in die tijd had hij slechts vier moordzaken hoeven te onderzoeken. Hij had ze alle vier opgelost. Maar dit was andere koek. Het slachtoffer was dit keer een buitenlander, waarschijnlijk een toerist, en dat zou zeer zeker complicaties met zich meebrengen. Twee potige brandweermannen namen de draagberrie met het lijk aan van hun collega's die nog op de Riva stonden en liepen ermee over de steiger naar de ambulanceboot die een eindje verderop lag aangemeerd.

'Heb je het slachtoffer kunnen identificeren?' vroeg Tozzi aan een van zijn medewerkers die nog op het achterdek van de Riva stond.

De man knikte, stapte van de boot en reikte Tozzi een portefeuille aan.

'Hij komt uit België.'

Tozzi fronste zijn wenkbrauwen, klapte de portefeuille open en wierp een blik op de kleine identiteitskaart die in een doorzichtig plastic beschermhoesje zat.

'Fieliepé Van-dé-casteelé', las hij. 'Oostendé. Waar is Oostendé?'

'Geen idee', zei zijn medewerker, die amper wist waar België lag.

Het was duidelijk geen roofmoord. De portefeuille van Vandecasteele bevatte behalve een resem kredietkaarten ook een flinke hoeveelheid bankbiljetten, bijna allemaal coupures van honderd en tweehonderd euro. Tozzi was niet onder de indruk van het geld. Hij was alleen verbaasd dat de moordenaar het had laten liggen. Ging het wel om moord? Wie weet was de man gewoon een natuurlijke dood gestorven. Hij glimlachte bijna onmerkbaar. Een natuurlijke dood zou hem veel beter uitkomen dan een moord, hij mocht het alleen niet al te duidelijk laten blijken. Hij trok zijn lippen weer strak.

'Zoek uit waar het slachtoffer logeerde', zei hij tegen zijn medewerker. 'Ik bel ondertussen mijn collega's in België.'

De eetzaal van het Hotel Danieli was ruim en rijk uitgerust. Het ontbijtbuffet besloeg vier lange tafels en het krioelde er van de kelners in hagelwitte jassen met gouden epauletten. Van In had al in menig vijfsterrenhotel gelogeerd, maar zoiets had hij nog nooit gezien. Hij telde acht soorten vruchtensap. Er was brood in alle mogelijke vormen en smaken. Voor de liefhebbers was er gekoelde champagne in zilveren ijsemmers. Amerikanen en Britten konden zich volproppen met gebakken aardappelen, pannenkoeken, roerei, spek, worstjes en cornflakes. De beschaafdere mensen kregen een uitgebreid assortiment aan fijne vleeswaren en gerookte vis voorgeschoteld. Er was kaas in overvloed en fruit natuurlijk.

'Je ziet er weer stralend uit', zei Van In toen Hannelore binnenkwam.

Ze droeg een sobere knalrode jurk en elegante schoenen met een hakje. Zelfs de best getrainde kelner draaide zijn hoofd om toen ze voorbijliep.

'Dank je, Van In.'

Ze ging zitten. Er speelde een zalige glimlach om haar lippen. Wat vrouwen ook mogen beweren, ze houden allemaal van luxe. Danieli is de plek bij uitstek om je eens lekker te laten verwennen, dacht ze. En daar was ze Van In dankbaar voor. Een piekfijn uitgedoste kelner kwam hun vragen of ze koffie of thee wilden. Ze namen koffie en gingen zich daarna aan het buffet bedienen.

'Moet je die zalm proeven', zei Hannelore.

Ze prikte een stukje op haar vork en liet hem proeven. Het was wilde Schotse zalm met een perfect rooksmaakje.

'Wat doen we vandaag?' vroeg Van In met zijn mond nog halfvol.

Ze hadden gisteren beslist de San Marcobasiliek en het Palazzo Ducale links te laten liggen vanwege de lange rij wachtenden bij de ingang.

'Wat dacht je van de Rialto?'

Ze knikte.

'Waarom niet.'

De Rialtobrug was tot 1854 samen met de Accademiabrug de enige voetgangersbrug die de beide oevers van het Canal Grande met elkaar verbond. Ze werd gebouwd tussen 1588 en 1591 en is tegenwoordig een van de belangrijkste toeristische trekpleisters van Venetië.

'Dat is dan afgesproken', knikte Van In.

Hij had gelezen dat het in de buurt van de Rialtobrug stikte van de gezellige terrasjes. Dat kwam hem goed uit. Het beloofde immers een warme, zonnige dag te worden.

'Hoe zou het met de kinderen zijn?'

'Zal ik hun een berichtje sturen?'

'Kun je dat wel?' vroeg ze een beetje smalend.

Een jonge blonde vrouw kwam aan het tafeltje naast hen zitten. Ze droeg een fleurige rok die niet bij haar humeur paste, want ze keek sip. Of keek ze gewoon verveeld zoals de meeste rijke rotverwende vrouwen. Van In wierp een steelse blik op haar. Ze mocht dan verveeld kijken, het was een mooie vrouw. Ze had lange benen, een prachtige taille en stevige, middelgrote borsten. Hij schatte haar een jaar of dertig. Wedden dat haar man een dikke industrieel is met twee Ferrari's in de garage en een jacht in Monaco?

'Straks vallen ze er nog uit, Van In.'

'Wat?'

'Je ogen, onnozelaar.'

Commissaris Tozzi hing op en kneep zijn ogen dicht. Hij had net een gesprek gevoerd met een collega van de Belgische politie. Het slachtoffer was een welgestelde vishandelaar, tevens eigenaar van een visverwerkend bedrijf en twee viskotters. Zijn fortuin werd op meer dan drie miljoen euro geschat. Hij was gescheiden van zijn eerste vrouw, zoals heel wat rijke mannen van middelbare leeftijd, maar hij was vreemd genoeg nooit hertrouwd. En hij had een blanco strafregister. Er werd geklopt. Tozzi deed zijn ogen weer open en riep: 'Binnen!' Het was Carlo, een van zijn medewerkers.

'Het slachtoffer logeert in het Danieli-hotel. In een suite', voegde hij er met een zuinig glimlachje aan toe. Een suite in het Danieli kostte algauw tweeduizend euro per nacht, meer dan hij in een maand verdiende.

'Alleen?'

Het was een retorische vraag. Niemand logeerde alleen in een suite in het Danieli-hotel. Carlo schudde dan ook zijn hoofd.

'Ze heet Annie Duprez en is eenendertig.'

'Blond?'

Weer een retorische vraag. Oudere rijke mannen hadden nu eenmaal een voorkeur voor knappe blondines en oudere rijke mannen kregen meestal hun zin. Tozzi kon niet ontkennen dat hij ook voor dat soort vrouwen viel, maar hij was er nooit in geslaagd er zo eentje te versieren. Misschien was hij daarvoor nog te jong... of niet rijk genoeg.

'En?' vroeg hij toen Carlo voorzichtig zijn schouders ophaalde.

'Volgens de hotelmanager heeft ze een aparte suite.'

'Dan moet ze een besmettelijke ziekte hebben.'

'De hotelmanager is nochtans heel stellig', zei Carlo.

Tozzi had geleerd dat het zinloos was te discussiëren over zaken die hij zelf niet had onderzocht. Hij veranderde van onderwerp.

'Heeft iemand de vrouw al op de hoogte gebracht van...?'

Carlo schudde zijn hoofd voor Tozzi de vraag kon afmaken. Ze dachten allebei hetzelfde. Annie Duprez tilde er blijkbaar niet zwaar aan dat haar minnaar vannacht niet was komen opdagen. Anders had ze zelf wel inlichtingen ingewonnen.

'Zal ik het hotel bellen?'

'Nee', zei Tozzi. 'We kunnen het haar beter zelf gaan vertellen.'

'Geen probleem, baas', zei Carlo met een glimlach. 'De boot ligt klaar.'

Het nadeel aan historische steden is dat er te veel volk rondloopt. Van In klemde zijn kaken op elkaar en wrong zich door de logge massa dagjesmensen. Dit was Brugge tot de derde macht.

'Jij wilde absoluut naar Venetië', zei Hannelore toen hij zijn ongenoegen liet blijken.

'Maak je geen zorgen, we komen er wel.'

Ze laveerden om een groep kakelende scholieren, ontweken een roedel Japanners en wurmden zich door een menigte amateurfotografen die zich voor de San Marco-basiliek verdrongen.

'Ken je de weg?'

'Nee', zei Van In. 'Maar er hangen overal bordjes.'

De smalle straatjes vormden een waar labyrint en ze leken ook allemaal op elkaar. Zonder de bordjes die op bijna iedere straathoek waren aangebracht, verdwaalde je gegarandeerd. Zelfs met de bordjes moest je nog goed uitkijken. Ze had voorgesteld om een plattegrond te kopen, maar dat had meneer natuurlijk afgewimpeld. Hij was al eens eerder in Venetië geweest, hij wist zich te oriënteren.

'En toch ben ik blij dat we hiernaartoe gekomen zijn', zei Van In toen ze eindelijk naast elkaar konden lopen nadat ze drie keer de verkeerde richting waren uitgegaan. 'De Venetianen mogen dan afzetters en bedriegers zijn, de stad is ongelooflijk mooi.'

Ze hadden gisteren op een terrasje bijna twintig euro betaald voor een cola en een pilsje, maar hij had niet gezeurd. Wie naar Antarctica op reis ging, moest ook niet klagen dat het er koud was.

'Het voornaamste is dat we er even uit zijn', knikte Hannelore. 'Geen vervelende telefoons, geen kinderen, geen dossiers...'

'En geen moorden', glimlachte Van In.

Ze installeerden zich op het terras van het Caffé Saraceno, een café-restaurant aan het Canal Grande met zicht op de Rialtobrug. Een kwieke kelner kwam meteen de bestelling opnemen. Ze namen koffie.

'Ik heb gelezen dat de vismarkt hier vlakbij is. Heb je zin om...'

'Straks, Hanne. Straks.'

Van In strekte zijn benen en stak een sigaret op. Het was al behoorlijk warm in de zon en daar wilde hij van genieten.

‘Een mens houdt het bijna niet voor mogelijk.’
‘Wat?’ vroeg Hannelore.
‘Dat ze alles over het water moeten aanvoeren.’
Het Canal Grande wemelde van de boten die kriskras door elkaar voeren in een soort van ongeordende symfonie. De meeste waren vrachtboten en vaporetti, maar er passeerden ook heel wat watertaxi’s, slanke houten Riva’s met een lage cabine en een spitse neus. En naarmate er meer toeristen opdaagden, kwamen ook de gondeliers in actie.
‘Kijk, een politieboot. Dat zouden we in Brugge ook moeten hebben.’
‘Wat zou je daarmee doen? Je kunt niet eens behoorlijk met een auto rijden.’
Hannelore nipte van de koffie die de kelner net had geserveerd en bediende zich van een sigaret. Normaal rookte ze niet, maar ze maakte wel eens een uitzondering als ze op vakantie was. Het terras liep stilaan vol. Zenuwachtige kelners haastten zich om iedereen op zijn wenken te bedienen. Time is money. In Venetië moest alles snel gaan.

Commissaris Tozzi drukte Annie Duprez de hand en nodigde haar met een breed gebaar uit hem te volgen. Hij had zich net voorgesteld in het Engels en gezegd dat hij haar wilde spreken in verband met meneer Vandecasteele, maar ze had haar schouders opgetrokken, waaruit hij concludeerde dat ze hem niet verstond.
‘Parlez-vous français?’
‘Un petit peu’, antwoordde ze niet erg overtuigd.
Ze kozen een rustig hoekje bij het raam in de barokke hal van het hotel. Tozzi sprak een mondje Frans, maar het bleek algauw dat ze ook die taal amper verstond.
‘Quelle langue vous parlez alors?’
‘Flamand.’

Tozzi keek haar verbaasd aan. 'Flamand' was hem totaal onbekend. Hij dacht dat ze in België alleen Frans spraken. Wat moest hij nu doen? Haar bot meedelen dat monsieur Vandecasteele mort was? Assassiné. Zou ze dat verstaan?

'Un instant, mademoiselle.'

Hij stond op en liep naar de balie van het hotel waar Carlo met een van de receptionisten stond te kletsen.

'We zitten met een probleem, Carlo. Mevrouw spreekt alleen maar flamand. Beschikken we over een tolk die dat taaltje machtig is?'

'Zal ik contact opnemen met de ambassade?'

Tozzi haalde zijn schouders op. Hij had ooit een beroep gedaan op een medewerker van de Duitse ambassade in verband met een vechtpartij. Het was hem zuur opgebroken. De twee Duitsers die bij de vechtpartij betrokken waren, hadden verklaard dat de politie hen hardhandig had aangepakt. De man van de ambassade had hun verhaal opgetekend, met als gevolg dat Tozzi bij zijn chef op het matje was geroepen en een flinke uitbrander had gekregen.

'Misschien kan ik u helpen, commissaris', zei de receptionist. 'Als ik me niet vergis, logeren er Flamands in het hotel.'

'Dat meent u niet.'

De ogen van Tozzi fonkelden als karbonkels. Hoe sneller de zaak achter de rug was, hoe beter. AC Milan speelde vanavond tegen Roma. Hij wilde die wedstrijd voor geen geld missen.

Van In vroeg zich af waarom mensen zich totaal anders kleedden als ze op vakantie waren. Het afgelopen halfuur hadden hij en Hannelore met ingehouden glimlach zitten kijken naar de niet-aflatende stroom toeristen die voorbij slenterden. Het leek wel een circus. Oudere mannen in te korte broeken met bloemetjesmotief, jonge meisjes in bonte topjes met strikjes en kettingen, dames met een rimpelige boezem en een laag uitgesneden decolleté, vreemde hoedjes, excentrieke mutsen, futuristische schoenen. Je kon het zo gek niet bedenken of de mensen trokken het aan als ze op vakantie waren.

'Heb je zin in nog een kop koffie?'

Van In wierp een blik op zijn horloge. Het was kwart over elf.

'Een aperitiefje zou me beter smaken.'

Een gebaar was voldoende om een van de zes kelners te activeren.

'Prego.'

De kelner glimlachte breed. Ze glimlachten allemaal breed als je iets bestelde. En als ze binnen waren, lachten ze wellicht ook in hun vuistje. Na al die jaren begrepen ze nog altijd niet waarom toeristen bereid waren een fortuin te betalen voor een glas zure wijn en een bord kleffe pasta.

'Vino rosso', zei Van In. 'Una bottiglia.'

'Ga je nu al een fles bestellen?'

'Een fles is goedkoper dan drie glazen. En ik ga ervan uit dat je ook wel een glas meedrinkt.'

'Ga je hier ook iets eten?'

'Dat weet ik nog niet.'

Venetië telde heel veel restaurants, maar de kwantiteit stond niet in verhouding tot de kwaliteit. Die varieerde van redelijk tot ronduit slecht. Gisteren hadden ze geluk gehad. Hannelore had kip met maderasaus genomen en hij had kalfslever op zijn Venetiaans besteld. Ze hadden allebei redelijk smakelijk gegeten.

'Hoe zou Guido het maken?' vroeg Hannelore toen Van In haar een glas wijn inschonk.

'Zal ik hem bellen?'

'Mij goed.'

Van In haalde zijn mobieltje uit zijn zak en zocht het nummer van Versavel op in het geheugen. Nog geen tien seconden later kreeg hij hem aan de lijn.

'Hallo, Guido. Alles goed daar?'

Het gesprek duurde ruim een kwartier, maar daar trok Van In zich niets van aan. Het uitstapje naar Venetië had hun tot nu toe al een vermogen gekost. Een paar euro's meer of minder deden er niet meer toe.

'En?' vroeg Hannelore

'Er is geen werk en het regent.'

'De criminelen weten dat je op reis bent', lachte ze.

'Je hebt in ieder geval de groeten.'

'Zou hij ons missen?'

'Ik denk het wel. Hij vroeg of hij ons mocht komen ophalen aan het station.'

'Was dat alles?'

Van In stak een sigaret op en nam haastig een slok wijn.

'De chef is ziek. Hij heeft de griep. Net nu ik er niet ben.'

Mensen die gewend zijn om op reis te gaan hebben doorgaans weinig last van heimwee. Hij was pas twee dagen weg en hij miste zijn vriend al. Hannelore was er niet veel beter aan toe. Zij sprak voortdurend over de kinderen. De voldoening zou pas achteraf komen. Als ze weer thuis waren.

'Heb je zin straks in een rondvaart met een gondel?'

'Waarom niet', knikte ze. 'Nu we hier toch zijn.'

Het klonk niet erg enthousiast, maar ze had gelijk. Venetië bezoeken en geen rondvaart maken met een gondel is hetzelfde als de piramides links laten liggen als je in Caïro bent.

'Hoeveel kost zoiets?'

'In ieder geval meer dan een rondvaart op de reien in Brugge', snoof Van In. 'Zal ik het even gaan vragen?'

Aan de kade stonden twee gondeliers breed gesticulerend te kletsen. Ze droegen een traditionele hoed van stro en blauw-wit gestreepte truien.

'Verdomme.'

Zijn mobieltje ging over toen hij op het punt stond een van de wachtende gondeliers aan te spreken. Hij haalde het vervelende ding uit zijn zak en wierp een blik op het scherm. Het nummer was hem onbekend.

'Hallo.'

'Monsieur Van Ien?'

'Oui.'

Van In fronste zijn wenkbrauwen. Kende hij iemand die Frans sprak met een Italiaans accent? De vraag werd beantwoord toen de beller zich voorstelde als commissaris Tozzi van de Venetiaanse recherche.

'Wat kan ik voor u doen?' vroeg hij in het Frans.

Tozzi vertelde hem in een paar woorden wat er gebeurd was en vroeg of hij het erg zou vinden om naar het hotel te komen. Van In werd er zo door verrast dat hij onmiddellijk ja zei. Toen Hannelore hem hoofdschuddend zag terugkomen, wist ze dat er iets mis was.

'Er is toch niets met de kinderen?' vroeg ze bezorgd.

Van In ging zitten en nam een slok wijn.

'Je gelooft het nooit', zei hij.

Commissaris Tozzi stond hen op te wachten aan de balie van het hotel. Zijn ogen schoten vuur toen hij Hannelore zag binnenkomen.

'Buon giorno, signora. Piacere di conoscerla.'

Hij stak zijn hand uit en keek haar een paar seconden diep in de ogen. Daarna wendde hij zich tot Van In, die het hele tafereel argwanend gadesloeg. Het was dus toch waar dat je een Italiaan beter niet te lang met je vrouw alleen kon laten.

'Ik neem aan dat u commissaris Van Ien bent', glimlachte Tozzi.

Van In vroeg zich niet af hoe Tozzi hen had herkend. Hij nam aan dat de receptionist hem had beschreven als een slonzig mannetje met een buikje en Hannelore als een buitengewoon knappe vrouw met kort bruin haar en lange slanke benen.

'We zijn zo snel mogelijk gekomen.'

Ze hadden de fles wijn eerst nog leeggedronken. Tozzi had hen immers op het hart gedrukt dat ze zich niet hoefden te haasten. Hij was maar al te blij dat hij dankzij de hulp van de Vlamingen vanavond waarschijnlijk de voetbalwedstrijd niet zou missen.

'Ik zal jullie ook niet langer ophouden dan nodig', zei hij. 'En nogmaals mijn excuses dat ik jullie gestoord heb. Bevalt Venetië een beetje?'

'De stad is ronduit schitterend', zei Van In. Het is alleen jammer dat de inwoners oplichters zijn, wilde hij eraan toevoegen, maar hij hield zijn mond.

Ze liepen door de imposante lobby en namen de trap naar de eerste verdieping, waar de directeur hun een kamer ter beschikking had gesteld. Hier is het een stuk rustiger, had hij gezegd. De waarheid was dat hij de politie liever kwijt dan rijk was in de lobby. Hun aanwezigheid was geen reclame voor het hotel.

'Blijven jullie lang?' vroeg Tozzi.

'We vertrekken morgenavond met de nachttrein', zei Hannelore.

Ze liep naast Tozzi met een jaloerse Van In in haar kielzog. Wat was het toch heerlijk om begeerd te worden.

'Dat is jammer. Ik had jullie graag beter leren kennen.'

'Daar twijfel ik niet aan', lachte Hannelore.

Annie Duprez zat op een barokke stoel bij het raam. Ze rookte een sigaret, hoewel het strikt verboden was, maar het personeel liet haar met rust. Ze keek somber, haar ogen waren gezwollen. Je kon zien dat de dood van Filip Vandecasteele haar diep had geschokt. Ze had meer dan twintig minuten aan één stuk zitten huilen toen ze het nieuws had vernomen. Nu staarde ze wezenloos voor zich uit. Ze was wanhopig en wist niet wat te doen, laat staan wat ze moest zeggen. Liefst zo weinig mogelijk. Carlo stond met opgeheven hoofd op het balkon. Hij voelde zich de koning te rijk. Het uitzicht op het Canal Grande was van een uitzonderlijke schoonheid. De aanblik van zijn stad, waarin het roemrijke verleden van zijn voorvaderen lag ingebed, deed zijn borstkas opzwellen van trots.

'Goedemiddag, mevrouw Duprez.'

Annie Duprez schrok zichtbaar toen Hannelore haar in het Nederlands aansprak.

'Ik ben onderzoeksrechter Martens en dit is mijn man, commissaris Van In.'

Haar mond viel open van verbazing.

'Dat kan toch niet', zei ze ongelovig.

'We zijn hier op vakantie', zei Hannelore toen ze het ongeloof in de ogen van mevrouw Duprez zag.

'Ach zo.'

Ze drukte haar sigaret uit op een schoteltje waar al vier peuken lagen en stak onmiddellijk een nieuwe op. Hannelore schoof een stoel dichterbij en ging naast haar zitten.

'Commissaris Tozzi wil u een paar vragen stellen.'

Ze knikte apathisch en blies de rook door haar neusgaten uit. Van In ging op de rand van het bed zitten en overwoog of hij niet ook een sigaret zou opsteken. Hij deed het niet. Het rookverbod in Italië was nog strenger dan dat in België. Hier mocht je nergens roken, behalve in de openlucht. Overtredingen werden streng bestraft.

'Ik vrees dat ik u niet veel kan vertellen', zei Duprez.

Ze had nog dikke ogen van het huilen, maar ze hield zich kranig.

'Dat zien we nog wel.'

Hannelore gaf Tozzi met een hoofdknikje te kennen dat ze er klaar voor waren. Hij kwam onmiddellijk in actie.

'Welke relatie had u met meneer Vandecasteele?'

Hannelore vertaalde de vraag in het Nederlands. Het antwoord dat voorspelbaar had moeten zijn – Vandecasteele was zesenvijftig, Duprez eenendertig – verraste haar.

'We waren vrienden.'

'Gewoon vrienden of heel goede vrienden?'

'Gewoon vrienden', zei ze.

Tozzi haalde zijn schouders op en maakte een gebaar met zijn handen dat zijn ongeloof illustreerde.

'Maar jullie delen wel dezelfde suite.'

Annie Duprez nam een trek van haar sigaret terwijl Hannelore vertaalde, maar ze reageerde amper op de venijnige prik.

'Ik heb mijn eigen kamer', reageerde ze een beetje hautain.

'Dat klopt misschien op papier, signora Duprez. Maar laten we er alstublieft geen doekjes om winden. We zijn allemaal volwassen mensen. U hoeft zich helemaal niet te schamen dat u een relatie hebt met een oudere man.'

Hannelore haastte zich om de lange zin te vertalen, maar Annie Duprez liet haar de tijd niet om hem af te maken.

'Filip Vandecasteele en ik waren vrienden. Meer niet', onderbrak ze pinnig.

Hannelore had geen zin om dieper op de kwestie in te gaan, maar Tozzi nam geen genoegen met het antwoord. Hij dreigde er zelfs mee de lakens te laten onderzoeken op sporen van sperma, maar Annie Duprez bleef hardnekkig ontkennen dat ze een seksuele relatie had met Vandecasteele.

'Hij was misschien homoseksueel?' suggereerde Van In, die het gekibbel stilaan beu werd.

Het antwoord op die vraag was bloemrijk, maar daarom niet minder duidelijk.

'Als Filip homoseksueel was, mag je Eddy Merckx wat mij betreft een derderangswielrenner noemen', snauwde ze.

'Dan was hij impotent', zei Tozzi met een veelbetekenende blik op haar borsten.

Nu glimlachte ze.

'Dat was hij zeker niet', zei ze kordaat. 'Filip was een echte vrouwenversierder. Vraag dat maar aan zijn vrienden als je ooit in Oostende komt.'

Het was een merkwaardige situatie. Annie Duprez mocht dan misschien niet bijzonder snugger zijn, ze was jong en bijzonder aantrekkelijk. Hoe verklaarde je dan dat een geile rokkenjager haar met rust liet? Meer nog, waarom nam hij haar mee op reis naar Venetië? Op die vraag kregen ze onmiddellijk een antwoord.

'De trip naar Venetië was mijn verjaardagsgeschenk', zei ze. 'Filip wilde me absoluut het Danieli-hotel laten zien. Eigenlijk interesseren die oude gebouwen me niet, maar ik kon hem toch niet teleurstellen? Hij is gek op Venetië.'

'Kwam hij dan vaak?'

'Drie of vier keer per jaar. Hij heeft hier zelfs een boot liggen. Hoe heet zo'n houten ding ook alweer?'

'Een Riva.'

'Tiens', zei Tozzi.

De Riva waarin ze het lijk van Vandecasteele hadden aangetroffen, stond ingeschreven op naam van een Italiaans bedrijf dat de boot verhuurde voor publicitaire doeleinden.

'Kenden jullie elkaar al lang?'

Ze stak een nieuwe sigaret op, nam een trek en blies de rook nadenkend naar het met stucwerk gedecoreerde plafond.

'We hebben elkaar ontmoet in het Végeetje.' Ze telde op

haar vingers af. 'Dat moet nu een maand of acht geleden zijn.'

'Wat is het Végeetje?'

'Een visserscafé aan de Hendrik Baelskaai in Oostende waar ik nog gewerkt heb.'

Filip was op een ochtend met een paar vrienden het café binnengekomen. Ze waren 'poesters' gaan drinken, een dodelijk drankje waar alleen zeelui tegen bestand waren, want wie dronk er in godsnaam koffie met cognac op zijn nuchtere maag? Tegen de middag was ze bij hen komen zitten en ze hadden wat zitten kletsen. De mannen over het ruige leven aan boord, zij over haar jeugd. Sindsdien was Filip bijna iedere dag teruggekomen en ze waren blijven kletsen. Een week later had hij haar uitgenodigd in een chic restaurant en in de zomer waren ze samen op reis geweest. Naar Tenerife.

Tozzi begreep er niets van, maar hij stelde geen vragen meer over haar verleden.

'Wat is er gisteren gebeurd?' vroeg hij.

'Filip had een zakelijke bespreking en zei dat ik beter in het hotel kon blijven.'

'Deed hij dat vaker?'

Ze knikte. Met Filip kon ze over alles praten, behalve over zaken. Daar repte hij met geen woord over.

'Wat heb je toen gedaan?'

'Televisie gekeken.'

Tozzi had met de mensen van de receptie gesproken. Hun verklaringen waren stellig en eensluidend: mevrouw Duprez had het hotel niet verlaten.

'Vond u het niet vreemd dat meneer Vandecasteele vanochtend niet kwam opdagen?'

Ze glimlachte.

'Filip is een fuifbeest. Soms blijft hij meer dan vierentwintig uur weg.'

Van In stak toch maar een sigaret op. Hij had het gevoel dat dit nog maar het begin was van een bijzonder merkwaardig verhaal. Hij was er nu bijna zeker van dat ze de rest van hun vakantie konden vergeten. Hij keek naar Hannelore zonder dat ze er erg in had. Haar mondhoeken wezen naar beneden en op haar voorhoofd stonden twee diepe rimpels. Ze dacht net hetzelfde als hij.

2

‘In ieder geval bedankt voor uw medewerking, commissaris Van Ien’, zei Tozzi toen ze na het verhoor weer in de hal van het hotel stonden. ‘Dat geldt natuurlijk ook voor u, signora.’

Hij maakte een kleine buiging en zoende Hannelores uitgestoken hand. Van In draaide zijn hoofd weg. Hij had een hekel aan al dat galante gedoe. Aan de andere kant moest hij toegeven dat hij Tozzi best een sympathieke kerel vond. En hij kon niet ontkennen dat de vreemde zaak zijn interesse had gewekt. Het onderzoek zou natuurlijk eerst moeten uitwijzen of het om moord of zelfmoord ging, maar als het moord was kon je er donder op zeggen dat hij zich ermee zou bemoeien. Wie maakte in godsnaam een Oostendse vishandelaar koud in Venetië? En waarom?

‘Tot ziens dan maar’, zei Tozzi met een melancholische blik.

Ze vergezelden hem naar de uitgang en liepen door de fraaie eikenhouten draaideur mee naar buiten.

‘Ik wens u in ieder geval veel succes toe met het onderzoek’, zei Van In.

‘En ik houd jullie op de hoogte. Grazie mille.’

Hij stak zijn hand op en liep naar de kade, waar een politieboot op hem lag te wachten. Halverwege draaide hij zich onverwachts om. Zijn fonkelende ogen en het keurende glimlachje om zijn lippen spraken voor zich. Hij wilde gewoon Hannelore nog eens terugzien.

'Ciao.'

Hij stak zijn hand nog een keer op en liep daarna haastig en met opgetrokken schouders naar de steiger. Hij dacht aan twee dingen: de voetbalwedstrijd van vanavond en de vrouw van commissaris Van Ien. In die volgorde, omdat hij nuchter genoeg was om te beseffen dat hij nooit de kans zou krijgen op een avondje uit met de beeldschone donna. Het onderzoek baarde hem weinig zorgen. De dood van de buitenlander kon hem eigenlijk geen barst schelen.

'Vriendelijke man', zei Hannelore.

Van In stak een sigaret op. Zijn gedachten waren bij het onderzoek. Hij vroeg zich af hoe hij de zaak zou hebben aangepakt. De relatie tussen Vandecasteele en Annie Duprez was op zijn minst merkwaardig. Een man bleef een man. Het was moeilijk te geloven dat ze nooit intiem met elkaar waren geweest. Bovendien kon hij zich niet voorstellen dat een vrouw als Annie Duprez niet door andere mannen begeerd werd. Misschien had ze wel een vaste vriend die erachter was gekomen dat ze met Vandecasteele de hort op was en was hij hen gevolgd om zijn rivaal uit de weg te ruimen.

'Ik zei net dat ik Tozzi een vriendelijke man vind.'

Ze gaf hem een por tussen zijn ribben toen hij niet onmiddellijk reageerde. 'Maar daar houd jij waarschijnlijk een andere mening op na', voegde ze er schamper aan toe. 'Je bent toch weer niet jaloers? Tozzi heeft gewoon mijn hand gekust. Je gaat je daarover toch niet druk maken, zeker?'

'Natuurlijk niet.'

'Waarom kijk je dan zo somber?'

'De zaak-Vandecasteele intrigeert me, Hanne.'

Hannelore besefte dat de vakantie voorbij was en dat ze

de beloofde rondvaart in een gondel kon vergeten. Net als de andere activiteiten en bezoeken die ze gepland hadden. Het had geen zin om daarover een scène te maken. Ze kende Van In. Hij zou niet rusten voor hij wist hoe de vork in de steel zat. In feite mocht ze zich gelukkig prijzen. Zijn gedrevenheid bewees dat hij nog vitaal en ambitieus was. Heel wat mannen waren op hun veertigste al uitgeblust. Ze verschenen iedere ochtend met een holle, nietszeggende blik aan de ontbijttafel, sleepten zich naar hun werk en vielen 's avonds in slaap bij de televisie. Nee, geef mij maar een impulsieve Van In, dacht ze.

'Dan moet je iets ondernemen, Pieter. Zal ik het nummer van Tozzi voor je opzoeken? Ik weet zeker dat hij je interesse op prijs zal stellen.'

Haar reactie deed hem verrast opkijken, aangenaam verrast zelfs, omdat ze zich zo spontaan in zijn gedachtewereld wist in te leven. Hij legde zijn arm om haar schouder en trok haar stevig tegen zich aan. Het was zijn manier om dankjewel te zeggen.

'Dat hoeft niet, schat. Tozzi heeft mij zijn kaartje gegeven voor het geval we hem nodig mochten hebben. Ik mag hem dag en nacht bellen.'

'Vooruit dan maar.'

Nog geen kwartier later legde een politieboot aan voor het Hotel Danieli. Tozzi stond op het achterdek. Hij wuifde enthousiast. Ze staken de Riva degli Schiavoni over en liepen naar de steiger waar de boot lag te dobberen. Er was veel verkeer op het Canal Grande en dus ook behoorlijk wat deining. Tozzi hielp Hannelore aan boord, hoewel ze eigenlijk geen hulp nodig had, maar dit keer keek Van In niet nukkig. Hij was zichtbaar in zijn nopjes.

'Ik had heimelijk gehoopt dat u me zou bellen, maar zo snel had ik het niet verwacht', lachte Tozzi.

Ze gingen binnen zitten. De politieboot was dan wel geen gondel, maar het uitzicht op de palazzi vanuit de cabine bleef hetzelfde. Toen Tozzi de bewondering in haar ogen zag, gaf hij de schipper een opdracht in rad Italiaans waarvan Hannelore geen snars begreep. Ze kreeg pas door wat hij had gezegd toen ze het Canal Grande afvoeren en hij uitvoerig uitleg begon te geven over de geschiedenis van zijn stad. Hannelore luisterde aandachtig. In het begin onderging Van In de gedwongen pauze zonder morren, maar hij werd prikkelbaarder naarmate de tijd vorderde.

'De stad is nog mooier op het water', zei Hannelore.

Tozzi glimlachte tevreden. Hij was net als alle Venetianen heel erg trots op zijn stad en haar roemrijke geschiedenis.

'Weet u dat Casanova er ooit in slaagde te ontsnappen uit de kerkers van de Inquisitie en daarna doodgemoedereerd een kop koffie ging drinken op het San Marcoplein?'

'Dat meent u niet.'

Tozzi keek haar recht in de ogen.

'Dat hij koffie ging drinken is misschien een dichterlijke vrijheid, maar het is in ieder geval een mooi verhaal.'

'Dat is het zeker.'

Tozzi vergastte haar bijna drie kwartier op anekdotes en wetenswaardigheden over de stad en haar bewoners voor hij de schipper de opdracht gaf om terug te keren. Tijdens de rondvaart repte hij met geen woord over de zaak-Vandecasteele, hoewel Van In de hele tijd had zitten popelen om het onderwerp aan te snijden. Het was duidelijk dat zijn interesse alleen naar Hannelore uitging.

'Morgen laat ik jullie nog een paar interessante plekjes zien', zei hij.

'Waarom ook niet', grijnsde Hannelore. 'Wat denk je, Pieter?'

Er kwam geen reactie. Ze legden aan bij het politiebureau. Tozzi hielp Hannelore van boord. Carlo ontfermde zich over Van In. Daarna liepen ze door een lange gang met afgebladderde muren. Een krakende houten trap leidde hen naar de eerste verdieping, waar alles er nog ouder uitzag. Het leek of ze in een teletijdmachine terug waren gereisd in het verleden. Het hele gebouw ademde geschiedenis uit.

'Kan ik jullie iets aanbieden? We hebben koffie en frisdrank.'

'Ik neem koffie', zei Hannelore gretig.

Ze was verzot op Italiaanse koffie. Ze had vanochtend bij het ontbijt vier koppen gedronken.

'Ik ook.'

Van In klonk beduidend minder enthousiast dan Hannelore. Hij had liever iets anders gedronken. Er was echter nog iets dat zijn enthousiasme temperde. De ongedwongen manier waarop Hannelore met Tozzi omging zat hem niet lekker. Zo was hij nu eenmaal.

'Hebben jullie de doodsoorzaak al kunnen bepalen?' vroeg hij toen de koffie geserveerd werd.

Tozzi schudde zijn hoofd. Hij had professor Montini, de patholoog-anatoom die met de autopsie belast was, aan de lijn gehad net voor hij Hannelore en Van In bij het Hotel Danieli was komen oppikken.

'We weten voorlopig alleen dat het lichaam van het slachtoffer geen uiterlijke sporen van geweld vertoont, maar het onderzoek is natuurlijk nog niet afgerond', zei hij. 'Professor Montini is een bijzonder nauwgezette man, moet u weten.'

Het was een beleefde manier om zijn Belgische gasten duidelijk te maken dat Montini nogal traag werkte. Het autopsierapport liet soms dagen op zich wachten.

'Hij is misschien vergiftigd', zei Van In.

'Dat zou kunnen.'

'Is hij wel vermoord?'

'Zelfmoord lijkt me ook best mogelijk, signora. Het slachtoffer was zwaar suikerziek. Mijn medewerkers hebben een flinke hoeveelheid insuline in zijn hotelkamer aangetroffen. Geen enkele these is daarom uitgesloten', voegde Tozzi er nogal gewichtig aan toe.

'Waarom hebt u dat niet eerder gezegd?' reageerde Van In scherp.

Hij kreeg een boze blik van Hannelore, maar hij trok er zich niets van aan. Hij vond van zichzelf dat hij nog hoffelijk was gebleven. Ze had zeer zeker een ander gezicht getrokken als hij onverbloemd zijn mening had gezegd. Italianen waren nu eenmaal klungelaars. Dat kon toch niemand ontkennen? Gelukkig was Tozzi niet lichtgeraakt.

'U moet mij verontschuldigen', zei hij. 'Ik heb die informatie pas ontvangen. Bovendien was het niet mijn bedoeling jullie zo nauw bij het onderzoek te betrekken. Tenslotte zijn jullie hier op vakantie.'

Hij nam een slokje koffie en haalde een asbak uit een van de kasten. Toen de deur van de kast openging, zag Van In in een flits een fles grappa staan.

'Ik dacht dat er nergens nog gerookt mocht worden', zei hij met een gemeen lachje.

Tozzi krabde bedachtzaam achter zijn oor. Tegenwoordig was alles verboden: roken, drinken, je over iets opwinden, naar andere vrouwen kijken, vetrijk eten, grapjes maken... Er kwam geen eind aan de lijst van dingen die je niet mocht doen. Van Ien had nog een beetje geluk, hij had een prachtige vrouw. Tozzi dacht met weemoed terug aan het slanke, vrolijke meisje met wie hij twintig jaar geleden was getrouwd, en die nu bijna honderd kilo woog en bij het minste probleem begon te zeuren.

'Ik heb ook nog grappa', zei hij een beetje moedeloos.

'Dat lust ik wel', glimlachte Van In.

Hij haalde zijn sigaretten uit zijn zak en stak er een op.

'Maar u bent de mening toegedaan dat het om zelfmoord gaat?' bleef hij doorbomen, terwijl Tozzi de glazen volschonk.

'Ja, hoewel we ook over aanwijzingen beschikken dat Vandecasteele vermoord werd. Het buurtonderzoek heeft immers uitgewezen dat hij gisteravond niet alleen was. Een ooggetuige beweert dat hij twee mannen op de Riva zag zitten. Volgens hem dronken ze wijn op het achterdek.'

'Tiens', zei Van In.

Hij nam een slok van de grappa en kneep zijn ogen dicht. Het was verdomd straf spul.

'Beschikt u over een persoonsbeschrijving?'

'Wat noemt u een persoonsbeschrijving, commissaris Van Ien?'

Tozzi trok een lade van zijn bureau open, haalde er een mapje uit en sloeg het open.

'Een man van middelbare leeftijd. Volslank. Grijzend haar', las hij. 'Die beschrijving slaat op het slachtoffer. De andere was volgens de ooggetuige een jaar of veertig en iets slanker dan de eerste. Een gekrulde snor. Zwart achterovergekamd haar. En hij droeg een pak.'

'Dat stelt inderdaad niet veel voor als persoonsbeschrijving', zei Van In.

'Maar we weten in ieder geval dat beide mannen elkaar kenden', mengde Hannelore zich in het gesprek. 'Anders hadden ze samen geen wijn zitten drinken. Mogen suikerzieken eigenlijk wijn drinken?'

Ze keek beide mannen vragend aan. Tozzi maakte een wegwerpgebaar. Van In hield wijselijk zijn mond, waardoor de Italiaan zich verplicht zag de vraag te beantwoorden.

'U weet toch dat alle lekkere dingen verboden zijn, signora, en dat de meeste mannen zich daar niets van aantrekken, zelfs als het hun gezondheid schaadt?' merkte hij dubbelzinnig op terwijl hij naar haar borsten keek. 'Maar het lijkt me onwaarschijnlijk dat iemand met suikerziekte doodgaat van een glas wijn.'

'U hecht dus geloof aan de moordthese?' polste Van In.

Het feit dat Vandecasteele voor zijn dood bezoek had gekregen, was een flauw argument om te beweren dat de bezoeker hem vermoord had, tenzij Tozzi meer wist dan hij kwijt wilde.

'Moord lijkt me even aannemelijk als zelfmoord', reageerde Tozzi luchtig. 'Een moord roept uiteraard meer vragen op. Waarom werd uw landgenoot uitgerekend in Venetië vermoord bijvoorbeeld? Hij kwam natuurlijk vaak op bezoek en volgens signora Duprez had hij hier ook zakelijke belangen. Ik heb uiteraard ook contact opgenomen met het bedrijf dat de Riva verhuurt, maar zij zeggen dat ze meneer Vandecasteele niet kennen.'

'U weet ook niet welke zakelijke belangen hij hier had?'

'Nee, maar dat weet Annie Duprez blijkbaar ook niet.'

'Of ze wil het ons niet vertellen.'

Van In nam een slok grappa en stak een tweede sigaret op, terwijl hij alle nieuwe gegevens probeerde te verwerken. De kans was reëel dat de Italiaanse justitie een rogatoire commissie naar België zou sturen om de zaak te onderzoeken, maar dat kon best een tijdje duren en iedereen wist dat een onderzoek verwaterde als er te veel tijd verstreek. En dan was er nog het probleem van de communicatie. Nee. Ze moesten zelf actie ondernemen. Hannelore zou zeker geen bezwaar maken en met procureur Beekman viel over dat soort zaken te praten.

'We vertrekken morgenavond weer naar België', zei hij.

'Maar ik zou het bijzonder op prijs stellen als u me op de hoogte wilt blijven houden van de stand van zaken.'

Tozzi wierp een blik op zijn horloge. Zijn dienst zat er bijna op en de wedstrijd begon pas om halfnegen. Hij had nog even tijd.

'Daar mag u op rekenen, commissaris Van Ien, maar ondertussen kunnen we niet veel meer doen, het is zaterdag. Mag ik jullie een glas aanbieden in Caffé Florian? De rest bekijken we volgende week wel.'

Caffé Florian ligt op het San Marcoplein. Het dateert van 1720 en is het oudste nog bestaande koffiehuis van Italië en waarschijnlijk ook het duurste. Ze kozen een tafeltje bij het raam. Tozzi bestelde koffie. Van In en Hannelore namen wijn. Op het plein was het nog een drukte van belang. Toeristen profiteerden van de lage zon om foto's te maken van de gevel van de San Marco-basiliek, terwijl kinderen de duiven voerden en jonge paartjes hand in hand over het plein slenterden.

'Het wordt straks een stuk rustiger', zei Tozzi.

Venetië leek in menig opzicht op Brugge. Toeristen verschenen 's ochtends uit het niets en ze verdwenen als schimmen bij het vallen van de avond.

'Werkt u al lang bij de politie?' vroeg Hannelore.

'Negentien jaar.'

'Ik al zevenentwintig', zei Van In.

Tozzi knikte. Hij was liever advocaat geworden, maar het was hem niet gelukt. Hij had zijn studie na een jaar moeten staken toen zijn vrouw zwanger raakte en hij noodgedwongen werk had moeten zoeken.

'Ik had jullie morgen graag bij me thuis uitgenodigd. Mijn vrouw kookt uitstekend. Daarna zou ik jullie de rest van de stad willen laten zien.'

Hannelore keek naar Van In toen hij niet onmiddellijk reageerde. Zij wist natuurlijk waarom. Hij was weer stikjaloers zoals gewoonlijk. Tozzi mocht haar dan met gretige ogen begluren, zij kon best haar mannetje staan. Dat zou Van In na al die jaren toch moeten weten.

'Wat denk je, schat?' vroeg ze poeslief.

'Het is onze laatste dag, Hanne.'

Het klonk als een wanhoopskreet.

'En dan?'

'Op zondag is het hier veel rustiger dan door de week', zei Tozzi, die niet goed begreep wat het probleem was.

Van In gaf zich gewonnen. Tegen zijn zin. Eén ding wist hij zeker: hij had zich hun uitstap naar Venetië helemaal anders voorgesteld.

'Vooruit dan maar.'

Van In nam een slok wijn, een Montepulciano van 2005. De wijn smaakte voortreffelijk, de prijs echter viel behoorlijk tegen. Een glas kostte twaalf euro. Hij maakte een snelle berekening: ze hadden in zesendertig uur al meer dan zeshonderd euro uitgegeven aan eten en drinken.

'Dat is dan afgesproken', glunderde Tozzi. 'Ik kom jullie om elf uur afhalen bij het hotel.'

'Met een politieboot?'

'Nee, ik kom met mijn eigen Riva. Tweedehands uiteraard. Ik ben maar een eenvoudige commissaris, moet u weten.'

Een kleine Riva-motorboot kostte tweedehands algauw een paar honderdduizend euro. Tozzi had die van hem voor een tiende van die prijs op de kop kunnen tikken. De boot verkeerde in een erbarmelijke staat, maar Tozzi had zich daardoor niet laten afschrikken. Samen met een vriend had hij er weer een juweeltje van gemaakt.

'Wie we daar hebben', zei Van In.

Carlo kwam binnen. Hij was in burger. Zijn strak achterovergekamde haar glansde in het licht van de luchters.

'Kom erbij zitten, vriend.'

Tozzi schoof de enige nog vrije stoel naar achter en wenkte de kelner. Na de diensturen gingen ze vaker samen iets drinken. Niet in Caffé Florian uiteraard. Daar kwamen bijna uitsluitend toeristen.

'Ik heb net nog contact gehad met het bedrijf dat de Riva verhuurt.'

Tozzi knikte. Carlo had in de loop van de jaren bewezen dat hij een efficiënte speurder was. En hij was ook behoorlijk koppig.

'En?' vroeg Van In.

'Ze verhuurden de boot wel af en toe aan een Belgisch bedrijf.' Hij haalde een briefje uit zijn binnenzak en las: 'De NV Hippocampus, een visverwerkend bedrijf in Oostende.'

'Dus toch Vandecasteele.'

'Waarom hebben ze mij dat niet verteld? Ik heb hen verdomme vanochtend gebeld.'

'Omdat u een stagiaire aan de lijn had die er nog maar pas werkte', zei Carlo. 'Het meisje heeft het verband niet gelegd tussen de naam Vandecasteele en de NV Hippocampus. De verantwoordelijke van het bedrijf heeft zich uitgebreid verontschuldigd.'

'Het is in ieder geval een stap vooruit', zei Van In.

Hij nam aan dat Vandecasteele de Riva huurde telkens als hij in Venetië verbleef. Het was alleen vreemd dat hij er gisteravond met iemand wijn had zitten drinken. Waarom had hij de bezoeker niet in het Danieli-hotel ontvangen?

'Puik werk, Carlo.'

Tozzi gaf zijn medewerker een schouderklopje. Daarna bestelde hij nog een rondje. Hij keek al uit naar morgen.

Danny Vandecasteele, bijgenaamd de Bennenpoeper, klom van boord en liep naar de overkant van de kaai. Hij hield even in voor de ingang van café Végé om een sigaret op te steken en stapte daarna naar binnen. Op de bank zaten twee gepensioneerde vissers, IJslandvaarders met verweerde gezichten en rode neuzen. Aan de andere kant van het café zat een jonge kerel met een gebreide muts op zijn hoofd en een dikke jas aan, hoewel het binnen allesbehalve koud was. De houtkachel snorde als een tevreden poes en verspreidde een aangename warmte. Achter de tapkast van lichtrode baksteen stond een vrouw van een jaar of vijftig.

'Wie we daar hebben, de Bennenpoeper', zei ze toen Danny Vandecasteele zich op een barkruk installeerde. 'Ik dacht dat je op zee zat.'

'Op zee', herhaalde de Bennenpoeper. 'Mocht het van mij afhangen, dan zat ik iedere dag op zee. Vroeger kon je tenminste nog iets verdienen, maar sinds die klootzakken in Brussel zich ermee zijn gaan bemoeien, mag er niets meer.'

'Tja', zuchtte de vrouw. 'De tijden zijn veranderd.'

Ze tapte een pils en zette het glas op een bierviltje op de bar. De Bennenpoeper kon zeuren als de beste, maar hij was een vaste klant.

'Geen nieuws anders?'

'Mijn broer is dood. Vermoord in Venetië.'

'Wat zeg je?'

'Dat Filip dood is.'

Het was alsof hij aankondigde dat het morgen zou gaan regenen. Er klonk geen enkele emotie in zijn stem. Iedereen wist dat het niet goed klikte met zijn broer en dat ze amper nog met elkaar spraken, maar hoe slecht moet het gaan voor je op die manier reageerde op de dood van je broer? Het drong pas nu tot haar door dat hij ook gezegd had dat Filip vermoord was.

'Je zei "vermoord"?'

'Dat hebben de flikken gezegd.'

Hij pakte zijn glas en dronk het in één teug leeg.

'Geef er nog maar eentje, Marie.'

Marie spoelde het glas om en tapte een nieuwe pils. Meneer Filip Vandecasteele kwam af en toe bij haar over de vloer. Hij was altijd piekfijn gekleed en hij was gul. Als hij er was, trakteerde hij iedereen in het café.

'Ik kan het bijna niet geloven', zei ze ontdaan. 'Wie wil er in hemelsnaam meneer Vandecasteele vermoorden? In Venetië nog wel.'

'Annie was ook mee.'

'Arm schaap.'

De Bennenpoeper nam een slok bier en stak een nieuwe sigaret op. Hij had zelf zes kinderen bij drie vrouwen. Neuken zat hem in het bloed. Daarom noemden ze hem ook de Bennenpoeper. Omdat collega's hem ooit hadden betrapt terwijl hij in een mand met rog stond te rotzooien. Hij had het ooit met Annie proberen aan te leggen, maar dat was hem nooit gelukt. Allemaal de schuld van zijn broer. Hij haatte hem.

'Annie is geen arm schaap. Die weet verdomd goed wat ze doet.'

Marie beet op haar onderlip. Annie had haar destijds in vertrouwen genomen toen de mensen begonnen te roddelen over haar relatie met meneer Vandecasteele. Je moet me geloven, Marie, had ze gezegd. Filip heeft me nog nooit met een vinger aangeraakt. Hij is gewoon lief.

'Jij hebt anders niets te klagen, Danny', lachte ze. 'Alle vrouwen zijn weg van jou.'

'Behalve Annie.'

'Je kunt ze toch niet allemaal hebben?'

'Nee. Maar hij had haar wel. Hij heeft haar van me afgesnoept. De smeerlap.'

'Je moest je schamen', reageerde Marie terechtwijzend. 'Je broer is dood.'

'En van de doden niets dan goeds zeker. Laat me niet lachen.'

De Bennenpoeper dronk zijn bier op en bestelde er weer een. Hij was van plan om de hele nacht door te zuipen. Van de doden niets dan goeds. Wat een onzin. Zijn broer had hem twintig jaar geleden voor een habbekrats uitgekocht. Zogezegd omdat de NV Hippocampus op de rand van het faillissement stond. Later had hij vernomen dat de boekhouding vervalst was en het bedrijf behoorlijk veel winst maakte. Een mens zou zijn broer voor minder een kwaad hart toedragen.

'Ik vind het in ieder geval erg dat hij dood is', zei Marie.

Een van de IJslandvaarders stak zijn hand op. Hun glazen waren leeg.

'Je moet je niets aantrekken van de Bennenpoeper', zei hij toen Marie hun nieuwe drankjes bracht. 'Hij is gewoon jaloers dat meneer Filip het ver geschopt heeft terwijl hij al zijn geld bij de vrouwen heeft verbrast.'

'Wat zeg je daar, oude aap?'

De Bennenpoeper draaide zich om op de barkruk. Zijn bloeddoorlopen ogen schoten vuur.

'Dat meneer Filip een toffe kerel was', zei de andere IJslandvaarder kordaat. 'Je kwam amper tot aan zijn enkels. Zeg maar dat die oude aap het zo gezegd heeft.'

'Jij hebt recht van spreken, morrefretter. Marcella, je nieuw keun, is jonger dan mijn dochter. Ik vraag me af hoeveel zo een vrouwtje kost.'

'Ik kan hem tenminste nog overeind krijgen.'

'Met een kilo Viagra zeker.'

'Wat is Viagra?' klonk het honend.

'Een pilletje voor oude zeurkousen.'

De jonge kerel met de gebreide muts mengde zich nu ook in de discussie.

'Wat zegt die melkmûle?' vroeg de tweede IJslandvaarder.

'Dawwe zagen zîn.'

Marie haalde haar schouders op en ging weer achter de tapkast staan. Ze kende haar pappenheimers. Vissers deden niets liever dan elkaar op stang jagen, maar het was nooit kwaad bedoeld. Ze waren nu eenmaal zo.

Venetië is onderverdeeld in een aantal wijken, sestieri in het Italiaans. Commissaris Tozzi woonde in de Cannaregio aan de Rio di S. Alvise, waar hij over een eigen aanlegplaats beschikte.

'Ziezo', zei hij toen de Riva veilig aangemeerd lag. 'Jullie kunnen uitstappen.'

Hij hielp Hannelore en Van In uit de boot en wees trots naar een huis aan de overkant van de smalle kade.

'Hier woon ik.'

Tozzi had voor de gelegenheid zijn beste pak aangetrokken en glanzende zwarte schoenen van een duur merk. Hij hield ervan om mensen in stijl te ontvangen.

'Mooi huis', zei Van In niet erg enthousiast.

De houten deur was aan de onderkant vermolmd, de gevel uitgevreten van het vocht, maar zo was het met de meeste huizen gesteld die dicht bij de waterkant stonden. De bewoners vonden dat niet erg. De staat van verval van de gebouwen vormde immers een van de charmes van Venetië en paste perfect bij de nonchalante mentaliteit van de Italianen. Tozzi maakte de voordeur open en leidde hen naar de eetkamer, waar zijn vrouw en zijn oudste dochter op hen wachtten.

'Dit zijn mijn vrouw Laura en mijn dochter Claudia.'

Claudia zag er vermoedelijk uit zoals haar moeder twintig jaar geleden. Ze had lang gitzwart haar, donkere ogen en een zandloperfiguur. Ze droeg een fleurig jurkje dat net tot onder haar knieën kwam en vuurrode pumps. Laura had een grijs mantelpak aan dat een en ander wist te verhullen, maar niet kon verbergen dat ze zwaarlijvig was. Hannelore begroette beide vrouwen met een glimlach en een handdruk. Van In beperkte zich tot een handdruk.

'Ik ben echt tevreden dat jullie gekomen zijn', zei Tozzi. 'Kom. Laten we eerst iets drinken.'

De eetkamer was sober ingericht met klassieke, massieve meubelen. Er hing een luchter van Venetiaans glas en een wandtapijt. Op de lange eettafel lag een hagelwit tafelkleed van damast.

'Wat kan ik jullie aanbieden?'

Italiaanse aperitiefdranken zijn meestal mierzoet en kleverig. Van In speelde op veilig. Hij nam rode wijn. Hannelore volgde zijn voorbeeld. Moeder en dochter trokken zich terug in de keuken.

'Salute.'

'Gezondheid', zei Van In.

Hij snakte naar een sigaret, maar durfde Tozzi niet te vragen of hij mocht roken. Waarschijnlijk niet, want er was nergens een asbak te bespeuren.

'Professor Montini heeft me gisteravond nog gebeld', zei Tozzi toen ze aan tafel zaten. 'Hij vermoedt dat het slachtoffer gestorven is door een overdosis insuline.'

'Het zou dus toch zelfmoord kunnen zijn?' zei Hannelore.

'Dat dacht Montini ook, tot hij de resultaten van het bloedonderzoek te zien kreeg. Die wezen uit dat het slachtoffer verdoofd was.'

'Dat is iets anders.'

'Inderdaad', zei Tozzi. 'Het lijdt nu bijna geen twijfel meer dat Vandecasteele vermoord werd.'

'Door de man met wie hij wijn zat te drinken?'

'Dat kunnen we niet met zekerheid zeggen, signora. De ooggetuige heeft hen om een uur of acht samen gezien, maar volgens Montini is het slachtoffer pas na middernacht gestorven.'

Claudia kwam de woonkamer in met een houten dienblad met antipasti. Er waren kruidige gehaktballetjes, gebakken artisjok, gemarineerde paprika en gnocchi van inktvis. Het zag er allemaal bijzonder smakelijk uit.

'Wie heeft het lijk eigenlijk ontdekt?' vroeg Van In.

'De eigenaar van de boot ernaast.'

'Het blijft een vreemde zaak.'

Hannelore nam het bordje aan dat Claudia haar aanreikte en bediende zich op aandringen van Tozzi van de antipasti. Ze nam gebakken artisjok en kruidige gehaktballetjes.

'We laten morgen een foto van het slachtoffer publiceren in de plaatselijke krant', zei Tozzi. 'Als hij drie of vier keer per jaar in Venetië verbleef, moet iemand hem toch kennen?'

'Dat lijkt me logisch.'

Van In proefde van de gehaktballetjes. Ze smaakten verrukkelijk.

'U hebt een knappe dochter, commissaris', zei Hannelore toen Claudia weer in de keuken was.

Tozzi bloosde. Claudia was zijn oogappel. Hij vond het bijzonder fijn dat ze nog thuis woonde. Op die manier zag hij haar iedere dag. Bovendien herinnerde ze hem aan Laura toen ze nog jong was.

'Knappe vrouwen zijn een streling voor het oog', zei hij met een knipoog.

Van In deed alsof hij niets gehoord had. Hij schepte nog een paar kruidige gehaktballetjes op zijn bordje. Een kwartier later serveerde Claudia il primo, een heerlijk geurende vissoep. Daarna was er zeebaars alla griglia met spinazie en tot slot kregen ze tartufo nero als dessert.

En koffie uiteraard.

'Hoe laat is het nu?' vroeg Van In.

Hij snakte naar een sigaret.

'Vijf voor drie.'

'Dan zullen we ons moeten haasten als we nog iets van de stad willen zien.'

'U hebt gelijk', zei Tozzi.

De vrouwen ruimden de tafel af en verdwenen daarna in de keuken. Het voorstel van Hannelore om mee te helpen met de afwas werd resoluut afgewezen. Van In verontschuldigde zich en ging buiten snel een sigaret roken. Tozzi kwam hem gezelschap houden.

'Hebt u ooit *Dood in Venetië* gezien?' vroeg hij.

'Nee', zei Van In. 'Maar ik heb wel gehoord dat het een prachtige film is.'

De nachttrein Venetië-Parijs vertrok om tien voor acht. Tozzi zette hen om halfacht af aan het station, waardoor Van In amper nog tijd had om een sigaret te roken, maar hij vond het niet erg dat ze laat waren. Ze hadden een bijzonder aangename namiddag doorgebracht. Tozzi had hun plekjes laten zien waar toeristen nooit kwamen en ze hadden de lekkerste wijn gedronken die hij ooit had geproefd. Zo hadden ze toch nog een beetje vakantie gehad. Hannelore had er in ieder geval ook van genoten. Ze straalde toen ze op het perron afscheid van elkaar namen.

'Grazie mille, Antonio', zei ze toen Tozzi haar een kuise zoen op de wang gaf. 'Bedankt voor de hartelijke ontvangst en doe de groeten aan Laura en Claudia.'

Van In drukte zijn collega gemeend de hand. De afgelopen uren had hij zijn mening over Tozzi moeten bijstellen.

Toen ze elkaar de hand drukten, kreeg hij het gevoel dat ze elkaar al jaren kenden. De moord en het onderzoek leken plotseling niet zo belangrijk meer. Hij voelde zich volledig ontspannen. En zo hoorde het.

'Arrivederci.'

'Arrivederci.'

Tozzi bleef op het perron wachten tot de trein vertrok. Zijn vurige ogen twinkelden als sterren aan een donker firmament.

3

Procureur Beekman zat verveeld aan zijn neus te pulken. Het lijvige dossier op zijn bureau bleef ongeopend, hoewel er in grote letters DRINGEND op stond. Hij had het natuurlijk kunnen doorgeven aan een van zijn medewerkers, maar dat leek hem gezien de omstandigheden niet opportuun. De linkse pers zou hem laksheid aanwrijven als ze erachter kwam dat hij de zaak niet persoonlijk behandelde. Of erger nog, ze zouden insinueren dat hij de zaak in de doofpot wilde stoppen omdat het om een milieudelict ging. Hij kon hun geen ongelijk geven. Milieudelicten lieten hem behoorlijk onverschillig. Maar eigenlijk was dat niet de reden waarom het dossier op zijn bureau ongeopend bleef. Veerle, met wie hij gisteren had afgesproken in De Karmeliet, was gewoon niet komen opdagen. Ze had zelfs niet gebeld, verdomme. En ze had niet opgenomen toen hij haar belde. Wat had hij in godsnaam verkeerd gedaan? Het gezoem van de deurbel haalde hem uit zijn overpeinzingen. Hij slaakte een diepe zucht en drukte op het groene knopje.

'Goedemorgen, Jozef.'

Hannelore kwam binnen gevolgd door Van In. Ze zag er stralend uit. Haar spijkerbroek zat strak, de dikke wollen trui stond haar beeldig. Van In droeg een afgedragen leren jasje en een ribfluwelen broek. Zijn schoenen waren zoals gewoonlijk niet gepoetst. Ze boog zich naar voren en begroette Beekman met een zoen op zijn wang.

‘Heb je even tijd voor ons?’ glimlachte ze.

Het feit dat Van In haar vergezelde, voorspelde niet veel goeds. Ze kwamen zelden samen bij hem binnen, tenzij ze om een gunst kwamen vragen.

‘Wat is er nu weer?’ vroeg hij nors.

‘Niets om je zorgen over te maken, Jozef.’

Hannelore ging ongevraagd zitten. Ze bleef glimlachen.

‘We zijn net terug uit Venetië’, zei ze.

Beekman rechtte zijn rug en strekte zijn benen onder zijn bureau. Ze kwamen hem een grote gunst vragen, want normaal wond ze er geen doekjes om.

‘Kom alsjeblieft ter zake, Hannelore.’

Ze draaide haar hoofd naar Van In.

‘Vertel jij het maar.’

Haar taak zat erop. Ze had hem zonder afspraak bij Beekman binnengeloodst. De rest moest hij zelf zien te regelen. Het was echter zeer de vraag of dat zou lukken. Beekman verkeerde in een niet al te beste stemming. Dat had ze onmiddellijk gemerkt toen ze binnenkwamen. Ze hoopte dat hij niet met een amoureus probleem worstelde, anders kon Van In het vergeten.

Het was stil in de grote hal van de NV Hippocampus. De visverwerkers deden zwijgend hun werk. Het nieuws dat meneer Vandecasteele dood was, had iedereen aangegrepen. Tijdens de pauze was het onverwachte overlijden dan ook het onderwerp van gesprek.

‘We krijgen nooit nog een baas zoals hij’, zei een blonde reus, die al meer dan twintig jaar voor het bedrijf werkte.

‘Pier heeft gelijk’, beaamde een corpulente kerel met een prop in zijn keel.

‘Ik vraag me af wat er ons te wachten staat’, zei een derde.

Hij stak een sigaret op en blies de rook met een bezorgde blik voor zich uit.

'Ik heb pas een huis gekocht', zei een andere.

'Maak je daar maar geen zorgen over', zei de blonde reus. 'Een goede visverwerker vindt altijd werk.'

'Dat is waar, maar het zal nooit meer hetzelfde zijn zonder meneer Vandecasteele.'

De vier mannen knikten in koor. Meneer Vandecasteele was niet alleen een man met zijn hart op de juiste plaats, hij was ook bekommerd om de toekomst van de visserij, die op sterven na dood was.

'Denk je dat Dierickx de zaak zal overnemen?'

André Dierickx was de belangrijkste vennoot van de NV Hippocampus. Het was een aimabele kerel, maar hij miste het enthousiasme van Filip Vandecasteele. Dierickx was de man van de cijfers, die zelden of nooit op de werkvloer kwam.

'Zou hij daarvoor geschikt zijn?' vroeg de corpulente man.

'Hij zorgt er in ieder geval voor dat we op tijd uitbetaald worden.'

'Ja, maar is dat voldoende om een bedrijf te leiden? Meneer Vandecasteele ging zelf naar de visafslag, hij nam zijn klanten geregeld mee uit eten en daarna gingen ze samen een pint drinken.'

'Of naar de wijven.'

De mannen lachten. Iedereen wist dat meneer Vandecasteele niet vies was van jong vlees. Dat kon je hem niet kwalijk nemen. Hij had geen vaste relatie en geld zat. Wie zou er niet in zijn schoenen willen staan?

'Eén ding is zeker', zei de man met de sigaret. 'Het zal nooit meer hetzelfde worden.'

Hij wierp een blik op zijn horloge. Het was tijd om weer aan de slag te gaan.

'Kijk wie we daar hebben', zei de blonde reus, toen ze over het binnenplein naar de werkplaats liepen.

Een slonzige jongeman van een jaar of dertig stapte uit

een in felle kleuren beschilderd Volkswagenbusje en liep met opgetrokken schouders naar het hoofdgebouw. Hij had een met verfbesmeurde spijkerbroek aan en een verschoten jasje van damhertenleer, dat als een slappe vaatdoek om zijn bovenlichaam flodderde.

'Tom is de zoon van meneer Vandecasteele', zei de blonde reus toen een jongere collega hem vroeg wie de slungel was.

'Ik heb die kerel nog nooit gezien', zei de corpulente man. 'En ik werk hier al meer dan vijftien jaar.'

'Hij komt hier ook zelden.'

'En jij kent hem?'

Het klonk een beetje smalend. Arbeiders die de zoon van de baas kenden, waren meestal niet te vertrouwen. Of het waren opscheppers. De blonde reus ging er niet op in. Hij wist wel beter.

'Ik ga af en toe een pint met hem drinken in de Entrepot', zei hij met enige trots. 'Daar komen heel wat kunstenaars over de vloer.'

'Kunstenaars.' De man met de sigaret maakte een wegwerpgebaar. 'Kladschilders zul je bedoelen. Een echte kunstenaar woont toch niet in een boerengat als Oostende?'

Tom Vandecasteele liep de trap op naar de eerste verdieping waar Dierickx zijn kantoor had. Hij klopte aan, maar hij wachtte niet op een antwoord. Hij was tenslotte de zoon van de baas.

'Goedemorgen, Tom. Blij dat je er bent.'

Dierickx zag eruit zoals een echte boekhouder eruit hoort te zien. Hij droeg een grijs pak met een kraakwit overhemd en een das die daar absoluut niet bij paste. Zijn haar was strak achterover gekamd. De brug van zijn metalen bril rustte op het topje van zijn neus. En hij rook naar dure aftershave.

'Ga zitten. Kan ik je iets aanbieden?'

Het kantoor was oubollig ingericht met meubels die nog uit het interbellum dateerden. Aan de muren hingen zwartwitfoto's van het bedrijf en van het bezoek van koning Boudewijn, nu bijna vijfentwintig jaar geleden. In de hoek van de kamer stond een massieve brandkast, waar het zwarte geld werd bewaard.

'Heb je cola light?'

Tom liet zich op een stoel neervallen. Hij had tot diep in de nacht voor zijn nieuwe tentoonstelling gewerkt. Zijn vingers deden pijn en hij voelde zijn benen bijna niet meer van vermoeidheid. Bovendien was zijn vader dood. Het schilderij waaraan hij de hele nacht had gewerkt, was er alleen somberder door geworden. Hij had de felle kleuren afgezwakt tot vage tinten en de contouren verdoezeld met brede vegen. Zijn galeriehouder zou er niet opgetogen over zijn, maar dat kon hem niet schelen. Diep in zijn hersenen volgden de kortsluitingen elkaar op als bliksemschichten in een tropische storm. Wat nu, schreeuwde een oorverdovende stem. Wat nu?

'Je ziet er moe uit', zei Dierickx bezorgd.

'En ik heb dorst.'

'Sorry, maar ik heb alleen koffie en water. Vind je dat erg?'

'Wat is erg?'

Tom haalde een pakje tabak uit zijn binnenzak en begon een sigaret te rollen, terwijl Dierickx koffie inschonk uit een ouderwetse thermoskan.

'Je moeder is diep onder de indruk.'

'Who cares?'

Tom zag zijn moeder nog zelden sinds ze een paar jaar geleden bij Dierickx was ingetrokken. Hij haatte haar, omdat ze zijn vader het bloed onder de nagels vandaan had gehaald en hem als kind aan zijn lot had overgelaten. Dierickx wist hoezeer hij haar verachtte.

'Misschien is dit het moment om je met haar te verzoenen', zei hij zacht.

Tom begon te lachen. Schril en zenuwachtig. Het leek meer op het gehuil van een wolf. Zijn moeder had zich vroeger nooit om hem bekommerd. Daarvoor had ze het te druk met haar vriendinnen met wie ze dagelijks de winkels ging afschuimen. Haar kleerkasten puilden uit van de dure spullen en om haar vingers, armen en hals hing voor een fortuin aan juwelen. Haar buitensporige eisen bij de scheiding hadden hen op de rand van het faillissement gebracht. De laatste keer dat ze nog echt met elkaar hadden gesproken, was toen hij haar vertelde dat hij kunstenaar wilde worden. Ze had hem vierkant uitgelachen.

'Je gelooft toch niet meer in de kerstman, André?'

Dierickx slikte. Hij had zijn plicht gedaan. Tom was de enige erfgenaam en hij vond dat moeder en zoon beter in vrede konden leven, zeker na wat er in Venetië gebeurd was.

'Het lichaam van je vader wordt vanmiddag gerepatrieerd', zei hij.

De Italiaanse justitie had het stoffelijk overschot redelijk vlug vrijgegeven. Het was de vraag of het Brugse parket genoegen zou nemen met het autopsierapport van de plaatselijke wetsdokter. Dierickx vertelde dat hij de substituut had gebeld die met de zaak belast was, maar die had hem daarover geen uitsluitsel kunnen geven.

'Wat gebeurt er als die oen een nieuw onderzoek wil?'

'Geen idee, maar ondertussen kunnen we beter de uitvaart regelen. Voor zover ik weet, had je vader daarover geen laatste wilsbeschikking. Daarom stel ik voor een begrafenisondernemer in de arm te nemen. Ik weet dat je vader niet kerkelijk was, maar ik vind een kerkdienst nog altijd waardiger dan een kleurloos afscheid in een kil mortuarium.'

'Jij of mijn moeder?'

Dierickx zweeg.

'Het was gewoon een vraag, Tom', suste hij.

'Dan krijg je nu het antwoord. We gaan een feest organiseren. Met veel champagne en oesters. En een orkest dat zijn lievelingsmuziek speelt.'

Dierickx beet op zijn onderlip. De appel valt niet ver van de boom, dacht hij. Vader en zoon Vandecasteele grepen elke gelegenheid aan om een feestje te bouwen.

'Dat moet jij dan maar regelen', zei hij mat.

Het had geen zin tegen de wil van Tom in te gaan. Hij was even koppig als Filip.

'Reken maar. Kan ik je verder nog met iets van dienst zijn?'

Dierickx schudde zijn hoofd. Het was nu het geschikte moment niet om over de toekomst van het bedrijf te spreken.

'Nee', zei hij. 'Als er iets is, bel ik je wel.'

'Je bent een genie, Hanne.'

Van In sloeg zijn arm om haar schouder en gaf haar een zoen. Het gesprek met Beekman had bijna een uur geduurd, maar hij was uiteindelijk gezwicht voor haar argumenten.

Vandecasteele was weliswaar vermoord in Venetië, hij woonde in Oostende en was vermoord terwijl zij toevallig in Venetië op vakantie waren. Ze hadden de eerste getuige ondervraagd en commissaris Tozzi had hen persoonlijk bij het onderzoek betrokken.

'En ook een beetje gemeen', glimlachte ze.

Iedereen wist dat Hannelore Beekman om haar vinger kon winden. Ze had zich pas in de discussie gemengd toen Van In het pleit dreigde te verliezen. Een moderne parketmagistraat zoals jij weet toch dat er betere resultaten worden geboekt als de verschillende politiediensten met elkaar samenwerken, had ze gezegd. En ook: je naam is onlangs nog gevallen op een vergadering van onderzoeksrechters. De meeste van mijn collega's beschouwen jou als het prototype van de moderne procureur. Je bent niet alleen een competente manager, je weet je mensen ook te motiveren en je bent niet bang om tegen heilige huisjes aan te trappen. Wat ze echter allebei niet wisten was dat Beekman pas van mening was veranderd na een telefoontje van Veerle, die hem midden in het gesprek had gebeld om zich te verontschuldigen en ook nog eens beloofd had hem vanavond op te zoeken.

'Ga je mee naar Oostende?'

Hannelore aarzelde. Het vooruitzicht om de rest van de dag met hem op te trekken trok haar aan, maar ze had nog een hoop werk. En er moest iemand de kinderen ophalen en de boodschappen doen.

'Neem Guido maar mee', zei ze. 'Jullie hebben elkaar al veel te lang gemist.'

Toen Versavel hen was komen ophalen aan het station, had ze gemerkt hoe emotioneel ze elkaar hadden omhelsd.

'Je vindt het dus niet erg?'

'Natuurlijk niet, schat. Ik vraag me alleen af hoe ze jullie in Oostende gaan ontvangen.'

De inwoners van de Koningin der Badsteden zijn nogal zelfbewuste mensen, die hun boontjes liever zelf doppen.

'Ik ook', zei Van In.

Hoofdinspecteur Robert Piers van de Oostendse politie maakte een klakkend geluid met zijn tong. Dat deed hij meestal als hij zich aan iets ergerde. Als zijn collega's hem met zijn tong hoorden klakken bleven ze uit zijn buurt, want Piers kon behoorlijk agressief uit de hoek komen. Zijn oversten tolereerden zijn gedrag, om de eenvoudige reden dat Piers onverschrokken was. Als er rellen waren in de uitgaansbuurt, stuurden ze hem erop af. Amokmakers die hem herkenden of ooit al eens met hem in aanraking waren gekomen, maakten dan dat ze wegkwamen. Wie hem niet kende, hield aan een ontmoeting met Piers meestal een paar kneuzingen of gebroken ribben over. Daarom noemden ze hem ook The Terminator.

'Berten.'

Piers draaide zich om toen hij de stem van een collega herkende met wie hij redelijk goed kon opschieten.

'Wat is er nu weer?'

'De baas wil je spreken.'

'Ik kom.'

Piers mocht dan een onhandelbare flik zijn, hij geloofde heilig in orde en gezag. Thuis puilde zijn boekenkast uit van de rechtse literatuur. Hij verafgoodde president Bush, van wie hij een foto in zijn portefeuille bewaarde, en hij organiseerde iedere week een bijeenkomst met gelijkgezinde vrienden. Piers ging voor het raam staan, bekeek zichzelf in het spiegelglas, haalde een plastic kammetje uit zijn achterzak en fatsoeneerde zijn haar. Ordnung muss sein, dacht hij.

'Binnen.'

De hoofdcommissaris was een rustige man met een weelderige grijze haardos, die hem een aureool van wijsheid gaf. Piers kwam binnen en ging voor het bureau van zijn overste in de houding staan zoals het hoorde.

'Ga zitten, Berten. Koffie?'

Piers keek alsof hij het in Keulen hoorde donderen. Koffie drinken met de hoofdcommissaris was de hoogste eer die hem ooit te beurt kon vallen.

'Ik weet dat je het niet prettig vindt om de leiding van het onderzoek af te staan aan een Bruggeling, maar ik kan moeilijk een verzoek van de procureur negeren. Begrijp je dat, Berten?'

De hoofdcommissaris pakte de thermoskan die op zijn bureau stond en schonk twee koppen in. Hij had het onderzoek in eerste instantie niet mogen toevertrouwen aan Piers, maar het was nu te laat om op die beslissing terug te komen. Niemand had kunnen voorzien dat de procureur en de Brugse politie zich ermee zouden bemoeien. Hij deed gewoon een poging om te redden wat er te redden viel.

'Ik heb het er eerlijk gezegd moeilijk mee, meneer de hoofdcommissaris. Wat weten die vreemde luizen over Oostende? Ik ken het vissersmilieu. Ik weet hoe ik die mensen moet aanpakken.'

De hoofdcommissaris kon hem geen ongelijk geven. Vissers waren aparte mensen, een gesloten gemeenschap waar een buitenstaander moeilijk kon binnendringen.

'Het spijt me, Berten. Ik vraag je maar één ding: doe je best en probeer je te beheersen als er iets misloopt.'

'Alleen omdat u het mij vraagt', zei Piers een beetje gezwollen.

De hoofdcommissaris knikte vaderlijk. Het was onmogelijk te voorspellen wat de gedwongen samenwerking zou opleveren, maar hij wist nu zeker dat Piers er alles aan zou doen om moeilijkheden te vermijden.

'Nog één ding, Berten. Je houdt me iedere dag persoonlijk op de hoogte van de stand van zaken.'

'U kunt op me rekenen, meneer de hoofdcommissaris.'

Piers voelde zich als een Amerikaanse oorlogsheld die een Purple Heart opgespeld kreeg van de president. Zo trots was hij.

Versavel parkeerde de Peugeot, ze hadden voor de gelegenheid een anonieme wagen genomen, voor café Végé aan de

Hendrik Baelskaai. Het was er bijzonder rustig, bijna desolaat. Er lagen drie grote vissersboten aangemeerd, stille getuigen van een roemrijk verleden. Nu waren ze oud en versleten, net als de rest aan de Henri Baelskaai. Hun roestige bovenbouw stak af tegen een loodgrijze lucht. Het was er ook heel stil. Ze hoorden alleen het ruisen van de wind en het nerveuze gekletter van een stuk plastic dat geklemd zat tussen twee ijzeren balken. Een eindje verderop stond een gammele bestelwagen, maar nergens was een mens te bespeuren.

'Is dat de visafslag?'

Van In wees naar het langwerpige gebouw aan de overkant van het dok.

'Ik denk het wel', zei Versavel. 'Zo goed ken ik Oostende nu ook weer niet.'

'Het is hier in ieder geval rustig.'

De kaai lag bezaaid met oude netten, verroeste ankers en verwrongen staal. Was dit het kloppende hart van de Oostendse vissersvloot? Of waren zij op de verkeerde plek beland? Van In stak een sigaret op en keek naar de vuurtoren die de site domineerde. Het zag er allemaal zo onaards uit. Het leek wel of de mensen op de vlucht waren geslagen voor een of ander onheil. Die indruk veranderde toen ze het café binnenstapten, waar bijna iedere tafel bezet was. Gelukkig was er nog plaats aan de tapkast. Van In bestelde een pilsje om niet uit de toon te vallen, Versavel hield het bij koffie. Ze hoefden voorlopig niemand iets te vragen, de moord op Vandecasteele was nog altijd het onderwerp van de dag.

'Is Annie al thuis?'

Een man met een gegroefd gezicht en een korte witte baard stelde de vraag aan de uitbaatster toen ze hem een pilsje aanreikte.

'Ik denk het wel.'

‘Is ze hier al geweest?’

Annie had gisteren vanuit Venetië gebeld. Ze had beloofd morgen of overmorgen langs te komen, maar was het wel verstandig om dat te zeggen? Ze zouden haar geen moment met rust laten.

‘Nee, maar ze komt wel.’

Het antwoord viel niet in goede aarde. Twee andere klanten, ruige kerels met gebreide mutsen en oliejekkers aan, mengden zich in het gesprek. Versavel voelde zich in zijn onberispelijke pak en met zijn gladgeschoren wangen als een vlinder in een zwerm steekvliegen.

‘Je gaat ons toch niet wijsmaken dat je van niets weet, Marie?’

De waardin verschanste zich achter de tapkast. Niet lang. Een opgestoken hand riep haar terug.

‘Vier poesters en een pintje.’

Van In probeerde ongemerkt de gesprekken af te luisteren, maar veel wijzer werd hij er niet van. De meeste vissers hadden veel respect voor Vandecasteele, de enige valse noot was dat hij het met Annie Duprez deed. Daarover waren ze het blijkbaar allemaal eens. Wien zoe d’er da nie poepen, was een veel gehoorde commentaar. Aan een andere tafel werd druk gespeculeerd over wie de leiding zou krijgen over de NV Hippocampus.

‘Zijn zoon in ieder geval niet’, klonk het.

‘Da vintje is ook niet capabel. Dat is een artiest die alleen kan schilderen.’

‘Noem je dat schilderen? Mijn dochtertje van vier kan beter dan dat.’

‘Da’s moderne kunst en daar begrijp jij niets van. Als ik Tom mag geloven, verkopen zijn schilderijen als zoete broodjes. In een of andere chique galerie in Knokke. Tenminste, dat heb ik van horen zeggen.’

'Da zal wel. Maar weet je ook wie ze koopt?'

Er viel een ongemakkelijke stilte. Zelfs Marie hield even op met glazen poetsen. Blijkbaar kon of wilde niemand de vraag beantwoorden. En je kon zo van hun gezichten af lezen dat ze dat niet prettig vonden. In café Végé bleef niets lang een geheim.

'Jij in ieder geval niet', klonk het plotseling.

'Iedereen weet toch dat de Bennenpoeper geen nagel ét vor an zûn gat te scharten.'

Er werd gelachen. De Bennenpoeper haalde zijn schouders op en keek verongelijkt voor zich uit. Zondebokken vind je overal, zelfs in de hechtste gemeenschappen. Het was duidelijk dat de Bennenpoeper op niet veel sympathie van de andere stamgasten kon rekenen. Dat was waarschijnlijk ook de reden waarom hij alleen aan een tafeltje zat. Van In stond op en ging voor hem staan.

'Mag ik u iets aanbieden?'

Het antwoord liet niet op zich wachten.

'Natuurlijk mag je da.'

De Bennenpoeper grijnsde breed. Het was geen appetijtelijk gezicht: de meeste van zijn tanden waren bruin, sommige bijna zwart. Van In stak zijn hand op en bestelde een pilsje en een Westmalle.

'Ik ben commissaris Van In, van de Brugse lokale recherche. Ik vind het aangenaam met u kennis te mogen maken.'

De Bennenpoeper keek hem argwanend aan.

'En wie is dien tjoeten in dat apenpakje? De minister van Justitie?'

'Nee', zei Van In. 'Dat is mijn assistent.'

Van In stak een sigaret op en keek de man die voor hem zat onderzoekend aan. Hoe pak je zo iemand aan, dacht hij. Maar de Bennenpoeper gunde hem de tijd niet om daar lang over na te denken.

'Is het in verband met mijn broer?'

'Wie is uw broer?'

De Bennenpoeper gooide zijn hoofd in zijn nek en begon te blazen als een in het nauw gedreven kat.

'Je gaat toch niet met mijn kloten spelen?'

Hij begon zich zichtbaar op te winden. Zijn kneukels trokken wit weg en zijn onderlip kwam vervaarlijk naar voren. Gelukkig kon Marie, die net de drankjes serveerde, hem kalmeren.

'Maak je niet druk, Danny', zei ze. 'Meneer heeft je net getrakteerd. Waarom zou hij met je kloten spelen?'

Daarna wendde ze zich tot Van In, die niet goed wist hoe te reageren. Hij had gehoord dat vissers licht ontvlambaar waren en dat ze om de minste reden met iemand op de vuist gingen. De Bennenpoeper zag er redelijk ongevaarlijk uit. Hij was amper één meter zeventig groot en had smalle schouders, maar dat was niet echt een geruststelling. Tengere kerels konden verdomd gevaarlijk uit de hoek komen. Zeker als ze zich beledigd voelden. Marie legde haar hand op zijn schouder en streelde zachtjes over zijn rug.

'Danny is de kwaadste niet', zei ze. 'Iedereen mag weten dat hij de broer van meneer Vandecasteele is.'

Van In fronste zijn voorhoofd, terwijl hij onwillekeurig aan Kaïn en Abel dacht. De vermoorde Vandecasteele werd op handen gedragen, zijn broer was het zwarte schaap van de familie. Welke rol speelde Annie Duprez in dit drama, dat stilaan Griekse proporties begon aan te nemen?

Het was bijna drie uur toen ze uit het café kwamen. Van In waggelde een beetje, Versavel was bloednuchter zoals gewoonlijk.

'Ik wil eerst een frisse neus halen', zei Van In toen ze bij de auto stonden.

'Dat had ik gedacht.'

Versavel stak de sleutels weer in zijn zak. Het gesprek met de Bennenpoeper had bijna twee uur geduurd en in die tijd had Van In twee pilsjes en daarna vijf Duvels gedronken omdat hij niet voor de visser wilde onderdoen.

'Laten we daar even gaan kijken.'

Van In wees naar de vuurtoren. Hij kon best wat alcohol verdragen, maar hij was geen partij voor de Bennenpoeper, die minstens evenveel Westmalles ophad als hij Duvels en minstens vijftien jaar ouder was. Met zo'n levensstijl was het bijna niet te geloven dat hij onlangs nog een kind had verwekt. Ze liepen langs de kade naar een brug die een zijarm van het dok overspande. Aan de overkant van de brug stond een bord.

'Maritieme Site', las Versavel. 'Weet jij wat dat is?'

'Nee, Guido', klonk het kregelig.

Van In stak een sigaret op. De scherpe rook deed hem hoesten en zijn longen deden pijn toen hij inhaleerde. In café Végé had hij bijna een volledig pakje opgerookt en dat deed hij de laatste tijd niet meer ongestraft. Het werd dringend tijd dat hij een dokter raadpleegde of ermee kapte.

'We zijn ondertussen toch heel wat te weten gekomen', zei Versavel.

Hij snoof de frisse zeelucht met volle teugen op. Dat deed deugd, want met zijn longen was niets mis.

'Als we Danny Vandecasteele mogen geloven tenminste.'

Volgens de Bennenpoeper kocht Filip Vandecasteele de schilderijen van zijn zoon systematisch op. De platonische relatie met Annie Duprez had hij gewoon weggelachen. Filip kan geen enkele vrouw met rust laten, had hij gezegd. Zeker een mokke als Annie Duprez niet.

'We kunnen het haar ook zelf vragen als ze weer thuis is', zei Versavel.

Annie Duprez woonde volgens de Bennenpoeper in de Opex, een volkse buurt aan de rand van de stad waar veel vissers woonden.

'Dat zien we morgen wel.'

Van In gooide zijn opgerookte sigaret in het dok, waar twee boten aangemeerd lagen: de ene was van staal, de andere van hout.

'Wat een wrak.'

De metalen boot was rijp voor de sloop. Er gaapten grote gaten in het dek en de romp zat onder de roest. Een jonge slungel stond op de loopbrug een sigaret te roken.

'Vindt u het goed dat we even rondkijken?' vroeg Versavel beleefd.

De slungel zei dat het mocht. Hij kwam zelfs naar hen toe.

'Is dit een scheepswerf?'

'Scheepswerf is een groot woord, maar we bouwen wel een boot.'

De slungel legde uit dat de Maritieme Site een project was van meneer Vandecasteele waar alleen kansarme jongeren, drugsverslaafden en langdurig werklozen aan de slag konden.

'Tiens', zei Van In.

Ze liepen voorbij een boot in aanbouw waar drie jongeren onder toezicht van een man met een wilde blonde baard druk in de weer waren met een soort brede beitel en een hamer. De man keek amper op toen ze passeerden.

'Dat is Eric, de opzichter', zei de slungel. 'Hij leert ons de kneepjes van het vak.'

'Wat doen jullie nu?' vroeg Versavel, die bijzonder geïnteresseerd was in alles wat met hout te maken had.

'Breeuwen', zei de slungel.

'Wat is breeuwen?'

'De romp waterdicht maken met werk. Zo deden ze het vroeger ook.'

Teer?

Ze liepen een grote loods binnen, waar grote stapels dikke planken lagen te drogen. Het was een flinke voorraad. Versavel floot bewonderend. Hij wist hoe duur hout tegenwoordig was.

'Wie betaalt dat allemaal?' vroeg hij. 'Meneer Vandecasteele?'

'Dat weet ik niet', zei de slungel. 'Het hout is eigendom van de vzw.'

'En wie is de voorzitter van de vzw?'

'Tja', zei de slungel. 'Als je het zo bekijkt heb je gelijk.'

Het leek wel of meneer Vandecasteele overal iets in de melk te brokkelen had, toch zeker als het om de visserij ging. Ze liepen een tweede loods binnen, waar netten en zeilen hingen te drogen. Er stonden ook een half afgewerkt houten motorjacht en een bijzonder gedetailleerd schaalmodel van de houten boot die ze aan het bouwen waren.

'Verkopen jullie die boten ook?' vroeg Van In.

'Nee', zei de slungel. 'We werken alleen in opdracht. De boot waaraan we nu bezig zijn is bestemd voor een gepensioneerde reder, die van plan is om ermee naar Australië te varen en zich daar te vestigen. Het ding kost anderhalf miljoen euro. Er zijn nog altijd mensen die veel geld verdienen', voegde hij er met een lachje aan toe.

Een brede trap leidde hen naar de eerste verdieping.

'Dit is de traceerzolder', zei de slungel. 'Hier wordt ieder onderdeel op ware grote uitgetekend en daarna worden er mallen van gemaakt.'

Op een verhoogde vloer lagen een aantal mallen. Het was er stoffig, smerig en donker. Van In begreep niet goed hoe mensen in die omstandigheden konden werken.

'Kwam meneer Vandecasteele hier vaak?'

'Af en toe', zei de slungel.

Uit het gesprek had Van In niet kunnen opmaken of de

slungel wist dat Vandecasteele dood was. Het was bijna onmogelijk dat hij het niet wist, want de kranten hadden het nieuws over de moord breed uitgesmeerd.

'Je weet toch dat meneer Vandecasteele dood is?'

De slungel knikte.

'En ik weet ook dat jullie van de politie zijn', zei hij zonder enige bitterheid in zijn stem. 'Jullie hebben me vier jaar geleden opgepakt voor het dealen van drugs. Ik heb twee jaar gezeten. Daarna heeft meneer Vandecasteele voor me gezorgd.'

De slungel kon zijn emotie niet langer bedwingen. Hij begon te huilen als een klein kind. Versavel kwam bij hem staan en gaf hem een schouderklopje.

'En wij zijn blij dat het goed met je afgelopen is, kerel', zei hij.

4

Commissaris Tozzi genoot van de vroege lentezon op zijn gezicht en van de rust aan de Riva dei Sette Martiri, waar zelden toeristen kwamen, hoewel de kade in het verlengde lag van de Riva degli Schiavoni, waar het altijd druk was. Hij snoof de zilte zeelucht op en liet zijn blik over de lagune glijden terwijl hij in zijn hoofd een concerto van Vivaldi neuriede. Venetië was niet zomaar een stad, het was zíjn stad, de stad die iedereen minstens één keer in zijn leven wilde bezoeken.

'Eigenlijk moeten we dit vaker doen', zei hij tegen Carlo, die naast hem liep. 'Wandelen is goed voor de bloedsomloop. Zeker op mijn leeftijd.'

Zijn assistent beperkte zich tot een knikje, terwijl hij in stilte hoopte dat Tozzi niet over zijn ouderdomskwaaltjes ging zeuren. Iedereen wist ondertussen allang dat hij met zijn bloeddruk sukkelde en dat zijn cholesterolspiegel te hoog was. Om nog maar te zwijgen van zijn libido, dat al jaren op een laag pitje stond.

'Heb je nog iets gehoord van de Belgen?' probeerde hij het gesprek over een andere boeg te gooien.

Tozzi glimlachte omdat hij Belgen sinds zaterdag met mooie vrouwen associeerde.

'Commissaris Van Ien heeft me gisteravond nog gebeld', zei hij.

'En?'

'Hij heeft al een paar mensen verhoord.'

'Heeft dat iets bruikbaars opgeleverd?'

Aan de manier waarop Carlo de vraag stelde, kon je horen dat hij niet erg in internationale samenwerking geloofde. Voor hem viel de moord op Vandecasteele volledig onder de bevoegdheid van de Venetiaanse politie. Ze hadden geen hulp van buitenaf nodig. Tozzi hield daar een andere mening op na. Op sommige vlakken was hij veel vooruitstrevender dan zijn jongere collega.

'De blonde vrouw met wie het slachtoffer in Hotel Danieli logeerde, lijkt niet zo onschuldig als ze ons wil doen geloven.'

'Dat lijkt me evident', zei Carlo. 'Commissaris Van Ien had zich de moeite kunnen besparen. Vrouwen als Annie Duprez kom je in iedere mondaine stad tegen. Ze willen maar één ding.'

Tozzi vroeg niet wat dat ene ding was. Hij haalde een pakje sigaretten uit zijn binnenzak en stak er een op. Het belangrijkste was dat zijn oversten hem met rust lieten en het leven weer zijn gewone gang kon gaan. De moord op Vandecasteele had niet veel stof doen opwaaien. Het had zelfs de voorpagina van de krant niet gehaald. Tozzi had het niet anders verwacht. Misdaad was slecht voor het imago van de stad. De mensen die het in Venetië voor het zeggen hadden, waren zich daarvan bewust. Tozzi wist zeker dat ze hun invloed hadden laten gelden bij de regionale pers. Daarom was het bijna een mirakel dat er toch iemand had gereageerd op zijn oproep in de krant.

'Is mevrouw Duprez eigenlijk al vertrokken?' vroeg hij.

Carlo wierp een blik op zijn horloge, een nep-Omega Seamaster, die hij zich vorige maand door een Afrikaanse straatventer had laten aansmeren.

'Als alles goed is, zit ze nu in het vliegtuig.'

Het parket had genoegen genomen met de verklaring die mevrouw Duprez had afgelegd en met het getuigenis van de receptionisten van Hotel Danieli. Ze had toestemming gekregen om het land te verlaten. En ook dat lag in de lijn der verwachtingen. De mensen die de regionale pers beheersten hadden eveneens invloed bij justitie.

'Is Van Ien daarvan al op de hoogte?'

'Was dat nodig?'

Tozzi deed geen moeite om de vraag te beantwoorden. Hij haalde zijn mobieltje uit zijn broekzak en belde zijn Belgische collega.

'Heeft hij al meer nieuws?' vroeg Carlo toen het gesprek afgelopen was.

'Hij was blij met de informatie.'

'Je hebt hem niet verteld waar wij mee bezig zijn.'

'Nee', zei Tozzi. 'Daarvoor is het nog te vroeg. Ik wil eerst weten wat signor Calzone te melden heeft. Je wilt toch niet dat we ons belachelijk maken?'

Ze sloegen de Via Giuseppe Garibaldi in, een brede, onlangs gerenoveerde straat in een volkse buitenwijk, waar het in tegenstelling tot de Riva dei Sette Martiri gezellig druk was. Er stonden stalletjes met fruit en groenten, salami en fijne hammen, pasta's, olijven, olie en kruiden die de hele straat met een bedwelmend aroma vulden. Hier kwamen de minder gegoede Venetianen hun inkopen doen. Carlo keek om zich heen en genoot van het kleurige schouwspel. Dit was zijn thuis. Hier was hij geboren. Het duurde dan ook niet lang voor iemand hem herkende.

'Hoi Carlo', klonk het plotseling vanuit een zijstraat. Een van de marktkramers, een getaande kerel met een borstelige grijze snor, stak zijn hand op en wuifde uitgelaten. Twee minuten later werd Carlo omstuwd door een tiental oude vrienden die allemaal wilden weten hoe hij het maakte.

'Ik zie je straks wel', zei Tozzi.

'Je vindt het dus niet erg dat ik...'

'Natuurlijk niet. Ik bel je wel als ik je nodig heb.'

Carlo liet het zich geen twee keer zeggen. Hij verdween met een paar vrienden in een piepkleine bar die eigenlijk al propvol zat.

Aan het eind van de Via Giuseppe Garibaldi was een kleine inham. Er lagen enkele houten vrachtboten aangemeerd die als groente-en-fruitstalletjes dienstdeden. Tozzi wrong zich door de menigte klanten die zich op de smalle kade verdrongen en liep naar de brug een eindje verderop waar hij met signor Calzone had afgesproken. Hoewel ze elkaar nooit eerder hadden ontmoet, herkende hij hem onmiddellijk. Ik lijk een beetje op Dalí, had Calzone hem over de telefoon gezegd en Tozzi moest toegeven dat hij niet overdreven had. De man die met zijn rug tegen de brug stond geleund, leek als twee druppels water op de excentrieke Spaanse kunstenaar.

'Ik neem aan dat u signor Calzone bent', zei Tozzi.

De man op de brug glimlachte minzaam. Na het lezen van de oproep in de krant had hij lang getwijfeld voor hij beslist had contact op te nemen met de politie. Hij had het uiteindelijk toch gedaan uit respect voor zijn vriend en ook een beetje uit dankbaarheid voor het jarenlange vertrouwen dat Filip Vandecasteele in hem had gesteld.

'Dan bent u commissaris Tozzi.'

'Inderdaad.'

'Fijn.'

Het klonk niet erg overtuigd. Calzone was er nog steeds niet zeker van of hij wel de juiste beslissing had genomen. Voor de politie was hij immers een verdachte. De gedachte dat hij in de gevangenis kon belanden maakte hem onrustig.

‘Ik wil u in ieder geval bedanken voor uw spontane medewerking’, zei Tozzi, die merkte dat Calzone zenuwachtig was. ‘Kan ik u iets aanbieden?’

Een eindje verderop lonkte een zonnig terrasje. Ze liepen ernaartoe en installeerden zich aan een klein rond tafeltje.

‘Koffie?’

Calzone knikte. De commissaris leek hem een geschikte kerel, maar met flikken weet je maar nooit. Daarom had hij zich voorgenomen met geen woord te reppen over het project waarmee ze al jaren bezig waren. Hij wilde eerst contact opnemen met de erfgenamen van Vandecasteele. Wie weet of er met hen iets te regelen viel. Tozzi wachtte tot de kelner de koffie geserveerd had voor hij van wal stak. Ondertussen stak hij een sigaret op.

‘U kende signor Vandecasteele dus’, zei hij toen de kelner weg was.

‘Al meer dan vijf jaar.’

‘Hebben jullie elkaar toevallig ontmoet?’

‘Nee’, zei Calzone. ‘Ik leerde Filip kennen op een antiekbeurs in Parijs. We deelden dezelfde passie, moet u weten. We verzamelen allebei oude scheepsinstrumenten.’

‘Oude scheepsinstrumenten’, herhaalde Tozzi. ‘Dat lijkt me interessant.’

‘Filip bezit een van de mooiste collecties van Europa. Toen ik hem vertelde dat ik in Venetië woonde, is hij me een paar maanden later komen opzoeken. U weet toch dat hij gek was op Venetië? Hij wilde hier zelfs een huis kopen.’

Calzone pakte zijn kopje voorzichtig bij het fragiele oortje, bracht het naar zijn mond en nipte er met getuite lippen van. Tot nu toe had hij niets verzwegen. Ze hadden elkaar inderdaad ontmoet op een antiekbeurs in Parijs en in het begin hadden ze alleen over hun wederzijdse liefhebberij gesproken. De machine was pas ter sprake gekomen toen hij een tijdje later het bedrijf van Vandecasteele had bezocht en ze de problemen van de moderne visserij hadden aangekaart.

'Mag ik vragen wat u voor de kost doet, signor Calzone?'

'Ik ben ingenieur.'

'Bij welk bedrijf?'

'Ik werk zelfstandig.'

Tozzi probeerde ernstig te blijven. Volgens hem had Calzone evenveel weg van een ingenieur als de paus van miss Italië.

'Ik dacht dat u kunstenaar was.'

Calzone trok zijn dunne lippen in een glimlach. Hij nam het de commissaris niet kwalijk. De meeste mensen dachten dat hij schilder of beeldhouwer was.

'Ingenieurs zijn ook kunstenaars. Het verschil is dat we dingen ontwerpen die functioneren.'

'U bent dus ook ontwerper?'

'Ontwerper en uitvinder, commissaris.'

Calzone was een vreemde vogel en hij deed een beetje geheimzinnig, maar dat was eigenlijk irrelevant. Het belangrijkste was dat hij gereageerd had op de oproep in de krant. Tozzi drukte zijn sigaret uit en nam een slokje van de voortreffelijke koffie.

'Als ik het goed begrijp hebt u signor Vandecasteele vrijdagavond voor het laatst gezien op de Riva?'

'Inderdaad. Filip was niet alleen gek op Venetië, hij had ook een zwak voor houten boten en voor Riva's in het bijzonder. Als hij op bezoek was gingen we steevast aan boord een glas drinken.'

'U wist toch dat hij diabetes had.'

'Niemand wordt ziek van een paar glazen Brolio, commissaris. Zolang een mens niet overdrijft natuurlijk. Bovendien was Filip bijzonder stipt wat het innemen van zijn medicatie betrof.'

'Bleven jullie lang aan boord?'
Calzone haalde zijn schouders op.
'Dat hing van het weer af. Meestal bleven we tot middernacht kletsen, maar vrijdagavond hebben we om een uur of negen afscheid genomen.'
De excentrieke ingenieur had over de telefoon gezegd dat hij over informatie beschikte in verband met de moord op Vandecasteele. Tot nu toe had hij alleen toegegeven dat hij met hem een glas wijn had gedronken aan boord van de Riva. Dat was op zich nuttige informatie, maar niet voldoende om het onderzoek vooruit te helpen. Tozzi liet zijn sympathieke masker zakken.
'Wat moet ik daarvan denken, signor Calzone?' vroeg hij scherp.
De bruuske wending deed de ingenieur met de ogen knipperen. Het was duidelijk dat de flik zijn geduld begon te verliezen. Calzone maakte met een handgebaar duidelijk dat hij zich niet ongerust hoefde te maken.
'Ik ben vroeger vertrokken dan gewoonlijk omdat Filip iemand anders verwachtte, iemand met wie hij me liever niet liet kennismaken.'
'Hoezo?'
Tozzi nam een slokje koffie en keek over de rand van zijn kopje stiekem naar een jonge vrouw die de straat overstak. Dat deed hij de laatste tijd vaker. Vrouwen bekijken en zijn fantasie de vrije loop laten. Gelukkig kon niemand zijn gedachten lezen.
'Hij werd gebeld', zei Calzone.
'Weet u ook door wie?'
'Geen idee.'
'Welke taal sprak hij?'
Vandecasteele sprak vloeiend Frans en Engels en af en toe ook een woordje Italiaans. Calzone had hem zelden zijn

moedertaal horen spreken, behalve een paar keer aan de telefoon.

'Volgens mij sprak hij Vlaams.'

'Vlaams', herhaalde Tozzi. 'Dat is interessant.'

Hij pakte een papieren servet en depte er zijn voorhoofd mee, want het was ondertussen behoorlijk warm geworden op het terras. Daarna stak hij een sigaret op en strekte zijn benen. Het leven kan toch mooi zijn, dacht hij zelfvoldaan. Zaterdagavond had zijn favoriete voetbalclub met 2-1 gewonnen van Roma en vandaag had hij een doorbraak gerealiseerd in de zaak-Vandecasteele. Als het getuigenis van Calzone klopte, konden ze aannemen dat Vandecasteele vermoord was door een landgenoot en kon hij de zaak laten varen. De rest was voor commissaris Van Ien.

Robert Piers ging met gekruiste armen voor het raam staan en staarde afwezig naar buiten. Er lag een verbeten trek om zijn lippen en er knaagde een dof schuldgevoel in zijn binnenste. Het had hem de hele nacht wakker gehouden. Ouders voelen zich meestal schuldig als ze erachter komen dat een van hun kinderen drugs gebruikt. Ze vragen zich voortdurend af hoe het zover heeft kunnen komen, waarom ze het niet hebben zien aankomen. Piers weigerde te aanvaarden dat het hem was overkomen. Hij had een onberispelijke staat van dienst. Hij stond zelfs op het punt om bevorderd te worden. Zijn huis was bijna afbetaald en financieel kwamen ze niets te kort. Zijn enige dochter Maya had toch geen enkele reden om zich met die rotzooi in te laten? Hoe lang gebruikte ze die smeerlapperij al? Hij had haar gisteren toevallig op haar kamer betrapt, maar dat bewees niets. Ze was natuurlijk bij hoog en bij laag blijven beweren dat ze het spul van iemand had gekregen die ze niet kende. Wat dacht ze wel? Dat hij naïef was? Hij had haar al een paar keer in het gezelschap van die halfgare zoon van Vandecasteele gezien, van wie iedereen wist dat hij aan de coke zat.

'Berten.'

Een collega stak zijn hoofd naar binnen.

'Wat is er nu weer?'

Piers draaide zich om, maar hij bleef afwezig kijken. Hij kon het maar niet van zich afzetten. Het was allemaal zijn schuld. Hij had rustig met haar moeten praten in plaats van haar onder druk te zetten. En hij had haar niet moeten toeschreeuwen dat hij de klootzak die haar bevoorraadde eigenhandig de keel zou afsnijden. Het was te laat. Maya was er in de loop van de nacht vandoor gegaan.

'Commissaris Van In en zijn assistent zijn net aangekomen', zei de collega benepen. 'Ze zeggen dat ze een afspraak met je hebben.'

Piers vloekte binnensmonds. Hij was compleet vergeten dat de Brugse Zotten vandaag zouden langskomen. Het was nu te laat om te zeggen dat hij er niet was. Hij kreeg de tijd niet om een ander excuus te bedenken.

'Goedemorgen, hoofdinspecteur Piers.'

Van In en Versavel kwamen ongevraagd binnen. De politieagent in de deuropening trok verontschuldigend zijn schouders op. Piers zette een stap naar voren, drukte hen de hand en ging daarna aan zijn bureau zitten.

'Wat kan ik voor u doen?' vroeg hij nors.

'U weet toch waarom we hier zijn?'

Piers keek zijn Brugse collega recht in de ogen.

'Om mensen te kloten, zeker?'

De toon was gezet. Van In had niet verwacht dat ze hem in Oostende met open armen zouden ontvangen, maar daarom hoefden ze niet onbeschoft te doen. Hij bekeek Piers en probeerde hem in te schatten. Een grote, kalende man met een bierbuik, diepe groeven in zijn voorhoofd en een op het eerste gezicht duur horloge om zijn pols. En een grote mond. Maar daar wist hij raad mee.

'Maakt u zich maar geen zorgen, hoofdinspecteur. Brulapen laten we met rust.'

Daarna wendde hij zich tot de agent die nog altijd in de deuropening stond mee te luisteren.

'We komen eigenlijk alleen de pv's inkijken', zei hij. 'Zou u die voor ons kunnen halen?'

'Welke pv's?' klonk het.

'De pv's in verband met de zaak-Vandecasteele.'

'Er zijn nog geen pv's over die kwestie opgemaakt. Ik heb alleen met de nabestaanden gesproken', zei Piers terwijl hij zijn collega in de deuropening een teken gaf dat hij mocht ophoepelen.

'En wat hadden die te vertellen?'

Van In haalde zijn sigaretten uit zijn broekzak en stak er een op. Piers had hem geen groter genoegen kunnen doen dan daarover een opmerking te maken, maar hij deed het niet. Integendeel, hij pakte het schoteltje van onder zijn kopje en reikte het aan.

'Zijn zoon en zijn ex-vrouw wisten dat hij regelmatig naar Venetië ging', zei hij. 'En met zijn broer had hij al jarenlang geen contact meer.'

'Hoe reageerden ze op zijn dood?'

Piers besefte dat het geen zin had de Brugse Zotten nog langer op stang te jagen. Anders kreeg hij de hoofdcommissaris op zijn dak. En dat betekende nog meer ellende.

'Zijn zoon weigert te geloven dat zijn vader dood is, maar dat kun je dat kereltje niet kwalijk nemen.'

Het klonk denigrerend, maar Van In besteedde er geen aandacht aan.

'En zijn broer?' vroeg hij.

Danny Vandecasteele had een rondje gegeven in het café en geroepen dat eindelijk rechtvaardigheid was geschied en dat zijn broer mocht rotten in de hel.

'Die reageerde onverschillig. Zijn ex-vrouw ook trouwens.'

'Mooie familie.'

'Geld brengt altijd ellende met zich mee', zei Piers.

Versavel noteerde de adressen van Tom en Danny Vandecasteele en van Sylvie Adriaenssen, de ex-vrouw van het slachtoffer.

'Had Vandecasteele ook vrienden?'

Filip Vandecasteele was een graag geziene gast in menig café, hij sponsorde de plaatselijke basketbalclub, was voorzitter van diverse verenigingen en nam prominent deel aan het openbare leven. Mensen zoals hij hadden ontelbare kennissen maar ze konden hun vrienden meestal op één hand tellen.

'Vandecasteele was onafscheidelijk met Steven David, een jeugdvriend met wie hij regelmatig pinten ging pakken bij de Sons.'

'De Sons?'

'De Sons of Harley, een motorclub in de buurt van de Hendrik Baelskaai.'

Van In drukte zijn sigaret uit in het schoteltje. Het was duidelijk dat de Oostendse politie niet stond te springen om met hen samen te werken, maar dat was op zich niet erg zolang ze hem voldoende informatie verstrekten.

'Weet u ook waar mevrouw Duprez woont?'

Mevrouw Duprez, dacht Piers. Niemand zei mevrouw Duprez tegen Annie. Hij had gisteren, voor hij zijn dochter betrapte, een tijdje over de bizarre situatie nagedacht. Annie was een volksmeisje. Ze had amper gestudeerd en ze genoot een slechte reputatie. Het was een raadsel waarom Vandecasteele haar had meegenomen naar Venetië, tenzij de roddels klopten natuurlijk. Hij schreef het adres op een Post-it en gaf het aan Van In.

'Woont ze alleen?'

'Dat weet ik niet.'

'Niemand schijnt veel over haar te weten.'

'Mensen uit het vissersmilieu geven hun geheimen niet gauw prijs', glimlachte Piers. 'Toch niet aan een buitenstaander.'

'Dat begrijp ik', zei Van In. 'Gelukkig zijn we gewend om te roeien met de riemen die we hebben. We redden het wel.'

'Jullie kunnen me altijd bellen.'

'Dat weet ik', knikte Van In.

Hij stak zijn arm uit en drukte Piers de hand. Versavel klapte zijn notitieboekje dicht. Hij bedankte zijn onbehouwen collega met een zuinig glimlachje. Hij had een hekel aan lompe collega's, zeker aan lompe collega's met een bierbuik. Bovendien had hij niet veel op met Oostendenaars. Alleen opscheppers noemden hun eigen stad de Koningin der Badsteden.

'Wie bezoeken we eerst?' vroeg hij toen ze buiten stonden.

'Momentje.'

Van In kreeg een oproep. Hij haalde zijn mobieltje uit zijn broekzak en drukte op het groene hoorntje. Het was Tozzi. Hij herkende zijn stem onmiddellijk.

'Buon giorno.'

De ontvangst was slecht. Van In ging op de vensterbank zitten en drukte het toestel stevig tegen zijn oor.

'Is er nieuws?' vroeg Versavel toen het gesprek beëindigd was.

'De man die met Vandecasteele op de Riva wijn heeft zitten drinken, heeft zich vanochtend gemeld.'

Van In vatte het gesprek met Tozzi in een paar woorden samen.

'Dat betekent dat Vandecasteele hoogstwaarschijnlijk door een Vlaming werd vermoord', zei Versavel.

'Een Vlaming die wist dat Vandecasteele in Venetië verbleef.'

'En dat hij suikerziekte had.'

Ze liepen naar de Peugeot die aan de overkant van de straat geparkeerd stond. Van In wierp een blik op zijn horloge. Het was tien over elf. Tijd voor een Duvel. Een eindje verderop vonden ze een verwarmd terras. Van In knoopte zijn jas los en hij installeerde zich onder een van de branders. Er zat gelukkig niet veel volk zodat ze vrijuit konden praten.

'Zou het om geld gaan?'

'Dat zou best kunnen', zei Versavel een beetje opgelaten.

Bij de deur zat een geblondeerde man van een jaar of vijftig die hem met een steelse blik en een uitnodigende glimlach duidelijk probeerde te maken dat hij beschikbaar was.

'Scheelt er iets?'

Versavel schudde zijn hoofd en ging met zijn rug naar de bewonderaar zitten. Hij had een hekel aan opscheppers, maar nog meer aan oude janetten met geblondeerd haar.

'Hij heeft nochtans een mooi pak aan', sneerde Van In toen hij merkte wat er aan de hand was. 'En hij is niet veel ouder dan jij.'

Versavel klemde zijn kiezen op elkaar. Hij had geen zin om ruzie te maken. In ieder geval niet over een afgedankte janet. Van In bekeek zijn vriend met een meewarige blik, maar hij hield op met het geplaag.

'We hebben een aantal verdachten', zei hij ernstig. 'Als we kunnen bewijzen dat een van hen de vorige dagen in Venetië is geweest, zijn we een stuk verder.'

'Ik kan Saskia bellen en vragen of ze de passagierslijsten van alle vliegtuigmaatschappijen die op Venetië vliegen wil natrekken. Wie weet levert dat iets op.'

'Wie weet', reageerde Van In niet erg enthousiast.

Hij hield niet van zaken die je in een handomdraai kon oplossen. Een simpele moordzaak vond hij niet de moeite waard. Daarom hoopte hij in stilte dat Versavel ongelijk had. Hij stak een sigaret op en nam een slok van zijn Duvel, terwijl hij zich troostte met de gedachte dat alleen een stomme moordenaar het vliegtuig naar Venetië had genomen.

'Saskia doet het nodige', zei Versavel.

Hij stak zijn mobieltje in zijn broekzak en keek Van In afwachtend aan. Hij had geen zin om de rest van de ochtend op een terras door te brengen, zoals dat vaak gebeurde als Van In geen inspiratie had.

'Wat doen we nu?' vroeg hij.

'Nog een Duvel drinken', grinnikte Van In. 'Of heb je een ander voorstel?'

Versavel kruiste zijn armen en trok zijn gezicht in een ernstige plooi. Hij vond het niet erg dat Van In af en toe een Duvel dronk en daaruit inspiratie putte, maar te veel was te veel. Ze werden verdomme niet betaald om Duvel en koffie te drinken.

'Je hebt toch geen problemen met Luk?'

Versavel wond zich zelden op. Als hij zich druk maakte, kon je er donder op zeggen dat hij in de clinch lag met zijn vriend. Maar dat zou hij natuurlijk nooit toegeven. De reactie was bijgevolg navenant.

'Nee, ik heb geen problemen met Luk, maar als jij hier de hele ochtend blijft rondhangen, ga ik Saskia helpen. Jij kiest.'

Van In liet zich niet inpakken. Hij was het gezeur over zijn drankgebruik tijdens de diensturen grondig beu. Het werd tijd dat Versavel ermee stopte.

'Waarover hebben jullie dit keer ruzie gemaakt?' klonk het honend. 'Toch niet over geld zoals de vorige keer? Of is Luk weer eens te laat thuisgekomen? Tja. Dat gebeurt nu eenmaal als je partner jonger is.'

Voor Versavel was de maat vol. Hij schoof zijn kop koffie met een woedend gebaar opzij en maakte aanstalten om weg te lopen. Van In, die besefte dat hij te ver was gegaan, hield zijn vriend tegen. Hij had geen zin om de rest van de dag alleen door te brengen.

'Ik beloof dat ik je niet meer ga plagen', zei hij met een uitgestreken gezicht.

Versavel werd gevoeliger met het ouder worden. Vroeger kon hij tegen een stootje, maar die tijd was voorbij. Van In nam zich voor om daar in het vervolg rekening mee te houden. Hij wenkte de kelner en betaalde de rekening.

Het atelier van Tom Vandecasteele was ondergebracht in een oud pakhuis van de spoorwegen in de buurt van het station. Versavel parkeerde de Peugeot voor de loskade naast een aftandse Mazda en een in felle kleuren beschilderd VW-busje. Ze stapten uit en beklommen het trapje dat naar een metalen poort leidde die net als de muren onder de graffiti zat. Van In klopte aan. Ze waren eerst bij hem thuis langs geweest. Tom woonde in een chique loft aan de rand van de stad, waar ze van een buurman te horen hadden gekregen dat hij in zijn atelier was. Het geknars van een grendel bewees dat die niet gelogen had. De poort schoof open.

'Wat kan ik voor jullie doen?'

Tom Vandecasteele droeg een gescheurde spijkerbroek, een morsige beige trui en afgetrapte sportschoenen van het merk Puma. Hij schoof zijn veiligheidsbril naar boven en keek zijn bezoekers, die hij voor klanten hield, onderzoekend aan. Hij ontving regelmatig klanten in zijn atelier. Dan deed hij meestal goede zaken, want mensen zien een kunstenaar graag bezig in zijn eigen biotoop. Kunst kopen in de werkplaats van de kunstenaar geeft het werk een zekere authenticiteit. Hoeveel keer had hij dat al niet gehoord?

'Ik ben commissaris Van In en dit is mijn assistent Guido Versavel.'

Tom knikte, hoewel zijn maag verknoopte. Hij had pas een lading drugs binnengekregen. Erger nog, het pakje lag nog op zijn werkbank.

'Weer niets verkocht', probeerde hij zich met een zure grap te redden.

'We komen in verband met uw vader', zei Van In. 'Mogen we binnenkomen?'

'Als u niet allergisch bent voor de rommel.'

'Ik niet, hij wel', zei Van In met een knipoog.

Het atelier zag eruit zoals een atelier van een kunstenaar eruit hoort te zien. De muren hingen vol met schilderijen, ondingen die geen mens wilde. Centraal in de kille betonnen ruimte stond een werktafel met tientallen spuitbussen, schroevendraaiers, tangen en een airbrush met compressor. De vloer lag bezaaid met metalen onderdelen, ontmantelde elektronische apparatuur en bakjes vol met de bizarste accessoires. Op een andere tafel lagen een tiental latex mallen in de vorm van een kinderhoofdje, maar het opvallendste was een metershoge hoop met ouderwetse kinderpoppen. Al dan niet intact. Ze vormden het basismateriaal voor een reeks beelden van misvormde en verminkte baby's die hen vanaf een houten rek aankeken.

'Ik schilder minder vaak dan vroeger. Eigenlijk maak ik nog zelden een schilderij', zei Tom toen hij Van In naar de monsterbaby's zag kijken. 'Zoals u kunt zien heb ik het over een totaal andere boeg gegooid. Een kunstenaar moet evolueren.'

De getransformeerde poppen waren enerzijds een toonbeeld van wansmaak, anderzijds oefenden ze een morbide aantrekkingskracht uit waardoor ze bijna mooi werden. Tenminste, dat vond Versavel. Voor Van In waren het producten van een ziekelijk brein. Wie maakt er anders poppen met ingedeukte schedels, opengereten borstkassen en doorgeprikte ogen?

'Verkopen die dingen?' vroeg hij met een zekere afschuw.

'Dat weet ik nog niet. De eerste tentoonstelling vindt pas volgende maand plaats, maar er is in ieder geval veel belangstelling.'

Van In reageerde met opzet niet. Wie tegenwoordig dode vliegen op een luchter kleefde of een aantal keien in een bepaalde volgorde schikte, kreeg gegarandeerd een vaste stek in het SMAK of wie weet zelfs in het Louvre. Nee, over kunst viel niet te discussiëren, over de geestelijke gezondheid van de mensen die er fortuinen voor neertelden evenmin.

'Bent u al lang gestopt met schilderen?'

'Waarom wilt u dat weten?'

Tom liep naar een met graffiti versierde koelkast, trok de deur open en haalde er een blikje bier uit.

'Ik heb ook frisdrank', zei hij luchtig.

Van In stak een sigaret op. Tom Vandecasteele kon zich een zekere nonchalance permitteren omdat hij geen financiële problemen had. De meeste verwende nesten deden alsof ze zich niets van de materiële wereld aantrokken. De arme kunstenaar spelen was de ideale manier om andere mensen te laten zien dat ze superieure wezens waren die tegenover niemand verantwoording hoefden af te leggen.

'Mijn collega drinkt dat spul. Ik heb trek in een pilsje.'

Naast het rek met de monsterbaby's stond een bank uit de jaren zestig met schuine metalen poten en een hoge rugleuning.

'Eigenlijk hadden we u eerst moeten condoleren met de dood van uw vader', zei Van In.

Tom Vandecasteele haalde zijn schouders op.

'Ik ben gewend om verdriet alleen te dragen, commissaris', zei hij enigmatisch. 'De pijn die ik vandaag voel, stelt niets voor met wat me nog te wachten staat als ik echt zal beseffen dat hij er niet meer is.'

Zijn gezicht verstarde en het was alsof hij door de muur keek. Van In had zelden een ingetogener blijk van verdriet en pijn gezien. Misschien had hij de jongen verkeerd beoordeeld en was de nonchalance een manier om zijn onzekerheid te verbergen.

'Dat begrijp ik', zei hij. 'Als dit voor u te moeilijk is, komen we later terug.'

'Waarom zou u later terugkomen?'

Tom liep naar de werktafel waar het pakje met de drugs lag, pakte het en stopte het in een metalen archiefkast.

'Mijn dagelijkse portie coke', zei hij met een trieste glimlach. 'Een mens moet zich toch met iets troosten.'

Van In ging op de bank zitten. Versavel volgde zijn voorbeeld. Hij voelde zich opgelaten, net als Van In.

'Ik ben verplicht u een paar vragen te stellen, meneer Vandecasteele.'

'Meneer is niet thuis', reageerde Tom laconiek.

'Oké. Tom dan.'

Hij vroeg of Tom wist dat zijn vader in Venetië verbleef. Het antwoord was positief. Ook op de vraag of hij wist dat Annie Duprez hem vergezelde.

'Annie is een toffe meid. Ze komt regelmatig langs om te kletsen over de dingen die ze met papa beleefd heeft. Ik ben zelfs een beetje verliefd op haar.'

'Er zijn mensen die beweren dat uw vader een relatie met haar had.'

Tom maakte de blikjes open en reikte Van In er een aan. De opmerking bracht hem blijkbaar niet van zijn stuk. Integendeel.

'Mensen roddelen over alles en nog wat', zei hij. 'Wie mijn vader kent, weet dat hij haar alleen probeerde te beschermen.'

'Had zij bescherming nodig?'

'Ze is nogal naïef en ze kan niet met geld omgaan.'

Geldt dat niet voor de meeste blondjes, wilde Van In zeggen, maar hij zweeg. Je moest tegenwoordig verdomd goed opletten wat je zei. Discriminatie was allang geen ijdel woord meer. Hoe lang zou het nog duren voor rechters een celstraf oplegden aan mensen die woorden als 'neger', 'bougnoul' of 'boer' durfden te gebruiken?

'Er worstelen nog vrouwen met dat probleem', zei hij in de plaats. 'Ik vraag me af waarom uw vader uitgerekend haar in bescherming nam.'

'Dat weet ik niet', zei Tom. 'Mijn vader deed gewoon dingen. Hij gaf er nooit uitleg bij.'

'Nog één vraag', zei Van In. 'Waar was u in het weekeinde?'

Tom liet niet blijken dat hij besefte wat die vraag inhield. Zijn vader was vermoord in Venetië. Van In wilde weten of hij kon bewijzen dat hij op dat ogenblik in Oostende was. En dat kon hij niet.

'Ik logeerde bij een vriendin.'

'Mag ik haar naam?'

Tom speelde hoog spel, maar hij kon niet meer terug. Het enige wat hij nog kon doen was Olga bellen als ze weg waren en haar alles uitleggen. De teef deed alles voor hem, zolang hij haar betaalde.

'Ze heet Olga Naessens.'

'Woont ze in Oostende?'

'Nee. In Brugge.'

Tom noteerde haar adres op een stukje papier en gaf het aan Van In. Versavel had de indruk dat de jongen zenuwachtig was. Zijn halsslagader pulseerde zichtbaar en zijn hand trilde een beetje.

5

Vanuit de loft van Olga Naessens aan de Kolenkaai zag je de ringvaart, en als je over de daken van de huizen aan de overkant keek had je een panoramisch uitzicht over de polder. Van In en Versavel zaten bij het raam in een leren bank van de Sede, die meer kostte dan een doorsnee Japanse wagen. Het moderne schilderij boven het rood gelakte dressoir was ongetwijfeld meer waard dan het jaarloon van een hoofdinspecteur bij de politie. Juffrouw Naessens hoefde zich op financieel gebied duidelijk geen zorgen te maken.

'Ik wist niet dat mannequins zo veel verdienden', zei Van In gedempt.

'Sommige van die meiden rijven een fortuin binnen', fluisterde Versavel. 'Luk kent er eentje die vijfentwintigduizend euro per dag vangt.'

Versavels vriend werkte voor een productiehuis dat hoofdzakelijk speelfilms en televisiereeksen maakte, maar hij deed af en toe ook de make-up van bekende fotomodellen en mannequins.

'Misschien kent hij haar wel.'

'Dat zou me niet verbazen', zei Versavel.

De deur van de keuken schoof automatisch open.

'Hier ben ik weer', zei Olga.

Ze zette het dienblad met de koffie en pralines op de salontafel en bediende haar gasten. Van In kon alleen bewonderend toekijken. Ze was minstens een meter tachtig groot en ze had lang donkerblond haar dat als een zijden waaier over haar schouders viel. Over de rest van haar lichaam durfde hij niet te fantaseren.

'Kent u Tom al lang?' vroeg hij toen ze hem een kleurrijk gedecoreerd kopje aanreikte.

Ze stak haar kin naar voren en keek met half dichtgeknepen ogen naar het plafond, alsof ze diep moest nadenken voor ze de vraag kon beantwoorden.

'Ik weet niet meer exact wanneer we elkaar voor het eerst hebben ontmoet', zei ze. 'Het was in ieder geval voor de zomer.'

'Nog geen jaar geleden dus.'

Ze knikte.

'Ik weet wel nog waar. In Kortrijk. Op een of andere tentoonstelling waar ik een defilé moest lopen.'

Ze ging tegenover hen op een poef zitten, sloeg haar benen over elkaar en pakte een praline van het schaaltje. Versavel had ooit ergens in een tijdschrift gelezen dat veel mannequins verslaafd waren aan chocolade omdat ze zich eenzaam voelden en chocolade een stof bevatte die mensen een voldaan gevoel geeft. Olga bewees dat de auteur van het stuk gelijk had. Ze nam een tweede praline nog voor ze de eerste had doorgeslikt.

'Hebben jullie een vaste relatie?'

Ze bracht haar hand naar haar schouder en fatsoeneerde het linker schouderbandje van haar bh dat dreigde af te zakken. Ze glimlachte toen ze merkte dat Van In die beweging onwillekeurig met zijn ogen volgde. Ze was het immers gewoon dat mannen haar bekeken. Ze wist wat er door hun hoofd ging.

'Wat bedoelt u met een vaste relatie, commissaris?' vroeg ze plagerig. 'Dat we regelmatig seks hebben?'

Van In voelde het schaamrood naar zijn wangen stijgen. Niet zozeer om wat ze net gezegd had, hij voelde zich betrapt omdat ze gemerkt had dat hij haar begluurde. Gelukkig was Hannelore er niet bij.

'Dat zijn uw woorden, juffrouw Naessens.'

Mooie vrouwen beseffen dat ze macht hebben over mannen. Olga herinnerde zich nog precies wanneer ze er voor de eerste keer gebruik van had gemaakt. Ze was amper zeventien toen ze zich door de artistiek directeur van een modellenbureau had laten bepotelen. Hij had haar bij een modeblad geïntroduceerd waar ze het tot fotomodel van het jaar had geschopt. Sindsdien had ze altijd haar zin gekregen. Het zou vandaag niet anders zijn. Ze had de flik in de ban. Hij zou alles geloven wat ze hem wijsmaakte.

'Dan zal ik u uit uw lijden verlossen, commissaris', teemde ze. 'Mijn relatie met Tom was puur platonisch, om de eenvoudige reden dat hij niet op vrouwen valt.'

Versavel schrok zichtbaar. Soortgenoten herkenden elkaar door de bank feilloos. Hij kon moeilijk aannemen dat hij zich in de geaardheid van Tom had vergist.

'Maar jullie hadden wel een relatie?'

Het deed hem denken aan de relatie tussen de vermoorde Filip Vandecasteele en Annie Duprez. Vader en zoon hielden er blijkbaar een ingewikkeld liefdesleven op na.

'Een relatie is veel gezegd, maar we zien elkaar nog wel regelmatig.'

'Tom vertelde dat jullie het vorige weekeinde samen hebben doorgebracht.'

'Dat klopt. Zaterdag zijn we gaan winkelen in Antwerpen en zondag hebben we lang uitgeslapen.'

'Bij u thuis of bij hem?'

'Ik heb twee gastenkamers, commissaris. Zal ik ze laten zien?'

Haar borsten gingen op en neer toen ze in een schaterlach uitbarstte, waardoor de vraag behoorlijk dubbelzinnig klonk. Van In keek ostentatief de andere kant op.

'Nee, laat maar, ik geloof u.'

Hij nam een slokje koffie. Versavel, die ook niet goed meer wist wat te doen, volgde zijn voorbeeld. Olga had nooit kunnen denken dat het zo gemakkelijk was om twee flikken om de tuin te leiden.

'U weet toch dat de vader van Tom vermoord is?'

Ze trok haar gezicht in een ernstige plooi. Filip had haar in het begin van haar carrière geld geleend. Dat was ze nooit vergeten. Het nieuws dat hij dood was, had diepe indruk op haar gemaakt, maar het leven ging verder.

'De vader van Tom was een lieve man', zei ze. 'Ik zal hem missen.'

'U kende hem dus ook.'

'Dat is toch niet verboden, hoop ik.'

Van In stond voor een dilemma. Hij was benieuwd hoe goed Olga de vader van Tom Vandecasteele had gekend, maar hij wilde geen tweede keer afgaan. Hij kreeg de kans niet om er lang over na te denken. Toen ze de aarzeling in zijn ogen merkte, beantwoordde ze spontaan de vraag die hij had willen stellen.

'Met Filip ben ik vroeger wel naar bed geweest', zei ze ongegeneerd, terwijl ze nog een praline nam. 'Maar ik was zeker niet de enige. Filip had veel succes bij de vrouwen. Hij hoefde maar met zijn vingers te knippen en ze lagen voor zijn voeten.'

Ondanks zijn seksuele appetijt was Filip een galante minnaar. Hij had aandacht voor de vrouwen die hij het hof maakte en hij bleef hen verwennen zelfs als de relatie uit was. Zo stuurde hij nog altijd bloemen voor haar verjaardag en ze gingen af en toe nog eens uit eten, maar ze hadden geen seks meer gehad sinds hij die troela in Oostende weer was tegengekomen, een ex-liefje bij wie hij ooit een kind had verwekt.

'Hadden jullie nog contact met elkaar?' vroeg Van In verbaasd.

'Af en toe.'

'Wist hij ook dat u bevriend was met Tom?'

'Dat denk ik niet', zei ze.

Hij dronk zijn kopje leeg en veegde zijn mond droog met de rug van zijn hand. Het bezoek aan Olga Naessens had nuttige informatie opgeleverd. Het feit dat Filip Vandecasteele succes had bij de vrouwen maakte de zaak nog ingewikkelder, zeker als zijn veroveringen ook getrouwd waren of een vaste vriend hadden. In dat geval zou het lijstje met verdachten alleen maar langer worden.

'Oké, dan weten we voorlopig genoeg', zei Van In, terwijl hij het kopje terugzette op de salontafel en Versavel ondertussen met een hoofdbeweging te kennen gaf dat het tijd was om op te stappen.

Olga Naessens haalde opgelucht adem toen ze de lift naar beneden hoorde zoeven. Ze pakte haar mobieltje en belde Tom.

'Je hoeft je geen zorgen te maken', zei ze toen hij vroeg hoe het afgelopen was. 'Ik weet zeker dat ze erin getrapt zijn.'

De hemel zag grijs en contrasteerde met de gevel van het station, die onlangs een grondige reiniging had gekregen. Annie Duprez keek even achterom voor ze naar buiten liep. Ze had geen koffers bij zich. Die had ze achtergelaten in een bagagekluis, waar Tom ze later zou komen ophalen. Ze trok de revers van haar jas bijeen en liep haastig over het verkeersarme plein voor het station naar de Visserskaai, waar ze een restaurant binnenstapte. De ober, die haar kende, gaf haar een zoen en nam met een bezorgd gezicht haar jas aan.

'Ik heb het in de krant gelezen', zei hij bedrukt. 'Mag ik je mijn deelneming betuigen?'

'Dank je, Robbe.'

Ze ging aan een tafel achteraan in het restaurant zitten en bestelde een glas wijn. De eerste slok bezorgde haar een prop in de keel, maar ze had geen tranen meer om te huilen. Ze kon het nog altijd niet geloven dat hij dood was, maar het ergste was dat ze haar verdriet verborgen moest houden voor de buitenwereld. Ik zal je missen, papa, dacht ze bij zichzelf. Gelukkig was mama er nog. En Tom. De voordeur ging open en ze hoorde Robbe 'dag Martha' zeggen. Eindelijk. Een vrouw van middelbare leeftijd liet haar jas van haar schouders glijden en gaf hem aan Robbe. Ze droeg een grijze wollen jurk die haar figuur mooi tot zijn recht liet komen en zwarte leren laarzen die haar er jonger deden uitzien dan achtenveertig. Ze was smaakvol opgemaakt en haar kapsel was moderner dan dat van haar dochter. En toch leken Martha Crabeels en Annie Duprez ontzettend goed op elkaar. Dat was waarschijnlijk de reden waarom Filip Vandecasteele zich iets was gaan afvragen.

'Hoe gaat het met je, meid?'

Martha sloeg haar armen om Annie heen en pakte haar stevig vast terwijl ze haar tranen probeerde te bedwingen. Ook zij kon moeilijk geloven dat Filip dood was, maar nu had ze andere zorgen. Robbe bracht ongevraagd een tweede glas wijn en trok zich daarna discreet terug. Beide vrouwen gingen aan tafel zitten.

'Vertel me wat er gebeurd is, schat.'

Annie rommelde zenuwachtig in haar handtas, haalde er een verfomfaaid pakje sigaretten uit en stak er stiekem eentje op. Er was toch niemand in de zaak.

'Papa heeft het me verteld', zei ze terwijl ze de eerste trek diep inhaleerde.

Martha knikte. Filip had er nachtenlang met haar over gediscussieerd, maar ze had uiteindelijk beslist dat hij het alleen moest doen, omdat ze bang was haar dochter na al die jaren opnieuw te verliezen.

'En?'

'Ik ben natuurlijk geschrokken toen papa het me vertelde', zei ze. 'Maar...'

Het woord 'maar' voorspelde meestal niet veel goeds, de aarzeling die erop volgde greep Martha naar de keel. Taboes mochten tegenwoordig niet meer bestaan, maar ze kon zich niet voorstellen dat...

'Maar wat?' vroeg ze met een bang hart.

'Ik vind het zo erg niet.'

Het had Annie enige moeite gekost om het nieuws te verwerken dat de jongen met wie ze al een paar weken een passionele verhouding had haar halfbroer was, maar er waren ergere dingen in het leven. Ze hield zielsveel van Tom en ze zou er nooit achter zijn gekomen dat hij haar halfbroer was als haar moeder, die haar bij de geboorte had afgestaan, na meer dan vijfentwintig jaar niet opnieuw een relatie was begonnen met haar natuurlijke vader. Als dat niet gebeurd was, was haar vader niet naar haar op zoek gegaan en had het probleem zich nooit voorgedaan.

'Je vindt het niet zo erg', herhaalde Martha wezenloos.

'Nee, mama. Ik heb er lang over nagedacht en ik ben niet van plan om Tom op te geven. Niemand hoeft trouwens te weten dat Filip Vandecasteele mijn vader was.'

Zoiets noemen ze bloedschande, wilde Martha zeggen, maar ze zweeg omdat Filip haar blijkbaar niet de volledige waarheid had verteld. Misschien had Annie wel gelijk. Zo erg was het nu ook niet.

'Ik zal het in ieder geval aan niemand vertellen', zei ze.

Het gezicht van Annie klaarde op. Haar ogen straalden

ondanks het verdriet dat nog steeds in haar binnenste knaagde.

'Ik ben blij dat je er zo over denkt', zei ze. 'Papa hield er jammer genoeg een andere mening op na. Hij wilde pertinent dat ik met Tom brak.'

'Dat weet ik, schat.'

Filip was geen pilaarbijter, maar hij kon niet leven met de gedachte dat Tom en Annie met elkaar in zonde leefden. Daarom had hij zijn dochter meegenomen naar Venetië, om ongestoord te kunnen praten en haar ervan te overtuigen dat ze moest breken met Tom, maar dat was hem blijkbaar niet gelukt. Waarom had hij de rest dan ook niet verteld? Dan had ze het misschien wel begrepen.

'Heb je hem dat ook gezegd?' vroeg ze voor alle zekerheid.

Nu bleef het even stil. Annie sloeg haar ogen neer. Ze durfde haar moeder niet meer aan te kijken. En ze was doodsbang om te vertellen wat er gebeurd was toen ze hem gezegd had dat ze weigerde om met Tom te breken. Martha beschikte echter over voldoende mensenkennis om te zien wat er in het hoofd van haar dochter omging.

'Is hij boos geworden?'

Annie nam een grote slok wijn en stak een nieuwe sigaret op. Papa had met zijn vuisten op de meubels gebonkt en haar uitgescholden voor vuile hoer. En hij had geschreeuwd dat hij Tom wel zo ver zou krijgen. Of dat hij hem anders zou onterven.

'Wat is er toen gebeurd?'

'Hij is weggerend.'

Annie kreeg het nu heel moeilijk. Papa was weggerend uit het hotel en ze had hem niet meer levend teruggezien. De dag nadien was de politie haar komen melden dat ze Filip Vandecasteele dood hadden aangetroffen op een boot.

Martha bekeek haar dochter, die als een zieke, verkleumde vogel ineengedoken op haar stoel zat. Ze voelde instinctief aan dat er iets vreselijk misgelopen was.

'Wat heb je toen gedaan?'

'Ik heb Tom gebeld en hem alles uitgelegd.'

'En dan?'

'Tom heeft het eerste vliegtuig genomen.'

'Is hij je komen opzoeken?'

'Nee. Hij wilde het probleem alleen oplossen.'

Na wat er gebeurd was kreeg het woord 'probleem' een bijzonder lugubere bijklank. Martha kreeg er kippenvel van.

'Heeft hij je nadien nog gebeld?'

Annie schudde haar hoofd en begon zachtjes te huilen. Tom was een flierefluiter. Hij durfde af en toe een scheve schaats te rijden en hij was niet vies van een snuifje coke, maar ze hield van hem en dat zou zo blijven, wat er ook gebeurde.

'We moeten hem helpen, mama', zei ze met een verscheurde stem. 'Beloof me dat je ons geheim niet zult verraden.'

Ze pakte haar moeder bij de pols en kneep zo hard ze kon. Martha hoefde niet lang over een antwoord na te denken. Niemand zou haar haar dochter voor de tweede keer afpakken.

'Ik zal jullie helpen', zei ze vastberaden.

Ze haalde haar mobieltje uit haar handtas en belde Steven David, de beste vriend van Filip. Misschien kon hij iets voor hen doen.

Als het aan de burgemeester had gelegen, was Knokke allang een onafhankelijke stadstaat met een eigen bestuur en eigen wetten. Mensen die zich er kwamen vestigen, zouden alleen moeten bewijzen dat ze over voldoende kapitaal beschikten en behoorlijk Frans spraken. In ruil daarvoor mochten ze lid worden van de plaatselijke golfclub of hun luxeboten aanmeren in de spiksplinternieuwe jachthaven. En hoefden ze geen belastingen meer te betalen. Ja, als de burgemeester zijn zin kreeg, werd Knokke een filiaal van het Aards Paradijs waar je ook de hele dag in je blootje kon lanterfanten. Versavel reed met een slakkengangetje door de Lippenslaan op zoek naar een geschikte parkeerplaats. Hij vond er een tussen een massieve Hummer en een gestroomlijnde Maserati.

'Dat heet dan gelukkig zijn', zei Van In.

Versavel reageerde niet. Met Van In over Knokke discussiëren was hetzelfde als een marathon lopen. Er kwam geen eind aan en je werd er behoorlijk moe van. Ze konden zich beter met de realiteit bezighouden. Daarom vroeg hij of Van In geld bij zich had voor de parkeermeter. Het antwoord was voorspelbaar.

'Ben je gek geworden?'

Versavel protesteerde niet. Hij zei zelfs niet dat er twee parkeerwachters op komst waren. Hij haalde een handvol muntstukken uit zijn broekzak en stopte er een paar in de gleuf van de parkeerautomaat, die gewillig een bonnetje verstrekte. Daarna staken ze de straat over en liepen langs de met dure koopwaar volgestouwde etalages. Van In bleef even staan bij een winkel waar ze exclusieve handtassen verkochten.

'Je weet toch dat ze die dingen in China maken?' zei hij luid genoeg opdat twee dames die zich voor de etalage stonden te vergapen het ook hoorden.

Een van de dames draaide zich om en wierp hem een neerbuigende blik toe. De andere murmelde iets in het Frans. Ze hadden allebei een rok aan die veel te kort was voor hun leeftijd en doorschijnende topjes, hoewel het daarvoor nog te fris was. Ze droegen gelukkig een bh. Het was anders geen gezicht geweest.

‘Is die galerie ver van hier?’

‘Aan de Zeedijk.’

‘De Zeedijk is lang, Guido.’

‘We hebben tijd’, suste Versavel.

‘Iedereen heeft hier blijkbaar tijd. Wedden dat ze allemaal over een horde personeel beschikken?’

‘Jullie hebben toch ook iemand die komt schoonmaken?’

‘Niet overdrijven, Guido. Sofie komt vier uur per week. Ze werkt niet zwart en we behandelen haar niet als slavendrijvers. Weet je hoeveel een doorsneehulpje hier verdient? Zes euro per uur. Bloedzuigers zijn het. En dan durven ze zich nog druk te maken over een twijgje in hun tuinjacuzzi of over een grassprietje dat aan de zolen van hun dure golfschoenen is blijven kleven. Erger nog, als de beurs het iets minder doet, lopen ze in zak en as omdat ze Laurent-Perrier moeten drinken in plaats van Dom Pérignon.’

Knokke had een vreemd effect op Van In. Zoals het invallen van de duisternis een schijnbaar normaal mens in een weerwolf of een vampier kon veranderen, zo sloeg zijn goede humeur om in een rotstemming als hij in Knokke kwam. Versavel, die de storm had zien aankomen, probeerde het tij te keren met een grapje.

‘Wij hebben tenminste hersens’, zei hij opgewekt.

Het leek Van In een beetje te kalmeren. Ze staken het Van Bunnenplein over, waar mannen met tasjes van chique boetieks liepen te pronken terwijl hun verwende vrouwen zich op een verwarmd terrasje aan koffie en gebak te goed deden.

‘Wat denk je eigenlijk van Tom Vandecasteele?’ vroeg Versavel toen ze de Zeedijk opwandelden.

‘Dat hij hier goed zou gedijen.’

‘Bedoel je daarmee dat hij ook maar een rijkeluiszoontje is?’

'Zijn vader heeft het hem in ieder geval niet moeilijk gemaakt.'

'Dat weet ik nog niet zo zeker', zei Versavel, die wel sympathie had voor de jongen. 'Heb je zijn werk bekeken?'

'Die poppetjes?'

Van In bedoelde het niet geringschattend. Hij had alleen moeite met het feit dat tegenwoordig alles voor kunst kon doorgaan, même l'espace entre mes doigts de pied, zoals hij onlangs ergens had gelezen.

'Het gaat niet om de poppetjes, Pieter, maar om het verdriet en de pijn die ervan afstralen. Zoiets maak je niet als je zelf niet als kind hebt afgezien.'

'Zegt meneer de kunstkenner.'

Versavel zweeg. Over kunst viel met Van In eveneens niet te discussiëren.

'Ik denk dat het daar is', zei hij.

Een eindje verderop domineerde een reuzegroot beeld van een paard het trottoir. Boven de ingang hing een groot bord met de naam van de galerie.

'Robin Hood & Sons', las Van In. 'Wie noemt er nu zijn zaak Robin Hood & Sons.'

'Zij die stelen van de rijken om het aan de armen te geven. Maar in dit geval zal het wel andersom zijn', merkte Versavel ironisch op.

Er zat een spichtige man aan een bureau in een dik boek te bladeren. Hij keek amper op toen ze binnenkwamen. Van In was nooit eerder bij een kunsthandel binnen geweest. Hij voelde zich onwennig.

'Dit is dus ook kunst', fluisterde hij.

Ze stonden voor een doek van twee bij één meter dat heel dik onder de verf zat, maar waarvan je niet kon zeggen wat het voorstelde. Een eindje verderop stond een sokkel met een beeldje van Tom Vandecasteele, een rechtopstaande baby met dreigende ogen, vuurrode littekens op zijn borst en een slagersmes in zijn opgestoken hand.

'Hoeveel kost zoiets eigenlijk?' vroeg Van In.

De vraag had een magische uitwerking op de spichtige man. Hij klapte zijn boek dicht en probeerde te glimlachen, wat niet al te best lukte vanwege de botox in zijn wangen.

'Kan ik u helpen?' vroeg hij met een accent dat Van In niet kon plaatsen.

'We zijn gewoon nieuwsgierig', zei Versavel.

De galeriehouder maakte een uitnodigend gebaar naar de stoelen die voor zijn bureau stonden en forceerde zijn botoxwangen opnieuw.

'Gaat u toch zitten. Kan ik u iets te drinken aanbieden? We hebben alleen jus d'orange en champagne.'

Van In en Versavel gingen zitten terwijl de man in een zijkamer verdween.

'We komen misschien meer over Tom Vandecasteele te weten als we ons als gewone klanten gedragen', zei Van In gedempt.

Versavel knikte en keek ondertussen om zich heen. De galerie was ruim en heel mooi verlicht, zodat de tentoongestelde werken volledig tot hun recht kwamen. Er kwam een vrouw binnen van een jaar of vijfenveertig. Ze droeg een roze jurkje met pofmouwen met daaronder een zwarte legging en gouden muiltjes. Om haar hals hing een bizar juweel van geweven zilverdraad met veelkleurige steentjes. Ze was opzichtig opgemaakt en had een strikje in haar zwart geverfde haar, net als haar hondje, een chihuahua met een leren jasje aan.

'Nu begrijp ik waarom dit soort zaken niet failliet kunnen gaan', zei Van In.

De vrouw met het hondje bleef staan voor een schilderij dat qua kleur wonderwel bij haar jurkje paste.

'Qu'est-ce que t'en penses, Merlot?' zei ze tegen het mormel.

De hond sloeg zijn ogen op, maar hij liet op geen enkele manier blijken dat het schilderij hem interesseerde.

'Dommage.'

Ze liep een paar schilderijen voorbij en bleef bij een kleiner exemplaar staan waar ook veel roze in verwerkt was, maar de hond had er genoeg van. Hij trok aan de lijn en begon nijdig te keffen. De vrouw slaakte een diepe zucht en volgde het mormel naar buiten.

'Mijn vriend is erg geïnteresseerd in dat poppetje', zei Van In toen de galeriehouder er weer was met de champagne.

De man knikte, ontkurkte de fles met een uitgestreken gezicht en schonk de glazen vol. Hij wist uit ervaring dat enthousiasme een slecht verkoopargument was in deze branche. Eigenlijk moest de klant de indruk krijgen dat deze zich gelukkig mocht prijzen dat hij hem iets wílde verkopen.

'Tom is een getalenteerd artiest', zei hij. 'Hij heeft nog een lange weg af te leggen, maar ik weet zeker dat hij het zal maken. Ook internationaal.'

Hij stak een betoog af over de marktwaarde van een beginnend kunstenaar en de manier waarop kunst geëvalueerd werd, maar het kwam er uiteindelijk op neer dat hij Van In en Versavel ervan probeerde te overtuigen dat ze er goed aan deden het beeldje te kopen.

'Ik heb in de jaren zeventig kunstenaars gelanceerd die nu honderd keer meer waard zijn dan toen.'

Hij noemde een paar namen die ze niet kenden.

'Volgens mij gaat Tom het nog ver schoppen', besloot hij met een vaderlijke glimlach en eurotekens in zijn ogen.

'Daarom zijn we ook langsgekomen', zei Versavel. 'Een van mijn vrienden heeft ooit een paar schilderijen van Tom gekocht. En als ik hem mag geloven zijn die nu al drie keer zoveel waard.'

Het gezicht van de galeriehouder verstrakte. Tom had in zijn hele carrière nog maar twee schilderijen verkocht. Een aan een bevriende notaris, het tweede had hij voor zichzelf gehouden. Zijn vader had al de andere werken opgekocht.

'Dan heeft uw vriend een goede neus voor kunst', zei hij.

'Hebt u nog schilderijen van Tom in uw galerie?' vroeg Van In.

'Ik dacht dat jullie geïnteresseerd waren in het beeldje?'

'Dat ook. Maar ik zou ook een schilderij van hem willen kopen. Mijn vrouw is volgende maand jarig en sinds ze de werken van Tom heeft gezien, is ze er compleet weg van.'

De galeriehouder nam bedachtzaam een slokje champagne, terwijl hij zich afvroeg wie die kerels waren en wat ze hier kwamen doen.

'Ik vrees dat ik uw vrouw zal moeten teleurstellen', zei hij. 'Tom schildert niet meer, hij maakt alleen nog beeldjes.'

'Toch niet omdat de schilderijen te goed in de markt lagen?'

De galeriehouder spreidde zijn armen als een priester voor hij de zegen geeft.

'Kunstenaars zijn wispelturige mensen die zich niets aantrekken van economische wetmatigheden. Aan mijn inzet zal het zeker niet liggen. Ik heb hem voortdurend aangespoord om verder te gaan. Maar ja, als ze niet willen, dan willen ze niet.'

'Dat is dan jammer', zei Van In. 'Maar misschien kunt u mij in contact brengen met mensen die destijds schilderijen van Tom hebben gekocht. Wie weet kan ik iemand overtuigen er een door te verkopen.'

De galeriehouder begon nattigheid te voelen. Ten eerste zagen die twee kerels er niet uit als kunstliefhebbers, zeker die ene niet, en ten tweede had hij het nog nooit meegemaakt dat klanten zo ver wilden gaan om een schilderij van een schier onbekende kunstenaar te verwerven.

'Dit is toch geen opname met een verborgen camera?' vroeg hij met half dichtgeknepen ogen.

Versavel keek naar Van In. Het was duidelijk dat de galeriehouder doorhad dat ze een nummertje aan het opvoeren waren.

'Nee', zei hij.

'Wie zijn jullie dan?'

Het had geen zin nog langer komedie te spelen. Het gesprek had tot nu toe nog geen nuttige informatie opgeleverd.

'Belooft u om de waarheid te vertellen?'

De galeriehouder pulkte zenuwachtig aan zijn das. De fiscus liet hem al jaren met rust. De ontvanger was een goede vriend, die veel van kunst hield en daarom een oogje dichtkneep. Maar de tijden veranderden snel. Tegenwoordig pakten ze iedereen aan.

'Ik sta open voor ieder redelijk compromis', zei hij.

Van In glimlachte toen hij de paniek in de ogen van de galeriehouder merkte.

'Wees gerust,' zei hij, 'we werken niet bij de belastingen.'

Van In stelde zich voor en vertelde in een paar woorden waarover het ging. De galeriehouder haalde opgelucht adem en vertelde alles wat ze wilden weten.

'Danny Vandecasteele had dus toch gelijk', zei Van In toen ze weer buiten waren. 'Zijn broer kocht stiekem alle schilderijen van zijn zoon op.'

'Dat moet hem een fortuin gekost hebben.'

'Een fortuin is zacht uitgedrukt.'

De schilderijen van Tom kostten gemiddeld drieduizend euro per stuk. En hij had er een kleine honderd gemaakt.

'Sommige vissers verdienen nog aardig hun brood.'

'Dat wil ik best geloven, maar driehonderdduizend euro blijft een bom geld.'

'Misschien was Vandecasteele ervan overtuigd dat zijn zoon talent had.'

'Of hij had iets goed te maken.'

'Je denkt toch niet dat...'

'Alles kan tegenwoordig, Guido.'

Ze staken het Van Bunnenplein over, waar de terrassen nu vol zaten met oudere mannen die de beursberichten lazen terwijl hun vrouwen over de nieuwste modetrends zaten te kletsen.

'Ik heb ook zin om iets te drinken', zei Van In.

Versavel knikte. Hij wist dat er vandaag van werken niet veel meer terecht zou komen.

'Vooruit dan maar.'

Ze vonden gelukkig een tafeltje in de zon. Een jonge slungel met lang haar kwam de bestelling opnemen. Van In strekte zijn benen, stak een sigaret op en deed zoals de Knokkenaars. Hij genoot van het nietsdoen en liet zijn gedachten de vrije loop.

'Pieter.'

Van In schrok wakker uit zijn overpeinzingen.

'Saskia wil je spreken.'

Versavel reikte hem zijn mobieltje aan.

'Hallo Sas.'

'Is er nieuws?' vroeg Versavel toen het gesprek afgelopen was.

'En wat voor nieuws. Saskia heeft de passagierslijsten van alle vluchten naar Noord-Italië laten natrekken. En je raadt nooit wie er vrijdag in Milaan was.'

'Gianni Versace?'

'Doe niet stom, Guido. Versace is dood.'

‘Precies daarom. Hoe kan ik weten wie er vrijdag in Milaan was?’

‘Tom Vandecasteele’, zuchtte Van In. ‘Besef je wat dat betekent?’

6

‘Ik heb gisteren in Knokke mooie handtassen zien liggen’, zei Van In met een waterige blik in zijn ogen. ‘En het is straks je verjaardag.’

‘Dat je dat nog weet.’

Hannelore glimlachte naar de kinderen, hoewel ze zich niet echt lekker in haar vel voelde. Haar maag zat in de knoop en ze had last van zure oprispingen, maar daar konden zij niets aan doen. Het was voor een keer zelfs Van Ins schuld niet dat ze zich belabberd voelde.

‘Je bent toch aan een nieuwe handtas toe. Of heb ik dat verkeerd begrepen?’ vroeg hij plagerig toen ze niet onmiddellijk reageerde.

Ze stopte een stukje beboterde toast in haar mond en begon er met zichtbare tegenzin op te knabbelen. De aankoop van een nieuwe handtas was al een tijdje een dagelijks onderwerp van gesprek en het duurde niet lang meer voor ze verjaarde. Waarom was ze zo stil?

‘Scheelt er iets?’

‘Het gaat wel.’

Ze spoelde de toast door met een slokje lauwe koffie die in haar maag bleef branden. Toen ze weer een kramp kreeg, hield ze het niet langer vol. Ze greep naar haar buik en stormde naar het toilet.

‘Is mama ziek?’ vroeg Sarah.

'Mama's zijn af en toe eens ziek', zei Van In.

Hij wierp een blik op de kalender die boven het aanrecht hing en maakte snel een berekening. Het was waarschijnlijk weer zover. Gelukkig had ze er niet lang last van. Over een dag of drie zou alles weer normaal zijn. Hij pakte een servetje en een pen, schreef er haastig 'bloemen kopen' op en stopte het in zijn broekzak.

'Zijn papa's dan nooit ziek?'

Simon keek hem stoer aan met een blik van mannen-zeuren-toch-niet-bij-het-minste-kwaaltje. Zijn ogen twinkelden vol verwachting, maar hij kreeg niet het antwoord dat hij verwachtte.

'Mama is niet echt ziek', zei Van In. 'Ze voelt zich alleen een beetje misselijk.'

'Heeft ze iets verkeerds gegeten dan?'

'Nee, Sarah.'

'Waarom heeft ze dan buikpijn?'

Van In stak een sigaret op en nam een slok koffie om tijd te winnen. Dit was niet het geschikte moment om de kinderen te zeggen wat er aan de hand was. Erger nog, hij had geen flauw idee hoe je zoiets op een begrijpelijke manier aan kinderen moest uitleggen. Dus koos hij voor de gemakkelijkste oplossing.

'Mama legt jullie dat later wel uit', zei hij.

'Wat zal mama later uitleggen?'

Hannelore zag er bleek en breekbaar uit. Haar stem klonk alsof ze net uit een droom was ontwaakt en er bungelde een druppeltje speeksel aan haar onderlip. Van In keek haar bezorgd aan.

'Misschien kun je vandaag beter thuisblijven', zei hij.

Hij wist dat ze 'nee' zou zeggen. Menstrueren is geen ziekte, Van In. Hij hoorde het haar zeggen. Daarom was hij verrast dat ze lusteloos haar schouders optrok en zei dat hij misschien gelijk had.

'Dan breng ik de kinderen wel naar school.'

Van In wierp een blik op zijn horloge. Het was twintig voor acht. De tijd drong. Hij drukte zijn half opgerookte sigaret uit en pakte haar bij de arm, die koud en slap aanvoelde.

'Zal ik een dokter bellen?'

Het was een stomme vraag. Hannelore was allergisch voor dokters en ze haatte mensen die elk akkefietje aangrepen om van hun werk thuis te blijven, maar dit keer liet ze zich gewillig naar boven meetronen. Hij kreeg een dankbare blik toen hij haar toestopte en zei dat hij wel voor de rest zou zorgen.

'Eigenlijk ben jij de kwaadste nog niet', glimlachte ze.

Op het parkeerterrein voor het atelier van Tom Vandecasteele stonden vier brandweerwagens en twee politieauto's. Het hele gebied was afgesloten met blauw-witte plastic linten. De brandweercommandant, een potige kerel met een vuurrode snor, zette zijn helm af en bekeek de rokende puinhoop van een afstand. De stank van verbrande kunststof en verf was bijna niet te harden. Ze hadden geluk dat de rest van het gebouw leeg was. Anders was de ravage veel erger geweest. Hoofdinspecteur Piers stond een eindje verderop te praten met een collega.

'Heb je de huurder van het pand al kunnen bereiken?'

'Hij is onderweg.'

'Hoe reageerde hij?'

'Hij vroeg hoe groot de schade was.'

'En wat heb je gezegd?'

'Dat de loods volledig uitgebrand is.'

Piers knikte en liep naar de brandweercommandant. Een voorbijganger had om tien over vijf de politie gebeld met de melding dat het brandde in het oude depot van de spoorwegen. De brandweermannen waren zes minuten later ter plaatse, maar ze hadden niet kunnen verhinderen dat de hele inboedel in vlammen opging.

'Is er kwaad opzet mee gemoeid?' vroeg Piers aan de brandweercommandant.

'Dat zal het onderzoek moeten uitwijzen, Berten.'

'Natuurlijk. Maar wat denk je?'

Robert Piers en de brandweercommandant kenden elkaar al meer dan twintig jaar. Ze gingen bijna iedere zondag samen fietsen en ze waren allebei lid van de Hartenazen, de kaartclub van café The Sailor.

'Het atelier lag vol met uiterst brandbaar materiaal en die Vandecasteele is een fervente roker. Ik hoef je niet te vertellen dat "kunstenaars" zich meestal niets aantrekken van de geldende reglementering.'

'Het zou best kunnen dat je gelijk hebt', zei Piers. 'Blijven jullie nog lang?'

'Ik denk het niet.'

'Zin in een kop koffie?'

De brandweercommandant grijnsde.

'Een poester zul je bedoelen.'

'Mij goed', zei Piers.

Van In en Versavel arriveerden een halfuur later bij de uitgebrande loods, waar nog enkele brandweermannen aan het nablussen waren. De zwartgeblakerde betonnen muren en de enorme waterplassen illustreerden de ernst van de brand. Van In legitimeerde zich en vroeg of ze binnen een kijkje mochten nemen. De brandweerman in kwestie maakte geen bezwaar.

Ze beklommen het gammele metalen trapje en bleven even staan bij de openstaande poort.

De scherpe geur van verbrande chemicaliën en verf deed Van In naar adem happen. Toch ging hij naar binnen.

'Een merkwaardig toeval. Vind je niet?'

'Vermoed je kwaad opzet?'

'Ik geloof niet in toeval, Guido. Eerst wordt zijn vader vermoord en een paar dagen later gaat zijn atelier in vlammen op. Iemand heeft het duidelijk op de familie Vandecasteele gemunt.'

Op de werktafel lagen de verwrongen resten van een babypop tussen de schroevendraaiers en de tangen. Van de schilderijen waren alleen nog een paar verkoolde lijsten over.

'Dat is pas kunst', zei Van In.

De aftandse bank was herleid tot een metalen skelet, de koelkast was ontploft. De deur gaapte in zijn afgescheurde hengsels.

'Laten we hopen dat hij verzekerd was.'

Versavel bekeek de ravage. Hij werd er niet vrolijk van. De doordringende geur van roet en rook riep nare herinneringen bij hem op. Het was allemaal heel lang geleden, maar de vlammenzee stond nog in zijn geheugen gegrift alsof het de dag van gisteren was. Hij zag de buurman in zijn pyjama uit het raam klimmen en op de straatstenen te pletter storten. Hij hoorde zijn moeder nog gillen. Loeiende sirenes. Sissende stoomwolken. De stank van verbrand haar die dagenlang in en rond het huis was blijven hangen. Hij kreeg er nog kippenvel van. Gelukkig waren er dit keer geen slachtoffers gevallen. Van In reageerde op zijn manier op het inferno. Hij stak doodgemoedereerd een sigaret op.

'Heeft iemand Tom al kunnen bereiken?' vroeg hij.

Versavel pakte zijn mobieltje en liep opgelucht naar buiten. Hij was blij dat hij weer frisse lucht kon inademen.

'Hij is vertrokken net voor wij aankwamen', zei hij toen Van In een paar minuten later bij hem kwam. 'Hij zit nu in het Végeetje.'

'Hoe klonk hij?'

‘Dronken’, zei Versavel.

Ze lieten de loods achter zich en liepen naar de Peugeot. Een oude man met een perzikkleurige poedel stond aan de rand van de perimeter. Toen ze hem voorbijliepen, sprak hij hen aan.

‘Ik weet wie het gedaan heeft’, zei hij in het plat Oostends terwijl hij naar zijn hondje keek. ‘En jij weet het ook, hé Dokus. Vertel maar eens wat je gezien hebt aan die meneer van de politie.’

Van In had niets tegen oude vereenzaamde mensen die bij gebrek aan menselijk contact alleen nog met huisdieren converseerden, maar zijn empathie ging niet zo ver dat hij ook bereid was om naar de verklaring van een hond te luisteren. Hij wees naar een jonge politie-inspecteur die een eindje verderop met een brandweerman stond te kletsen.

‘Vertel uw verhaal maar aan die meneer’, zei hij met een uitgestoken vinger.

De oude man bedankte hem met een vriendelijk knikje en slofte daarna met Dokus op zijn arm in de aangegeven richting.

‘Je bent echt een zonnetje, Van In.’

Versavel stapte in de Peugeot en maakte zijn gordel vast voor hij de sleutel in het contact stak. Hij begreep niet goed waarom Van In de oude man had weggestuurd. Normaal deed hij zoiets niet.

‘Alles gaat toch goed met de kinderen?’

‘Waarom vraag je dat?’

‘Zomaar.’

Van In deed het raampje open en stak een sigaret op. De prikkelende brandgeur die naar binnen kwam, irriteerde hem. Hij deed het weer dicht.

‘Jij vraagt nooit zomaar iets, Guido.’

‘Je bent de hele tijd al zo stil. Er is toch niets mis met Hannelore?’

Een grijze bestelwagen die nogal agressief voorrang afdwong, sneed hen de pas af. Versavel kon hem amper ontwijken.

'Je zou beter uitkijken in plaats van vervelende vragen te stellen', siste Van In tussen zijn tanden.

Er lagen een stuk of zes vissersboten aan de Hendrik Baelskaai aangemeerd. In een van de loodsen was een oude man netten aan het knopen, maar voor de rest was er niet veel beweging. Van In gooide zijn opgerookte sigaret op de grond en trapte ze uit met zijn hiel. Vroeger was het hier iedere dag een drukte van belang, maar die tijd was duidelijk voorbij. Van de zeshonderd boten die de Belgische vissersvloot destijds telde, schoten er amper tachtig over. De visserij was folklore geworden. Straks kreeg de vismijn een plaatsje in Bokrijk.

'Ik ben benieuwd hoe Tom zal reageren', zei Van In terwijl ze overstaken. 'Het feit dat hij in Milaan verbleef op het ogenblik dat zijn vader in Venetië vermoord werd, maakt van hem natuurlijk een verdachte, hoewel ik niet goed begrijp waarom hij zijn vader zou vermoorden.'

'Dat heb ik me ook afgevraagd', knikte Versavel. 'Waarom zou hij de kip met de gouden eieren slachten?'

'Omdat hij meer eieren wil.'

'Waarom heeft hij het geld dan laten liggen? Er zat meer dan achtduizend euro in de portefeuille van Vandecasteele.'

'Om ons op een dwaalspoor te zetten.'

'De Italiaanse politie zul je bedoelen. Niemand kon weten dat wij bij de zaak betrokken zouden raken.'

Versavel had tijdens de rit van Brugge naar Oostende over die kwestie nagedacht, maar hij had geen zinnig antwoord kunnen vinden op de vele vragen die hij zich de afgelopen vierentwintig uur had gesteld. Van één ding was hij echter bijna zeker: er moest een reden zijn waarom Vandecasteele uitgerekend in Venetië was vermoord.

‘Heb je nog contact gehad met Tozzi?’

Van In schudde zijn hoofd. Als Tozzi vernam dat de zoon van het slachtoffer in Milaan verbleef op het ogenblik dat zijn vader vermoord werd, zou het onderzoek een heel andere wending krijgen.

‘Het zou best kunnen dat we de oplossing van het mysterie in Italië moeten zoeken’, zei hij. ‘Maar ondertussen kunnen we hier ook nuttig werk verrichten.’

Café Végé zat afgeladen vol met ruige mannen in met olie doordrenkte overalls en groezelige truien. Het geroezemoes overstemde de zachte achtergrondmuziek. Van In bestelde een pils ondanks het vroege uur. Het viel niet op. Iedereen dronk alcohol.

‘Is het hier ’s ochtends altijd zo druk?’

Marie, die druk aan het tappen was, kreeg de kans niet om de vraag te beantwoorden. Een visser die Van In herkende van de vorige keer deed het in haar plaats.

‘De sluisdeuren zitten vast, meneire. En dan kunnen we natuurlijk niet uitvaren.’

‘Ach zo.’

De stamgasten lachten de onwetende Bruggeling vierkant uit. Van In draaide zich om en stak een sigaret op. Vissers vormden een gesloten gemeenschap waarin buitenstaanders en pottenkijkers niet welkom waren. Hij was zich er terdege van bewust dat het verdomd moeilijk zou worden in dit milieu informatie te verzamelen.

‘Volgens mij is Tom er niet’, zei Versavel, die ondertussen had rondgekeken.

‘Zoek je iemand?’ vroeg de visser die zich net ongevraagd in het gesprek had gemengd.

‘Tom Vandecasteele’, zei Van In. ‘Ken je hem?’

De visser schoot in een bulderende lach. Landrotten waren per definitie domme mensen die niet beter verdienden dan uitgelachen te worden.

'Heeft hij gezegd dat hij hier was?'

Toen Van In knikte, lachte de visser nog harder. Tranen stroomden langs zijn rood dooraderde wangen.

'Hij is er dus niet.'

De visser gaf een teken dat ze bij hem aan tafel moesten komen zitten en bestelde tegelijkertijd drie pilsjes. Er dansten pretlichtjes in zijn ogen. Tom had het hem weer gelapt. Hij had die landrotten flink bij hun kloten.

'Tom spreekt hier alleen af met lelijke meisjes die hij nooit meer wil terugzien', hikte de visser.

Bij de stamgasten die het gesprek stiekem volgden, kon de pret niet op. Een jonge kerel met dikke rubberlaarzen en een grof gebreide sjaal stikte bijna van het lachen.

'Je weet toch waarom Tom zijn afdankertjes naar hier stuurt?' grinnikte hij. 'Omdat hij weet dat jij niet kieskeurig bent.'

Het niveau van het gesprek ging nu pijlsnel naar beneden. Zelfs Van In, die een en ander gewend was, kon zijn oren bijna niet geloven.

'Een preute is een preute', klonk het.

'En een lul heeft geen ogen.'

Van In gaf het ene rondje na het andere, tot iemand uiteindelijk toch vertelde waar hij Tom kon vinden. Ze waren nog geen minuut de deur uit of de zogenaamde informant belde Tom. Hij vloekte toen er niet werd opgenomen en probeerde het opnieuw. Tevergeefs. Tom nam niet op.

Er hing een zwarte vlag aan de poort van het bedrijf. Dat hadden de werknemers unaniem beslist. Dierickx had hen laten begaan. Het was beter om geen slapende honden wakker te maken. Bovendien had hij al genoeg zorgen aan zijn hoofd. De financiële toestand van de NV Hippocampus was niet bepaald rooskleurig. Het bedrijf stond bij de banken voor meer dan een miljoen euro in het krijt en de vangsten vielen de laatste tijd behoorlijk tegen, maar dat waren problemen die hij kon oplossen. Er waren twee mogelijkheden: hij probeerde het bedrijf te saneren, of hij ging in op het bod van den Ollander. Hij en Sylvie hadden beide oplossingen op hun haalbaarheid getoetst, maar ze werden telkens weer geconfronteerd met hetzelfde obstakel. Tom was de enige erfgenaam en in die hoedanigheid ook de volgende voorzitter van de raad van bestuur. De eindbeslissing lag uiteindelijk bij hem. De stem van zijn secretaresse haalde hem uit zijn beslommeringen.

'Meneer Waardeloos is net gearriveerd. Zal ik hem binnenlaten?'

'Geef me vijf minuten, Katrien, en bestel ondertussen een zeevruchtenschotel. Je weet hoe gek hij daarop is.'

Dierickx ruimde snel zijn bureau op en gooide alles in een lade. Rien Waardeloos hield immers niet van rommel. Hij kon een kwartier zeuren over een papiertje op de grond. Een koffiebeker verdween in de papiermand. Nu nog een das en ik ben klaar, zei Dierickx in zichzelf. Toen alles aan kant was, ging hij aan zijn bureau zitten, klapte zijn laptop open en drukte de knop van de intercom in.

'Laat hem nu maar binnen', zei hij met een hese stem.

Rien Waardeloos was bijna twee meter groot en breedgeschouderd. Zijn massieve kop was bedekt met een dun laagje blond haar dat hij om de week liet bijknippen. Zijn handen waren perfect gemanicuurd en hij droeg glanzende schoenen van Van Bommel. Zijn adem rook naar munt en hij gebruikte alleen het eau de toilette van Boss. Zijn fortuin werd, anders dan zijn naam deed vermoeden, op meer dan tweehonderd miljoen euro geschat. Het grootste deel daarvan had hij verdiend met het pellen van garnalen. Het concept was eenvoudig. Hij kocht tachtig procent van alle noordzeegarnalen op en transporteerde ze in koelwagens naar Marokko, waar honderden autochtone vrouwen zich tegen een hongerloon tien uur per dag uitsloofden om ze te pellen. Rien Waardeloos had zich in minder dan vijftien jaar van eenvoudige buizenfitter opgewerkt tot een van de rijkste mensen van Nederland.

'Goedemorgen, Rien.'

Dierickx klapte zijn laptop dicht en liep met uitgestoken hand op de blonde reus toe, die hem grinnikend aankeek.

'Alles goed, ouwe rukker?'

Waardeloos sprak Nederlands met een zwaar Rotterdams accent. Hij schaamde zich helemaal niet voor zijn afkomst. Geld opende immers alle deuren, en hij had geld zat.

'Ik was net even de balansen aan het doornemen', zei Dierickx.

'En wat zeggen die balansen? Dat de stront jullie tot aan de lippen komt?'

'Zo slecht gaat het nu ook niet.'

'Jokkebrok.'

Waardeloos liet zich neerploffen op een stoel en haalde een dure havanna uit een leren koker die hij steeds op zak had. Wijven en sigaren waren zijn grote passie. Hij produceerde een vette glimlach.

'Ik neem aan dat je over mijn voorstel hebt nagedacht. Wij nemen het zootje over en jij blijft algemeen directeur met een riant salaris en een villa op Mauritius waar je ongestoord met Sylvie mag neuken. Hete meid trouwens, die Sylvie.'

Dierickx slikte zijn verontwaardiging in. Het was een publiek geheim dat Waardeloos en Sylvie een tijdje minnaars waren geweest voor hij haar had leren kennen, maar dit was het moment niet om jaloers te zijn.

'Tom vormt een probleem', zei hij sip. 'Als hij zijn aandelen niet wil verkopen, zitten we met een ernstig probleem.'

'Ernstige problemen bestaan niet, man. En als ze bestaan, los ik ze wel op.'

Waardeloos knipte zijn sigaar met een gouden mesje en verwarmde hem met een strookje cederhout voor hij hem opstak. Zo'n ritueel maakte indruk op een gewone sterveling en wie indruk maakt, heeft al de helft gewonnen.

'Tom heeft geld nodig. Zijn atelier is vannacht uitgebrand', zei Dierickx. 'Misschien kunnen we hem op die manier onder druk zetten.'

'Prima idee. Geef de jongen wat hij vraagt, ik zorg er wel voor dat hij zijn rommel kwijtraakt.'

Waardeloos beschikte over een uitgebreid netwerk. De meeste mensen die hij kende wisten niet wat ze met hun geld moesten aanvangen. Ze kochten kunst of verzamelden dure prullaria. Een beeldje van een jonge Belgische kunstenaar kon er heus nog bij.

'Hoeveel moet hij hebben?'

'Geen idee.'

'Bel hem dan.'

Versavel parkeerde de Peugeot aan de Zeedijk en stapte gezwind uit. Van In had meer moeite. Hij stond een beetje onvast op zijn benen.

'Gaat het een beetje?'

Versavel had in het Végeetje alleen koffie en water gedronken. Hij voelde zich kiplekker.

'Geef me een paar minuten. Ik red het wel.'

Het was lang geleden dat hij zich nog zo rot had gevoeld. Hij stak een sigaret op. De eerste trek deed hem bijna kokhalzen. In zijn hoofd ging een paardenmolen draaien. Drinken op een nuchtere maag was onverstandig, op een nuchtere maag drinken in het gezelschap van vissers was waanzin.

'Ga jij alvast maar, Guido. Ik kom straks wel', zei hij toen het na tien minuten nog niet beter met hem ging.

Een voorbijganger schudde meewarig het hoofd. Waar was de tijd dat Oostende nog een mondaine stad was, de tijd dat gekroonde hoofden uit heel Europa hier neerstreken? Nu stonden de prachtige patriciërshuizen van weleer te verkrotten en had het chique volk plaatsgemaakt voor een bende schooiers. Het was allemaal de schuld van de socialisten. Ze hielpen de stad gewoon naar de filistijnen.

Van In zette zijn kraag op liep de helling af naar het strand. Versavel bleef als een trouwe lijfwacht op de Zeedijk staan en keek zijn vriend zorgelijk na. Het ging de laatste tijd niet goed met hem. Hij klaagde over gezwollen benen en hij sliep slecht. Dat was een slecht voorteken. Het werd tijd dat ze daar eens ernstig over praatten.

'Ik had toch gezegd dat je moest voortgaan.'

Van In had een kwartier langs de vloedlijn gewandeld. Hij zag er een stuk beter uit.

'Ik zie je graag sukkelen', reageerde Versavel droog.

'Je bent nog erger dan mijn schoonmoeder.'

'Heb je er met Hannelore al over gesproken?'

'Waarover?'

'Over je gezondheid.'

'Waarom zou ik met Hannelore over mijn gezondheid spreken? Ik mankeer niets. Het is allemaal de schuld van die vissers.'

'De pot verwijt de ketel, vriend. Geef gewoon toe dat je te veel drinkt.'

Mensen die te veel drinken geven dat zelden toe. Van In

vormde geen uitzondering op die regel. Hij haalde zijn schouders op en greep naar een sigaret.

'Je gaat toch niet weer beginnen, zeker.'

Ze staken de Van Iseghemlaan over en sloegen een eindje verderop de eerste straat links in. Van In liep met opgetrokken schouders naast Versavel. Het was waar dat hij zich de laatste tijd niet zo goed voelde. Zijn buik was gezwollen en zijn knieën deden pijn. En hij was kortademig geworden. Het kostte hem moeite om twee keer na elkaar de trap op te lopen. Hannelore had hem er al attent op gemaakt, maar hij had haar advies om wat minder te roken met een grapje over zijn voorouders weggelachen. Maar dit keer moest hij Versavel gelijk geven. De pilsjes in het Végeetje hadden hem genekt.

'Hier moet het zijn', zei Versavel.

Op het raam stond in zwierige letters *Bistro Entrepot* geschilderd. Het was een oud pand, dat in het begin van de twintigste eeuw als vakantieverblijf van het liberale ziekenfonds had gefungeerd en later in een chique danstempel was omgevormd. Sinds kort was het een verzamelplaats geworden van kunstenaars en hun entourage. Tom Vandecasteele zat aan de bar naast een kerel met lang zwart haar. Hij keek schichtig op toen hij Van In en Versavel zag binnenkomen. De kerel met lang zwart haar reageerde amper. Zijn starre blik sprak voor zich. Hij was duidelijk onder de invloed van drugs.

'Wat mag het zijn, heren?'

De kroegbaas, een goedlachse kerel, keek hen vol verwachting aan.

'Koffie', zei Van In.

Hij ging bij Tom staan.

'Ken je me niet meer?'

'Natuurlijk ken ik je nog.'

Tom nam een slokje van zijn pilsje. De kerel met lang zwart haar verdween discreet naar het toilet.

'We zijn gisteren bij je vriendin langs geweest', zei Van In. 'Je vriendin bij wie je zogenaamd het weekeinde hebt doorgebracht.'

Tom werd zichtbaar zenuwachtig. Zijn ogen flitsten heen en weer. De manier waarop de flik hem toesprak, beviel hem niet.

'Heeft zij dat verteld?'

Olga had hem verzekerd dat de flikken haar verhaal geslikt hadden. Hij voelde zich gevangen in een aureool van angst en onzekerheid. Zijn keel werd droog en hij kreeg het koud.

'Ze zei dat je wel vaker bij haar kwam logeren als je in de problemen zat. Mooie loft trouwens. Het is alleen jammer dat je er het vorige weekeinde niet van hebt kunnen profiteren.'

Van In bekeek Tom met een spottend glimlachje. Hij zag hem verstijven als een prooi die besefte dat hij niet meer kon ontkomen. De zaak was zo goed als opgelost, de afhandeling ervan pure routine. Kerels als Tom hadden geen sterke persoonlijkheid. Een paar dagen in een koude cel waren voldoende om hem te laten bekennen.

'Er zijn namelijk mensen die liever het weekeinde in het buitenland doorbrengen', vervolgde hij zonder een spier te vertrekken. 'Meer bepaald in Italië.'

Niemand van de aanwezigen kon nadien nog vertellen wat er gebeurd was doordat het allemaal zo snel ging. De punt van Toms laars trof Van In in de onderbuik en veroorzaakte een bliksemschicht in zijn hersens, waardoor het plotseling zwart voor zijn ogen werd. Versavel zag hem wankelen. Van In probeerde zich nog vast te klampen aan de rand van de tapkast, maar hij miste en viel. Net voor zijn hoofd de grond raakte, sprong Tom van zijn stoel, ontweek Versavel die hem wilde tegenhouden en stormde naar buiten. De kroegbaas deed alsof hij niets had gezien en ging rustig door met zijn werk, waardoor het hele tafereel iets onwezenlijks kreeg.

'Doe toch iets', schreeuwde Van In, die op de grond lag te kronkelen van de pijn.

Nog geen vijf minuten later hoorden ze loeiende sirenes dichterbij komen. De ambulance die Versavel gebeld had arriveerde als eerste, gevolgd door twee politiewagens. Een verpleegkundige ontfermde zich over Van In, die ondertussen overeind was gekrabbeld. Hoofdinspecteur Piers luisterde aandachtig naar het relaas van Versavel.

'Oostende is niet groot', zei hij. 'Ver zal hij niet lopen.'

Drie uur later, Van In was bijna weer de oude, begon Versavel de bewering van Piers sterk in twijfel te trekken. Tom Vandecasteele was van de aardbodem verdwenen, hoewel de politie meer dan vijftig man had ingezet om hem op te sporen. Eén ding was nu zeker: door te vluchten was hij verdachte nummer één geworden.

'We kunnen beter een nationaal opsporingsbericht laten verspreiden', zei Van In.

Hij zat aan de bar. Naast hem stond een glas whisky tegen de pijn die volgens hem nog zou komen.

'Hij is in ieder geval niet thuis', zei Piers. 'En ook niet op het bedrijf van zijn vader.'

De Brugse politie had de loft van Olga Naessens doorzocht, maar ook dat had niets opgeleverd.

'Hebben jullie zijn auto al gevonden?'

Piers knikte. Zijn dag kon in ieder geval niet meer stuk. Het crapuul dat zijn dochter aan de drugs had geholpen, was een voortvluchtige moordenaar geworden. Hij zou zijn gerechte straf niet meer ontlopen.

'Die staat in een zijstraat geparkeerd', zei hij met een zekere voldoening.

Van In nam een slok whisky. De sterkedrank kikkerde hem op en verzachtte de pijn in zijn onderbuik, die ondertussen bijna zwart was gekleurd. De verpleegkundige die hem de eerste hulp had gegeven, had gezegd dat hij van geluk mocht spreken dat Tom hem niet lager had geraakt.

'Heeft hij geld op zak?'

'Dat denk ik niet', zei de kroegbaas.

Hij pakte een beduimeld notitieboekje van de plank en sloeg het open.

'Tom staat bij mij nog voor meer dan driehonderd euro in het krijt. En hij heeft net voor jullie binnenkwamen tien euro geleend van de jongen die naast hem zat.'

'Heeft hij een bankrekening?'

'Die is ondertussen geblokkeerd', zei Piers.

'Dan zal hij inderdaad niet ver lopen', beaamde Van In.

Hij mocht Piers niet, maar hij moest toegeven dat hij de zaak bijzonder efficiënt had aangepakt. Het was een kwestie van tijd voor ze Tom te pakken kregen. Hij was ook benieuwd naar het motief. Waarom had Tom zijn vader vermoord met wie hij zo hoog opliep? En waarom uitgerekend in Venetië?

'Ik heb Tozzi gebeld', zei Versavel toen iedereen weg was. 'Hij was net van plan om contact met ons op te nemen. Er is vannacht ingebroken bij Calzone, de kerel die Vandecasteele het laatst heeft gezien.'

'Hebben ze iets gestolen?'

'Nee', zei Versavel. 'Maar ze waren duidelijk naar iets op zoek. Volgens Tozzi hebben ze alles grondig overhoopgehaald.'

'Hoe reageerde hij toen hij hoorde dat we de vermoedelijke moordenaar van Vandecasteele op het spoor waren?'

'Niet erg enthousiast.'
'Is hij jaloers?'
'Dat denk ik wel.'
'Die Italianen toch', zuchtte Van In.

Er stond een ijsemmer met een fles champagne op de keukentafel en er lag kreeftenbestek naast de borden. Hannelore droeg een fleurige jurk met een diep decolleté. En ze had zich opgemaakt. Dat deed ze zelden of nooit.
'Hebben we de lotto gewonnen?'
'Nee, schat.'
Ze sloeg haar armen om hem heen en zoende hem innig op de mond. Hij voelde haar hart door de stof van zijn hemd kloppen. Wat een verschil met vanochtend toen ze met een flauwe zoen en een bleek gezicht afscheid van hem had genomen.
'Waar zijn de kinderen?'
'Bij mijn moeder.'
Van In trok zijn wenkbrauwen op. Hannelore deed de kinderen alleen naar haar moeder als ze weg moesten of uit eten gingen. De champagne en het kreeftenbestek spraken dat tegen.
'Je maakt me nieuwsgierig. Vertel me alsjeblieft wat er aan de hand is.'
'Eerst de champagne.'
Ze liep naar de koelkast en haalde er een schaal met oesters uit, terwijl Van In de kurk vrijmaakte.
'Ben je bevorderd?'
De kurk kwam met een zachte plof los. Ze heeft in ieder geval niet op een euro gekeken, dacht Van In toen hij de glazen inschonk. Een fles Veuve Clicquot Grande Dame kostte op zijn minst honderdvijftig euro.
'Nee', teemde ze. 'Jij bent bevorderd.'

Ze kwam naast hem zitten en nipte van de champagne. Haar ogen fonkelden als de bubbels in haar glas. Haar lijf tintelde en gloeide alsof ze uit de sauna kwam.

'Ik ben in ieder geval blij dat je weer de oude bent. Toen ik je vanochtend...'

'Het is niet wat je denkt, Van In.'

'Ben je dan niet ongesteld?'

Ze nam zijn hand en legde hem op haar buik.

'Het is net andersom.'

'Dat meen je niet.'

Ze knikte hevig.

'Ik heb vanmiddag een zwangerschapstest gedaan', glunderde ze. 'En hij is positief. Je wordt weer vader, Van In.'

Er zijn van die momenten dat mannen beter even nadenken voor ze reageren. Van In was echter zo overstuur dat hij spontaan vroeg of een dergelijke test wel betrouwbaar was, maar Hannelore was te gelukkig om hem die opmerking kwalijk te nemen.

'Nog iets, Van In?'

Hij nam een slok champagne, zette het glas voorzichtig neer en legde zijn hand op haar buik die, hoe kon het anders, nog plat en strak was.

'Zou je er iets op tegen hebben als ik hem of haar straks een bezoekje breng?' glimlachte hij.

Het klonk zo stom dat ze meteen ja zei.

7

De somptueuze villa van Filip Vandecasteele lag in een chique buurt. Ze was volledig door een metershoge haag van de buitenwereld afgezonderd. Er stonden twee politiewagens voor de dubbele garage. Versavel parkeerde de Peugeot naast een met mos overwoekerd beeld van Diana, de godin van de jacht, die hem troosteloos aankeek. Een eindje verderop hield Hercules de wacht. Er stonden nog meer van dit soort beelden in de tuin. De meeste waren erg verweerd door de wind en de zeelucht. De villa zelf was opgetrokken in een soort van renaissancestijl, compleet met Korinthische zuilen en een reusachtig fronton boven het overdekte bordes. Vandecasteele had de villa in de jaren zestig voor een prikje gekocht van een aan lagerwal geraakte aannemer, die later zelfmoord had gepleegd in de haven. Versavel stapte uit en wachtte even tot Van In een sigaret had opgestoken. Hoofdinspecteur Piers, die hen had zien binnenrijden, kwam naar hen toe gelopen. Hij zag er bijzonder goedgemutst uit.

'Goedemorgen, heren', zei hij met een stentorstem.

Ze drukten elkaar de hand en liepen naar het bordes. De voordeur was van massief eikenhout en wel acht centimeter dik. Hij was voorzien van een forse bronzen klopper in de vorm van een zeemeermin. Aan de achterkant zaten drie forse grendels en een stevige ketting. De ramen waren voorzien van smeedijzeren tralies. En er hing een bordje waarop een hond stond afgebeeld met de tekst: *Hier waak ik*. Het was blijkbaar een oud bordje, want er viel nergens een hond te bespeuren.

'De dieven zijn aan de achterzijde binnengedrongen', zei Piers toen Van In de deur van dichtbij bekeek.

'Keuken of veranda?'

'Veranda.'

Mensen die de voorkant van hun huis beveiligen, vergeten dat professionele dieven altijd de gemakkelijkste weg kiezen.

'Is er dan geen alarminstallatie?'

Piers knikte.

'Een alarminstallatie is alleen nuttig als die werkt. Ik heb de installateur gebeld en die beweert dat het systeem al maanden defect is.'

'Op die manier kan iedereen diefje spelen.'

De villa was onzichtbaar vanaf de straat, de alarminstallatie was stuk en er was niemand aanwezig op het ogenblik dat er ingebroken werd.

'Dat is nu net het probleem', zei Piers. 'Op het eerste gezicht is er niets gestolen. De inbrekers hebben gewoon alles overhoopgehaald, alsof ze naar iets op zoek waren.'

'Tiens.'

Van In zei niet dat Calzone, de man die Vandecasteele voor het laatst levend had gezien, onlangs hetzelfde had meegemaakt. Dat beide huizen grondig doorzocht waren had in ieder geval iets te maken met de moord. De vraag was: wat zochten ze? En wat hadden Vandecasteele en Calzone met elkaar gemeen?

'Wie heeft dit gemeld?'

'Steven David, een vriend en werknemer van Filip Vandecasteele. Hij had een sleutel van de villa.'

'Jullie hebben hem natuurlijk al verhoord?'

'Natuurlijk, commissaris. U kunt de pv's vanmiddag al inkijken, als u dat wilt.'

Van In negeerde de sneer. De pv's interesseerden hem dit keer niet. Hij was alleen benieuwd om Steven David te ontmoeten. Hij wilde weten wat hem bond met Vandecasteele, behalve het feit dat ze lid waren van dezelfde motorclub.

'Mogen we even binnen kijken?'

Piers was de vriendelijkheid zelf. Hij maakte een uitnodigend gebaar en ging hen voor. De inrichting van de reusachtige hal illustreerde de passie van de rijke reder. Aan de muren hingen marines, de meeste van de hand van plaatselijke kunstenaars, maar Versavel herkende ook een aantal werken van internationaal erkende meesters. De meubels met koperbeslag waren van mahonie en de opschik bestond uit tientallen oude scheepsinstrumenten. De kasten stonden open, de inhoud ervan, hoofdzakelijk boeken, lag verspreid over de dikke Perzische vloerkleden die de stenen vloer bijna volledig bedekten. In het kantoor aan de achterkant van de villa waren de indringers nog driester tekeergegaan. Ze hadden de zittingen van de banken en de kussens opengereten en op sommige plaatsen hadden ze zelfs het behang van de muur gehaald, wat Van In deed vermoeden dat ze naar iets duns, waarschijnlijk een of ander document, op zoek waren geweest. Elke kamer die ze daarna nog betraden, bood dezelfde trieste aanblik.

'Had Vandecasteele dan geen kluis?'

'De indringers hebben die in ieder geval niet gevonden, en wij ook niet', zei Piers.

'Heb je al contact opgenomen met de bank? Misschien heeft hij er daar een.'

Piers knikte deemoedig. Dat was hij compleet vergeten.

'Ik doe onmiddellijk het nodige', zei hij.

In de keuken stond een aangebroken fles oude cognac die Van In deed watertanden, evenals de overige flessen van de goedgevulde barkast. Versavel had meer oog voor de oude scheepsmodellen, de sextanten en andere oude instrumenten, de kijkers en de scheepsbellen waarmee iedere kamer was volgestouwd.

'Hier staat voor een fortuin', zei hij bewonderend, toen Van In hem vroeg wat hij van de collectie vond.

Aan de muur hingen twee sabels van officieren die nog op de Victory hadden gediend en de slag van Trafalgar hadden meegemaakt. Versavel nam er een van de muur en liet zijn duim over de snee glijden. Hij hoorde matrozen schreeuwen en kanonnen bulderen en hij zag Nelson met opgeheven hoofd op de brug staan, een fractie van een seconde voor een fatale kogel een einde aan zijn leven maakte. De rest van het verhaal was hem ook bekend. In plaats van hem een zeemansgraf te geven, had de bemanning het stoffelijk overschot in een vat Franse cognac gestopt om het te conserveren en naar Engeland overgebracht, waar het met alle militaire eer ter aarde werd besteld.

'Heb je hem eigenlijk persoonlijk gekend?' vroeg Van In aan Piers.

'Iedere Oostendenaar kende Vandecasteele.'

'Was hij ook geliefd?'

'Hij trakteerde vaak', grinnikte Piers. 'Op die manier is iedereen geliefd. Als u begrijpt wat ik bedoel. Er doen ook andere verhalen over de familie Vandecasteele de ronde.'

Vandecasteele was een notoire rokkenjager die zich zelden of nooit had afgevraagd of zijn vriendinnen voor één nacht getrouwd waren. En dat was hem een paar keer bijna zuur opgebroken. Piers kende een aantal bedrogen echtgenoten die het bloed van de reder-playboy konden drinken, maar hij geloofde niet dat een van hen in staat was om hem te vermoorden.

'Hoe goed kende jij hem?'

'We gingen samen af en toe varen met zijn motorjacht.'

Vandecasteele nodigde ieder weekeinde als het weer het toeliet een aantal vrienden en kennissen uit voor een tochtje op zee. Vroeger, voor hij opnieuw een relatie had aangeknoopt met Martha Crabeels, nam hij ook een paar gewillige meiden mee aan boord en voldoende drank om iedereen in de juiste stemming te brengen.

'Gingen jullie dan vissen?'

Piers kon een glimlach niet onderdrukken. Vandecasteele hield uitsluitend van mosselen, wilde hij zeggen, maar hij zweeg. Hij had geen zin om uit te leggen dat vissers over een gezonde libido beschikten en dat een scheve schaats rijden voor hen meer een sport dan een zonde was. Hun partners accepteerden zelfs dat ze bij tijden meer dan één vrouw nodig hadden. Hij kon zo wel tien gezinnen opnoemen waar een of meer kinderen niet door de wettelijke vader verwekt waren.

'Nee, commissaris. Daarvoor was zijn boot te mooi.'

De boot van Vandecasteele was bijna twaalf meter lang en ruim drie meter breed. Hij was volledig van hout. Mahonie voor de romp, teak voor het dek en kerselaar voor het interieur. Het motorjacht was voorzien van de geavanceerdste navigatieapparatuur en beschikte over twee Steyr-dieselmotoren van 250 pk, waarmee het vlot een snelheid van achtendertig knopen haalde.

'Een houten motorjacht', mijmerde Versavel. 'Zoiets zou ik eens willen zien.'

'Dat is geen probleem', zei Piers. 'De boot ligt aan de Maritieme Site. Er is altijd iemand in de buurt die je aan boord kan laten.'

Iemand van de technische recherche kwam de kamer binnen en begon foto's te maken van de aangerichte ravage.

Van In wierp een blik naar Versavel. Het werd stilaan tijd dat ze opstapten.

'Ik veronderstel dat er nog geen nieuws is over Tom Vandecasteele?'

Het opsporingsbericht was gisteravond op de regionale televisie geweest, maar er waren tot nu toe geen nuttige tips binnengekomen. En ze hadden zijn appartement onder permanente surveillance geplaatst. Zonder resultaat. Tom Vandecasteele was niet komen opdagen.

'Volgens mij is hij ergens in Oostende ondergedoken', zei Piers.

'Dat denk ik ook.'

De geur van gebakken eieren met spek deed Tom watertanden. Hij ging aan tafel zitten en tastte gretig toe. Steven David keek goedkeurend toe.

'Ik ben blij dat je weer kunt eten', zei hij.

Steven zat aan de andere kant van de tafel. Voor hem stond een kan koffie en een fles goedkope cognac. De verstandigste oplossing was dat Tom zich bij de politie meldde en alles probeerde uit te leggen, maar dat wilde Tom niet omdat hij doodsbang was om in de gevangenis te belanden. Steven kon hem geen ongelijk geven. De gevangenis was een afschuwelijke plek, zelfs als je er maar korte tijd moest verblijven. Dat had hij vroeger zelf aan den lijve ondervonden. Aan de andere kant kon Tom zich niet eeuwig blijven verstoppen.

'Weet Annie waar je bent?'

Tom schudde zijn hoofd.

'Heeft ze je dan niet gebeld?'

'Natuurlijk heeft ze me gebeld.'

Annie had hem al minstens honderd keer proberen te bereiken. Ze had berichtjes gestuurd en boodschappen ingesproken, maar hij had niet een van haar oproepen beantwoord.

'Hou je dan niet van haar?'

Tom keek hem aan met een blik die mannen van elkaar herkennen.

'Kun jij mij zeggen wat liefde is, ouwe rukker?'

'Nee, maar ik weet dat jij nu een vrouw nodig hebt. Zal ik contact met haar opnemen?'

'Je doet maar. Mij kan het allemaal niet veel meer schelen. Waarom zou ze me helpen? Omdat ik rijk ben?'

'Je mag zoiets niet zeggen, jongen.'

Steven had met hem te doen. Tom had op materieel vlak nooit enig gebrek geleden. Dat was een beetje de schuld van Filip, die op dat gebied erg toegeeflijk was en hem voortdurend geld toestopte als er iets mis dreigde te lopen. Maar emotioneel had hij nog een lange weg te gaan. Zijn moeder had zich nooit om hem bekommerd. Zij ging liever met vriendinnen winkelen dan dat ze haar zoon knuffelde. Die karwei liet ze aan de gouvernante over, een oude vissersvrouw met afgebrokkelde tanden en dikke snorharen. Met als gevolg dat Tom nukkig en onhandelbaar werd, zoals de meeste verwende rijkeluiskinderen, en hij moeite had om een volwassen relatie aan te gaan met een meisje. Steven was de tel kwijtgeraakt van de liefjes die de revue al waren gepasseerd. Het was bijna evident dat de prille relatie met Annie niet lang zou standhouden, maar hij vond dat Tom in deze omstandigheden elke morele steun kon gebruiken, en niet alleen morele steun. Annie was een bijzonder aantrekkelijke vrouw die verdomd goed wist hoe ze het een man naar zijn zin kon maken.

'Papa vond het trouwens beter dat ik met haar zou breken. Meer nog, hij eiste dat ik haar zo vlug mogelijk zou laten vallen.'

Steven schrok. Filip had zich bij zijn weten nooit ingelaten met het liefdesleven van zijn zoon, maar hij durfde daarover niet al te diepgravende vragen te stellen, omdat Tom nog altijd behoorlijk in de war was na alles wat hij de afgelopen dagen had moeten doorstaan. Eén ding wilde hij wel weten:

'Wanneer heeft Filip dat gezegd?'

'Vrijdagavond. Op de boot in Venetië.'

'En wat heb jij daarop geantwoord?'

'Dat hij zich daar niet mee had te bemoeien natuurlijk.'

'Hebben jullie ruzie gemaakt?'

'Wat is ruzie?'

Tom verzweeg bewust dat de ruzie hoog was opgelopen en uiteindelijk in een scheldpartij was ontaard, en dat zijn vader voor één keer zijn koelbloedigheid had verloren. Hij had hem iets toegeschreeuwd waardoor zijn hele wereld in elkaar was gestort.

'Ik ben radeloos, Steven. Je moet me helpen.'

Het klonk wanhopig en er lag een smekende blik in zijn ogen. Steven knikte. Hij wist dat de smekende blik in een oogwenk kon veranderen in een hatelijke als Tom zijn zin niet kreeg.

'Op mij kun je rekenen, jongen', zei hij. 'Je kunt zo lang blijven als je wilt. En wie weet valt het wachten nog mee. Volgens mij is het een kwestie van tijd voor de politie de moordenaar van je vader oppakt. Dan is de nachtmerrie achter de rug en kun je weer onbevreesd naar buiten komen.'

Steven had moeite om die woorden over zijn lippen te krijgen omdat hij er zelf niet in geloofde. De kans was immers klein dat de moordenaar snel werd gevat. Erger nog, als de politie erachter kwam dat hij en Tom beste vrienden waren, zouden ze hem het vuur aan de schenen leggen. Ze zouden hem ongetwijfeld scherp in de gaten houden en wie weet ook zijn huis doorzoeken. Hij nam een slok van zijn poester, die ondertussen lauw was geworden. Als de zaak te lang aansleepte, was er maar één oplossing: Tom onderbrengen bij een lid van een bevriende motorclub in het buitenland. Daar zouden ze hem nooit vinden.

Tom reageerde niet onmiddellijk op het voorstel om bij een lid van een buitenlandse motorclub onder te duiken. Hij bediende zich zwijgend van een tweede portie eieren met spek. Steven dronk zijn kop leeg, greep naar de fles goedkope cognac en vulde zijn kopje bij.

'We moeten eerst de blauwdrukken zien te vinden', zei Tom tussen twee happen.

'Wat wil je daarmee zeggen?'

'Dat ik niet naar het buitenland vlucht voor ik de plannen van de machine in mijn bezit heb. Ik laat mijn erfenis door niemand inpikken, verdomme. Dat begrijp je toch.'

Steven knikte. Leden van een bevriende Italiaanse motorclub hadden het huis van Calzone doorzocht. Ze hadden niets gevonden. Hij had hetzelfde gedaan in de villa van Filip. Zonder resultaat. Als de blauwdrukken bestonden, had Filip ze in ieder geval goed verstopt.

'Ik ben ook een tijdje met zijn computer bezig geweest', zei hij. 'De meeste bestanden zijn beveiligd. Ik kom er gewoon niet in.'

'Dan moeten we een expert inschakelen. Of is dat ook te moeilijk voor jou?'

Steven zuchtte. Tom had een labiel karakter. Soms kroop hij in zijn schulp als een schuw weekdier, maar hij kon evengoed heel zelfverzekerd overkomen of in een enthousiaste bui dingen doen die iedereen versteld deden staan. Mensen die hem kenden wisten echter beter. Tom was een wereldvreemde jongen die zelden het universum verliet dat hij zelf had gecreëerd. De schilderijen en de beeldjes die hij maakte, waren daar een sprekend bewijs van. Zelfs Steven, die een goede band met hem had, wist soms niet goed hoe hij hem moest aanpakken. Tom was zo onvoorspelbaar. Hij deed of hij naar iemand luisterde, maar achteraf was al vaak gebleken dat hij zich niets meer van het gesprek herinnerde. Dit keer bleef hij doorbomen over de computer van zijn vader en hij hekelde het amateurisme van de Italiaanse vrienden die bij Calzone waren binnengedrongen en niet de moeite hadden gedaan om diens computerbestanden te kopiëren. Steven werd het geraas stilaan beu.

'Je moet eens goed naar me luisteren, Tom. Je vader is vrijdagavond vermoord in Venetië. Waarschijnlijk door iemand die hij goed kende. Anders had hij hem niet aan boord van de Riva gelaten. Het probleem is dat jij, zijn enige erfgenaam, uitgerekend die dag ook in Venetië verbleef en dat je bij je vader op bezoek bent geweest. Ik geloof jouw verhaal, maar geef toe dat de politie daar meer moeite mee zal hebben.'

'Sorry, Steven.'

Tom stak zijn hand naar hem uit. Hij kreeg het zichtbaar moeilijk om zijn tranen te bedwingen.

'Ik ben een nietsnut, Steven', snikte hij amechtig. 'Mijn leven is klote. En het is allemaal mijn eigen dikke schuld. Ik verdien niet beter dan dat ze mij in de gevangenis stoppen en me laten rotten tot ik om vergiffenis smeek.'

Toen hij echt begon te huilen, probeerde Steven hem te troosten.

Van In stak haastig een sigaret op terwijl Versavel de Peugeot een eindje verderop parkeerde. Het was een troosteloze straat met inwisselbare huizen zoals er zo veel waren in Oostende. Het duurde gelukkig niet lang voor Versavel de auto kwijtraakte, net de tijd om zijn sigaret op te roken.

'En nu maar hopen dat hij thuis is', zei Van In terwijl hij het peukje met een nonchalant gebaar in de goot gooide, tot grote ergernis van Versavel, die het met de hak van zijn schoen plattrapte.

Het zachte dingdonggeluid van de voordeurbel deed Steven en Tom opschrikken.

'Verwacht je iemand?' vroeg Tom met roodomrande ogen.

Steven schudde zijn hoofd.

'Ga naar boven en verstop je in de badkamer', zei hij. 'En laat je niet zien voor ik kom zeggen dat de kust weer veilig is.'

'Waarom mag ik niet in de slaapkamer blijven?'

'Omdat ze door het raam naar binnen kunnen kijken', reageerde Steven bits.

'Denk je dat het de politie is?'

'Geen idee. Maak nu maar dat je wegkomt.'

Steven nam Tom bij de schouder en trok hem mee naar de gang, waar een steile trap naar boven leidde.

'En maak alsjeblieft geen lawaai. Het huis is gehorig.'

Van In pulkte aan zijn neus. Hij had een hekel aan wachten.

'Het duurt in ieder geval behoorlijk lang.'

De deur ging open voor Versavel iets kon zeggen. Steven begroette hen met een korte hoofdknik. Hij vermoedde dat ze van de politie waren, hoewel ze allebei in burger waren.

'Commissaris Pieter Van In en hoofdinspecteur Guido Versavel. Mogen we even binnenkomen?'

'Natuurlijk.'

Hij had beter eerst gevraagd of ze zich konden legitimeren, maar daarvoor was het nu te laat. Het was belangrijker dat ze niet merkten dat hij zenuwachtig was.

'Het is in verband met de inbraak bij meneer Vandecasteele', zei Van In toen ze in de gang stonden. 'Als ik goed ben ingelicht, hebt u de politie gebeld?'

'Dat klopt.'

Versavel keek naar het plafond toen hij een deur hoorde piepen, maar hij was blijkbaar de enige die iets had gehoord. Van In noch Steven David reageerden op het geluid.

'Volgens hoofdinspecteur Piers waren jullie goede vrienden.'

Ze gingen de woonkamer binnen, die heel sober gemeubileerd was. Er stonden een tafel, vier stoelen, een bruin gelakte keukenkast en een ouderwets televisietoestel op een koperkleurig tafeltje met wieltjes. Maar het was er netjes.

'Ik paste op de villa als hij er niet was', zei Steven.

Versavel durfde er bijna een eed op te doen dat hij boven gestommel hoorde. En dit keer had Steven David blijkbaar ook iets gehoord. Hij sloeg heel even zijn ogen op, maar daar bleef het bij.

'Wat dacht u toen u de ravage zag?'

'Wat moest ik denken? Dat er ingebroken was natuurlijk.'

'De collectie scheepsinstrumenten van meneer Vandecasteele is vast een pak geld waard', zei Van In. 'Of vergis ik mij?'

Steven haalde zijn schouders op. Hij begreep niet goed waar Van In naartoe wilde. Had de flik het pv dan niet gelezen waarin hij verklaard had dat er volgens hem niets gestolen was?

'Ik vrees dat de waardevolste stukken moeilijk te verkopen zijn. En zoveel verzamelaars van scheepsinstrumenten zijn er nu ook weer niet.'

'Dat dacht ik ook', zei Van In. 'Maar het zou kunnen dat u iets over het hoofd hebt gezien.'

De flik had zijn verklaring dus toch gelezen.

'Dat zou me verbazen. Als Filip een bijzonder stuk op de kop tikte, was ik de eerste aan wie hij het liet zien.'

'Ach zo', zei Van In.

Hij ging bij het raam staan en keek naar de schrale tuin, die in het verlengde van het huis lag en ongeveer vijf meter lang was. Het gazon zat vol kale plekken en de rozenstruiken aan de zijkant verkeerden in een erbarmelijke staat. Aan een van de wasdraden die de tuin overspanden, hing een kurkdroge dweil en een met verf besmeurde overall. Een schutting van groen bemoste betonplaten scheidde de tuin van een smal pad dat achter de huizen liep.

'Woont u hier alleen?'

'Meestal wel', zei Steven.

Het was een tijdje geleden dat hij nog een gewillige griet had opgescharreld. De laatste die bij hem had gewoond, was vorige maand opgestapt. Vrouwen waren nooit tevreden. Ze wilden altijd van alles kopen of ze zeurden dat hij te laat thuiskwam. En ze werden steeds lelijker. Of lag dat aan hem?

'Dan bent u waarschijnlijk niet vaak thuis?'

'Wat zou ik thuis doen?'

Steven werkte soms meer dan vijftig uur per week, de zaterdagavond bleef hij met de vrienden in de club hangen en de rest van zijn vrije tijd bracht hij bij Vandecasteele door of in café 't Végeetje.

'Misschien waren de dieven naar iets anders op zoek.'

Van In sprong met opzet van de hak op de tak. Het was een beproefde tactiek om iemand van zijn stuk te brengen. Zijn aanpak had succes. Steven keek verbaasd terwijl hij zich afvroeg wat er aan de hand was.

'Wat bedoelt u daarmee?'

'Wie weet hadden de dieven helemaal geen belangstelling voor de collectie en zochten ze iets anders. Een document bijvoorbeeld. Waarom zouden ze anders het behang van de muur hebben gehaald?'

'Het gebeurt vaker dat dieven met opzet schade aanrichten als ze niet vinden wat ze zoeken', zei hij. 'Wie weet waren het gewoon jonge vandalen.'

Van In stak een sigaret op. Hij had vanaf het begin gemerkt dat Steven zenuwachtig was en ook het gepiep van de deur en het gestommel boven waren hem niet ontgaan.

'Hebt u nog iets van Tom gehoord?'

Steven wist dat hij die vraag niet negatief kon beantwoorden. De flikken zouden nooit geloven dat ze na de brand geen contact met elkaar hadden gehad.

'Hij heeft me vanochtend gebeld. Hij was in alle staten. Alles wat hij bezat stond in zijn atelier. Ik heb hem proberen te troosten, maar u weet hoe de jeugd tegenwoordig reageert. Ze kunnen niets meer relativeren. Hij mag in ieder geval van geluk spreken dat er geen slachtoffers gevallen zijn.'

'Slachtoffers?'

'Het gebeurde dat Tom in zijn atelier bleef slapen als hij te veel gedronken had.'

'Dan had hij toch iets gehoord?'

Steven wreef met zijn hand over zijn mond.

'U hebt Tom waarschijnlijk nog nooit dronken gezien', zei hij. 'Dan krijg je hem met geen kanon wakker.'

'Is hij hier vandaag geweest?'

'Nee.'

'Dan hebt u er geen bezwaar tegen dat we even rondkijken?'

'Wat bedoelt u met rondkijken?'

Van In keek naar Versavel.

'Ik dacht dat ik boven iets hoorde', zei hij onbewogen. 'Heb jij niets gehoord, Guido?'

Je verbaast me telkens weer, wilde Versavel zeggen, maar wat hij dacht deed nu niet ter zake. Van In onderschatten was de grootste fout die iemand kon maken. Hij kende hem nu al meer dan vijftien jaar en hij trapte er nog in.

'Hebt u daarvoor geen huiszoekingsbevel nodig?'

Hij gaf zich bloot door die vraag te stellen. Mensen die niets te verbergen hadden, lieten de politie meestal begaan. Van In wist nu zeker dat hij zich niet vergist had.

'In principe wel', zei hij met een ernstig gezicht. 'Als u er echt een wilt, bel ik nu de onderzoeksrechter.'

Hij wierp een blik op zijn horloge.

'Het duurt ongeveer een uurtje voor hij ons het bevel laat bezorgen. Ondertussen kunnen we nog wat praten. Als u dat niet erg vindt tenminste.'

Van In beschikte niet over een argument dat voldoende zwaar woog om een huiszoeking te rechtvaardigen, en zelfs als hij over zo'n argument beschikte, zou het minstens vierentwintig uur duren voor een onderzoeksrechter het bevel zou ondertekenen, maar dat wist Steven David natuurlijk niet.

'Ik heb u toch gezegd dat Tom hier niet is', zei hij behoorlijk luid.

'Heb ik gezegd dat het om Tom gaat?'

Van In liep naar de deur die naar de gang leidde. Steven David probeerde hem tegen te houden.

'U hebt het recht niet om naar boven te gaan', schreeuwde hij.

Van In haalde zijn schouders op, trok de deur open en liep de trap op. Versavel volgde hem op de voet. Op de bovenverdieping waren twee slaapkamers. De deur van de ene kamer stond open, die van de andere, aan de achterzijde van het huis, was op slot. De sleutel zat aan de binnenkant en het tochtte door de kieren. Hij was al argwaan gaan koesteren toen Steven onnodig luid was gaan spreken, maar nu wist hij het zeker. Het was een klassieke truc en toch waren ze er met beide voeten in getrapt. Versavel, die dezelfde conclusie had getrokken, reageerde als eerste. Hij stormde de trap af en gooide de deur van de woonkamer open. Hij was nog net op tijd om Tom over de betonnen schutting te zien klauteren. De achtervolging inzetten had niet veel zin. Tom was minstens twintig jaar jonger dan hij, had een ruime voorsprong en hij kende de buurt. Maar hij had één groot nadeel: hij kon nergens terecht. Nog geen drie minuten later kleurden politiewagens de straten blauw.

'Je hebt je mooi in de nesten gewerkt, vriend', zei Van In tegen Steven, die met gebogen hoofd aan tafel zat.

Er kwam geen reactie. Ze konden hem natuurlijk oppakken en voor ondervraging meenemen naar het politiebureau, maar de ervaring had geleerd dat zoiets niet veel opleverde.

'Ik hoef je waarschijnlijk niet te vragen waar Tom nu zijn toevlucht zou zoeken?'

'Ik zou het niet weten', zei Steven.

'Dat dacht ik al.'

Mensen uit het vissersmilieu waren loslippig, behalve als ze zich van buitenaf bedreigd voelden. Ze mochten Steven een week in een kelder opsluiten, hij zou zijn lippen stijf op elkaar houden. Hem ervan proberen te overtuigen dat hij Tom geen dienst bewees door te zwijgen, zou alleen maar kostbare tijd kosten die ze beter aan andere dingen konden besteden.

'Wat je ook onderneemt, we krijgen hem toch te pakken', zei Van In.

Steven rechtte zijn rug en haalde diep adem.

'En dan, commissaris?'

'Een paar nachten in de cel maakt menige tong losser, meneer David.'

'Tom heeft niets verkeerds gedaan.'

'Waarom is hij dan op de vlucht geslagen?'

Steven keek Van In recht in de ogen. Hij hield niet van buitenstaanders en nog minder van flikken, maar iets zei hem dat de Brugse commissaris en zijn collega redelijke mensen waren.

'Tom kan soms vreemd uit de hoek komen', zei hij. 'Hij is kunstenaar moet je weten en kunstenaars hebben een andere visie op de wereld dan wij. Hebt u zijn werk al gezien?'

'De schilderijen of de poppen?'

Van In pakte een stoel en ging bij Steven aan de tafel zitten. Iemand die spontaan begon te praten, gaf soms meer informatie prijs dan hij kwijt wilde. Of hij vergat met wie hij aan het praten was.

'De poppen', zei hij.

Steven schoof zijn stoel naar achter en liep naar de bruin gelakte kast.

'Ik heb er vorige maand een cadeau gekregen. Moet je die eens goed bekijken.'

Hij trok de deur open, haalde het beeld eruit en zette het op de tafel.

'Zeg nu eerlijk, commissaris. Wie maakt nu zoiets?'

Het beeldje was ongeveer dertig centimeter hoog, de sokkel niet inbegrepen. Het stelde een baby voor met een slagersmes in zijn hand. Op de plaats van de ogen zaten puntige paarse lampjes die onheilspellend flikkerden. De wanstaltige romp zat onder het bloed en er stak een verbrijzeld bot uit de linkervoet. In het hoofd, dat veel te groot was, gaapte een diepe wond.

'Baby's kunnen behoorlijk lastig zijn', zei Van In.

Hij dacht aan Hannelore en aan het kind in haar schoot. Met Simon en Sarah hadden ze geluk gehad, maar wie weet groeide er nu een monstertje in haar buik, een ettertje dat straks alle aandacht zou opeisen en hun het leven zuur zou maken als het zijn zin niet kreeg. Hij kende jonge moeders en vaders die daarvoor in psychiatrische behandeling waren.

'Tom heeft geen broers of zussen.'

'Tja', zuchtte Van In. 'Kunst begrijpen vergt meestal enige moeite.'

Het klonk ironisch, maar dat had Steven niet door.

'Tom is als kind gefascineerd geraakt door de holocaust', fluisterde hij. 'De wetenschap dat mensen in staat zijn om elkaar als beesten uit te roeien, maakt hem gek van angst. Hij is er kapot van. Is een mens per definitie boosaardig? Worden we zo geboren? Zijn baby's even wreedaardig als volwassenen?'

'Als je het mij vraagt, heeft Tom dringend hulp nodig', zei Versavel.

Een nichtje van hem was onlangs in het ziekenhuis opgenomen omdat ze haar borsten met een brandende sigaret had bewerkt. In haar kamer hadden haar ouders een dagboek gevonden, waarin stond dat ze wilde lijden en sterven als boetedoening voor een decadente maatschappij. Jongeren gingen tegenwoordig erg ver met zelfmutilatie.

'Je moet die hulp ook willen aanvaarden. Tom is een koppige ezel, net als zijn vader. Hij laat zich door niemand de les lezen.'

'Dat verklaart een en ander', zei Van In.

Jongeren werden tegenwoordig nog met te weinig grote problemen geconfronteerd. Ze bleven gespaard voor pijn, ze leden honger noch dorst. Al hun grillen werden onmiddellijk ingewilligd, aan al hun lusten werd voldaan. Ze kenden alleen nog overvloed en de verveling die daarvan het gevolg was.

'Het is niet wat u denkt, commissaris. Tom is een zachtaardige jongen. Hij is gewoon het slachtoffer van zijn opvoeding. Zijn moeder had het destijds te druk om hem te knuffelen en zijn vader heeft te laat ingezien dat hij zijn zoon verwaarloosde. Ik ben de enige die hij in vertrouwen nam.'

'Dan moet u ons helpen, meneer David', zei Van In. 'Straks loopt Tom in zijn ongeluk.'

De klopjacht duurde al een dik halfuur en ze hadden hem nog steeds niet gevonden. Het kon best dat hij ondertussen een andere schuilplaats had gevonden en in dat geval was Steven daarvan op de hoogte.

'Tom raakte in paniek toen u hem in de Entrepot aanpakte in verband met de moord op zijn vader', zei Steven. 'Daarom is hij op de vlucht geslagen. Hij is doodsbang voor de politie. En voor de gevangenis.'

'De gevangenis', snoof Van In. 'Tegenwoordig moet je minstens iemand vermoorden voor ze je opsluiten. Dat weet u zelf toch ook.'

Steven knikte. De kranten stonden er de laatste tijd vol van. Er was geen plaats meer voor kleine criminelen in de gevangenis. Er werden zelfs wachtlijsten aangelegd. Van In stak een sigaret op en blies de rook krachtig voor zich uit.

'Help hem dan, meneer David', zei hij. 'Vertel me waar hij zich schuilhoudt.'

8

'Daar is hij', schreeuwde een agent met uitgestoken vinger.

De politiewagen reed met een slakkengang over de brug die de Maritieme Site met de Hendrik Baelskaai verbond. De chauffeur zette zijn zonnebril op en keek in de richting die zijn collega aanwees.

'Je zou wel eens gelijk kunnen hebben', zei hij niet erg enthousiast.

'Ik ben er zeker van dat hij het is.'

'Dat heb je een uur geleden ook gezegd toen we de stationsbuurt aan het uitkammen waren.'

'Ja, maar nu ben ik er absoluut zeker van.'

Hij haalde het opsporingsbericht uit zijn borstzak waarop de persoonsbeschrijving en de identiteit van de voortvluchtige genoteerd stonden: Tom Vandecasteele, geboren op 30.04.1980. Slank, ongeveer één meter tachtig, zwart sluik haar. Gekleed in een lichtblauwe spijkerbroek, T-shirt met het opschrift: *Suck me, I'm famous*, en een halflange grijze jas. De agent met de zonnebril knikte. De beschrijving klopte.

'Laat de cavalerie maar komen.'

Zijn collega greep de microfoon van de boordradio en riep hoorbaar opgewonden de meldkamer op. Dat kon je hem niet kwalijk nemen, hij was amper drie weken in dienst. Het was de eerste keer dat hij deelnam aan een grote actie.

Tom stond aan dek van de Paster Puype, een roestige

IJslandvaarder die al een paar jaar op restauratie wachtte. Toen hij de politiewagen over de brug zag rijden, rende hij van boord naar een van de loodsen. Twee jonge kerels, die de kiel van een houten boot aan het breeuwen waren, keken hem na.

'Een vogel voor de kat', zei de ene, een lange slungel met een paardenstaart, toen hij de politiewagen over de brug zag rijden.

'Ik hoop dat hij het haalt', bromde zijn collega, een kleine dikkerd met zomersproeten.

Ze moesten in principe allebei een lange straf in een gesloten instelling uitzitten voor een gewapende overval waarbij toevallig een slachtoffer was gevallen, maar ze hadden zoals het hoort in een tolerante maatschappij een tweede kans gekregen. Als ze het op de werf een jaar konden uitzingen, kwamen ze in aanmerking voor een aanzienlijke strafvermindering.

'Ze krijgen je altijd te pakken', zei de slungel met de paardenstaart gelaten.

Hij was zelf twee keer uit een instelling ontsnapt, maar ze hadden hem telkens binnen een week weer opgepakt. Zonder hulp van buitenaf maakte je immers weinig kans om op vrije voeten te blijven. Na een maand in de isoleercel had hij eieren voor zijn geld gekozen en zich gemeld voor het project in de haven van Oostende. Hij had in het begin moeite gehad met begrippen als stiptheid en volharding, maar na een paar maanden had hij zich noodgedwongen aan de nieuwe omstandigheden aangepast. Alles was beter dan een verblijf in een muffe cel in het gezelschap van andere criminelen voor wie je steeds op je hoede moest zijn. Eén ding had hij echter nooit verwacht: naarmate het werk vorderde, had hij er meer zin in gekregen. De houten boot die ze aan het bouwen waren, was een stuk van hemzelf geworden waarop hij bijzonder trots was.

'Je ziet toch dat hij als een rat in de val zit', zei hij toen zijn collega niet reageerde op zijn pessimistische conclusie.

Loeiende sirenes kondigden versterking aan. De agenten die als eersten waren gearriveerd, ondernamen voorlopig geen actie. Ze waren er net als de jongen met de paardenstaart van overtuigd dat Tom geen enkele kans maakte.

'Misschien', zei de dikkerd, met een verbeten trek om zijn mond. 'Maar vergeet niet dat ratten bijzonder inventief zijn.'

Het werk op de werf had ook van hem een ander mens gemaakt, en hoewel hij niet meer van plan was om de draad van zijn misdadige leven weer op te nemen, voelde hij sympathie voor de opgejaagde vluchteling.

'Ik ben benieuwd hoe het zal aflopen', zei hij.

'Ik ook', zei de lange slungel.

Hij legde zijn hamer en breeuwmes naast zich neer, krabbelde overeind en volgde zijn collega. Ze liepen om de boot en slenterden achteloos naar de kaai waar de Paster Puype aangemeerd lag, waar ze een beter uitzicht op de loodsen hadden.

'Ik vind het best spannend', zei de dikkerd, terwijl hij een sigaret opstak. 'Het is net alsof we in de bioscoop zitten.'

Ondertussen krioelde de Maritieme Site van de blauwe uniformen en waren Van In en Versavel aangekomen.

'Hij zit in de grote loods', zei hoofdinspecteur Piers toen Van In hem vroeg waar ze Tom voor het laatst hadden gezien.

Hij hield zijn hand op de kolf van zijn pistool en dat beviel Van In allerminst. Tom Vandecasteele was geen zware crimineel. Bovendien was Oostende New York niet, hoewel het de vraag was hoe lang het nog zou duren voor het zover was. Misdadigers gingen tegenwoordig steeds driester tekeer, met als gevolg dat politiemensen zich onveiliger gingen voelen en vlugger dan vroeger hun wapen trokken.

'Is er een vluchtweg?'

'Nee', grijnsde Piers terwijl hij de kolf van zijn pistool streelde. 'Hij moet over de brug.'

Van In wierp een bezorgde blik naar Versavel en liep daarna naar de dichtstbij geparkeerde politiewagen, waar hij contact opnam met de hoofdcommissaris. De houding van Piers zat hem niet lekker, maar hij was niet de enige. Een jonge agent die een eindje verderop stond, dacht onwillekeurig aan de oude man met het hondje die hem was komen melden dat hij Piers een halfuur voor de brand in de buurt van het atelier van Tom Vandecasteele had gezien met een plastic jerrycan in zijn hand. Hij had er een hele nacht wakker van gelegen zonder dat hij een beslissing had durven nemen. Piers was niet alleen een collega, hij was eveneens zijn directe overste. En in het korps gold de ongeschreven regel dat je een collega niet verlinkte. De gewetensvraag dreigde hem te verscheuren.

'Is er iets mis?' vroeg Versavel toen hij Van In met een doodgraversgezicht zag terugkomen.

'Het zijn allemaal dezelfde windhanen', klonk het nors.

'Spreek alsjeblieft niet in raadsels, Pieter.'

'Ik heb de hoofdcommissaris gevraagd of ik de operatie mocht leiden.'

'En je hebt je zin niet gekregen.'

'Erger nog. We moeten samenwerken met die cowboy.'

'Piers?'

'Wie anders?'

'Je vertrouwt hem blijkbaar niet?'

'Jij wel?'

'Nee.'

Versavel verschilde af en toe van mening met Van In als het over mensen ging, maar dit keer moest hij hem gelijk geven. Hij vertrouwde Piers niet. Hij wist alleen niet waarom.

'Probeer in godsnaam normaal te doen', zei hij.

Piers had zijn manschappen laten aantreden. Ze stonden keurig in het gelid en luisterden aandachtig naar hun chef, die in plat Oostends uitlegde welke strategie ze zouden volgen. Van In en Versavel profiteerden van de gelegenheid om ongemerkt naar de loods te sluipen.

'Wie zijn die twee?' vroeg de lange slungel.

'Geen idee', zei de dikkerd.

'Volgens mij maken ze deel uit van het speciale interventieteam van de federale politie. Ik kan je verzekeren dat er met die kerels niet te spotten valt.'

'Waarom zijn ze dan niet gewapend?'

'Wie zegt dat ze niet gewapend zijn?'

De dikkerd haalde zijn schouders op, maar hij stelde verder geen vragen meer. Als die kerels deel uitmaakten van het speciale interventieteam van de federale politie, was er leven op Mars. Hij bekeek de manschappen van Piers eveneens met een laatdunkende blik. Net een bende strandjanetten, dacht hij.

Tom voelde zich min of meer opgelucht toen hij Van In en Versavel de loods zag binnengaan. Die ben ik tenminste voorlopig kwijt, dacht hij. De agenten die nog buiten stonden, baarden hem meer zorgen. Ze waren te talrijk. Hij kon ze onmogelijk allemaal verschalken. En zelfs als hij erin slaagde hen te ontlopen, moest hij nog ongemerkt over de brug zien te komen. Nee, hij maakte geen schijn van kans. Het was een kwestie van tijd voor ze hem te pakken kregen. Hij durfde er niet aan te denken wat hem dan te wachten stond. Over Piers deden vreselijke verhalen de ronde. Een van zijn vrienden die ooit een nachtje in een politiecel had doorgebracht, was als de dood voor hem. En het zag er niet naar uit dat hij met één nachtje cel weg zou komen. Sommige verdachten brachten maanden in voorarrest door. Hij overwoog even om zijn schuilplaats te verlaten en zich over te geven aan de Brugse commissaris, die er heel wat menselijker uitzag dan Piers. Maar zou dat iets opleveren? Een nacht in een Brugse cel of in een Oostendse, het maakte niets uit. Eigenlijk had hij maar één keuze.

‘Hier kan hij zich moeilijk verstoppen’, zei Van In.

De loods was leeg op een paar stapels planken na. En ook de traceerzolder boven de loods bood weinig mogelijkheid om zich te verschuilen

‘Dan moeten we de bijgebouwen doorzoeken.’

Van In wierp een blik door het raam. De briefing was voorbij. De agenten verdeelden zich in groepjes en maakten zich klaar om tot de actie over te gaan.

‘Ik denk dat we te laat zijn, Guido.’

Zijn woorden waren nog niet koud, of hij zag Tom over het terrein naar de kade rennen. Het duurde vijf seconden voor een van de agenten hem opmerkte en alarm sloeg.

‘Verdomme.’

‘Wat is er?’

‘Kijk zelf maar.’

Piers trok zijn pistool en begon als een gek te schreeuwen. Tom keek even angstig over zijn schouder, maar hij minderde geen vaart. Er klonk een schot. Gelukkig was de afstand tussen hem en Piers nog te groot. Dat besefte Piers ook. Hij begon te rennen, legde opnieuw aan en schoot. Dit keer miste hij Tom op een paar decimeter. De kogel ketste af op een roestig olievat.

‘Die kerel is gek, Guido. We moeten hem stoppen.’

Van In stormde de trap af en rende de longen uit zijn lijf, maar toen hij weer buiten stond, was er geen spoor meer van Tom te bekennen.

‘Hij is naar beneden gesprongen’, hoorde hij een van de agenten roepen.

Piers zwaaide met zijn pistool toen zijn manschappen aarzelend bleven staan. Zijn gezicht was rood aangelopen en hij schuimbekte.

'Doe dan toch iets', schreeuwde hij.

Tachtig procent van de opgetrommelde agenten had geen ervaring met achtervolgingen. Ze waren gewend om brave burgers te bekeuren en verkeersongevallen vast te stellen. De andere twintig procent was ouder dan vijfenveertig. Zij sloofden zich allang niet meer uit. De collectieve aarzeling gaf Tom voldoende respijt om de motoren van de boot te starten en de trossen los te gooien. Piers vloekte toen hij de krachtige Steyrmotoren hoorde brullen en even later de slanke motorboot met hoge snelheid door het water zag klieven. Van In, die ondertussen naast hem was komen staan, volgde het witte schuimspoor en de golfslag die een stevige deining veroorzaakte.

'Ik wist niet dat hij een boot had', zei hij met een glimlach.

'Het is zijn boot niet', snauwde Piers.

'De boot is eigendom van zijn vader', zei een agent die Filip Vandecasteele kende, omdat hij zelf een motorboot had en lid was van de plaatselijke jachtclub.

'Dan is het toch ook een beetje zijn boot. Niet?'

'Bemoei je met je eigen zaken, Van In.'

Piers haalde zijn mobieltje uit zijn binnenzak en belde de scheepvaartpolitie. Het gesprek duurde een tijdje en mondde uiteindelijk uit in een bitse discussie. Het kwam erop neer dat een hoofdinspecteur van de lokale politie de federale politie geen bevelen had te geven, maar toen de hoofdcommissaris, die inmiddels ook was gearriveerd, er zich mee bemoeide kwamen ze uiteindelijk tot een vergelijk.

'Wanneer kunnen jullie de achtervolging inzetten?' vroeg de hoofdcommissaris.

'Binnen vijf minuten', zei de kapitein van de patrouilleboot met wie ze hem nu hadden doorverbonden. Ondertussen noteerde hij de gegevens van het motorjacht en gaf het bevel om uit te varen.

'Achtendertig knopen is een behoorlijke snelheid', zei hij toen de hoofdcommissaris vroeg hoe lang het zou duren voor ze Tom te pakken kregen.

Er was een tijd dat de scheepvaartpolitie zelfs niet over een dienstwagen kon beschikken, laat staan over een boot. Wat natuurlijk een beetje belachelijk was, maar als doodnormaal werd beschouwd in een land waar het parket zich anno 2000 nog met ouderwetse typemachines moest behelpen, het leger zich in vooroorlogse trucks verplaatste en spoorwissels in de winter met warm water werden ontdooid. Daar was nu gelukkig verandering in gekomen. De scheepvaartpolitie was sinds kort grondig gemoderniseerd. De snelste boot waarover ze beschikten haalde vlot een topsnelheid van vijfenveertig knopen per uur. Dat was sneller dan de boot van Tom, maar hij had het voordeel dat hij een ruime voorsprong had en hen kon misleiden door van koers te veranderen. Daarom besliste de officier die de operatie leidde om een helikopter in te zetten. Als ze die in Koksijde van de grond kregen tenminste.

'De helikopter pikt jullie over tien minuten op', zei hij over de radio. 'Good luck. Over en out.'

'Dan gaan wij mee', zei Van In.

'Vergeet dat maar.'

Piers keek dwingend naar zijn overste, maar die reageerde niet. De procureur had hem duidelijk gemaakt dat hij met Van In moest samenwerken. En een verzoek van de procureur legde je niet zomaar naast je neer.

'Dat zien we straks wel', zei hij mat.

De Seaking landde nog geen kwartier later op het terrein voor de grote loods. Van In en Versavel renden met gebogen hoofd naar het toestel en klommen aan boord, waar een bemanningslid hun twee koptelefoons aanreikte. Van In nam plaats naast de piloot en gespte zijn gordel vast.

'Je hebt er weer een nieuwe vijand bij', zei Versavel door het microfoontje dat aan de koptelefoon was bevestigd.

'Piers kan de pot op.'

De piloot, die het gesprek kon volgen, glimlachte. Hij was de eeuwige discussie over wie er zou meevliegen gewend. Als het erop aankwam, gedroegen ze zich allemaal als kleine jongens. Een helikopter, zelfs een die bijna uit elkaar rammelde van de ouderdom, bleef tot de verbeelding spreken.

'De vluchteling is gesignaleerd ter hoogte van Knokke', zei hij door de microfoon.

Het toestel steeg met veel gedaver op en maakte op geringe hoogte een scherpe bocht. Met een beetje geluk kregen ze de vluchteling binnen tien minuten in het gezicht. Ze vlogen over de patrouilleboot van de scheepvaartpolitie die met hoge snelheid over de golven scheerde.

'Wat doen we als hij in Nederlandse wateren komt?' vroeg Van In toen ze boven de jachthaven van Blankenberge vlogen.

'Ik heb ondertussen de Nederlandse kustwacht gewaarschuwd', zei de piloot. 'De vluchteling kan onmogelijk ontsnappen.'

Toen Tom de boot van de Nederlandse kustwacht op hem af zag komen, besefte hij dat hij als een rat in de val zat. Hij trilde op zijn benen en het koude zweet stond in zijn handen. Een Nederlandse cel of een Belgische. Ook dat maakte niet uit. De gedachte opgesloten te worden bezorgde hem doodsangsten. Wat zou zijn vader in die omstandigheden hebben gedaan? Hij zou in ieder geval iets geprobeerd hebben. Maar wat? Tegen de patrouilleboten kon hij niet op. Die waren te snel. Maar zijn boot was ook niet van de minste. Wat had zijn boot meer dan de andere?

'Daar is hij', riep Van In door de microfoon.

Hij gaf de kijker door aan Versavel en wees naar het schuimende zog onder hen. De piloot knikte en gaf de positie van de boot door aan de scheepvaartpolitie.

'Ik denk dat de Nederlanders er sneller bij zullen zijn', zei hij.

'Wat spookt hij nu uit?'

De boot van Tom maakte een wijde bocht en stevende met hoge snelheid op het strand af.

'Op die manier vaart hij zich te pletter.'

'Ik denk het niet', zei de piloot, die ook iets van pleziervaartuigen af wist. 'Volgens mij beschikt hij over straalaandrijving.'

'Toch niet zoals een vliegtuig?' reageerde Van In verbaasd.

'Het gaat om hetzelfde principe, maar in plaats van lucht zuigen de motoren water aan en stuwen dat onder grote druk weer naar buiten. Een boot met straalaandrijving heeft geen schroeven en meestal een geringe diepgang. Hij kan er zonder veel kleerscheuren zo het strand mee opvaren.'

'Kunnen die Nederlanders dat ook?'

'Misschien', grinnikte de piloot. 'Maar ik denk niet dat ze zoiets zullen riskeren. Je kent die Nederlanders toch.'

'Kun je op het strand landen?'

De piloot drukte zijn rug tegen de leuning van zijn stoel en duwde de stuurknuppel naar links. Hij vond het best spannend.

'Waarom niet', glimlachte hij. 'Ik ben geen Nederlander.'

De Seaking maakte op zijn beurt een scherpe bocht terwijl hij snel hoogte verloor. Toen ze nog geen dertig seconden later rakelings over de boot vlogen, konden ze Tom bijna aanraken.

'We hebben hem', zei Van In toen de piloot zijn toestel honderd meter van de vloedlijn aan de grond zette.

Ze sprongen uit de helikopter en renden naar de plek waar de boot het strand zou opvaren, maar toen ze er bijna waren, maakte Tom onverwacht een bocht in het ondiepe water en stuurde de boot evenwijdig met de vloedlijn naar de andere kant, weg van hen.

'Verdomme.'

Van In zette de achtervolging over het strand te voet in. Na tweehonderd meter geploeter door het zand moest hij noodgedwongen vaart minderen. Zijn longen stonden in brand en het leek of iemand zijn kuitspieren door een vleesmolen had gehaald. Hij kon zich nog amper overeind houden.

'Pak jij hem dan maar', schreeuwde hij naar Versavel, die merkbaar in een betere conditie verkeerde dan hij.

De boot voer het strand op en trok een breed spoor in het natte zand. Tom sprong over de reling nog voor de boot helemaal tot stilstand kwam en rende in de richting van de duinen. Ondertussen was Versavel hem tot op vijftig meter genaderd, maar hij maakte geen kans tegen een fitte jonge kerel. Hij verloor zienderogen veld en moest de achtervolging uiteindelijk ook staken. Zo fit was hij nu ook niet.

Tom besefte dat het niet lang zou duren voor hij de Nederlandse politie op zijn dak kreeg. Elke seconde was belangrijk. Daarom deed hij iets wat hij anders nooit zou hebben gedaan. Hij hield een oude voorbijfietsende vrouw tegen, dwong haar af te stappen, sprong op haar fiets en trapte de longen uit zijn lijf. Een wegwijzer vertelde hem dat hij zes kilometer van Vlissingen verwijderd was.

‘Ik wil alleen mijn fiets terug’, schreeuwde de oude vrouw hysterisch toen een agent van de marechaussee, een blonde breedgeschouderde Zeeuw, haar vroeg of ze de man kon beschrijven die haar fiets had gestolen.

Zijn collega, een oudere kerel met een beginnend bierbuikje, gaf daarna alle gegevens die ze hadden verzameld door over de radio. Van In en Versavel, die inmiddels ook waren gearriveerd, stonden een beetje verweesd in de berm.

‘Ver kan hij niet lopen’, zei de agent met het bierbuikje. ‘Onze collega’s houden een oogje in het zeil aan de ingang van de Westerscheldetunnel en we controleren de identiteit van alle passagiers die gebruik maken van de veerpont in Vlissingen.’

Sinds de Schengenakkoorden verliep de samenwerking tussen de Belgische en de Nederlandse politie in de meeste gevallen voortreffelijk, maar Van In zou er zijn hand niet voor in het vuur durven te steken dat de controles zo nauwgezet verliepen als zijn Nederlandse collega hem probeerde te doen geloven.

‘Dat is fijn’, glimlachte Van In.

Hij had net het politiebureau in Brugge gebeld en Saskia gevraagd of ze iemand met een wagen naar Vlissingen kon sturen.

‘Wat doen we ondertussen?’ vroeg Versavel.

‘Ik neem aan dat ze hier ook Duvel verkopen, Guido.’

Ze kregen een lift van hun Nederlandse collega’s en ze vonden een kroeg bij de haven waar Duvel werd geserveerd. Van In dronk de eerste in één teug leeg en bestelde prompt een tweede, tot ontsteltenis van de ober, die zoiets blijkbaar nog nooit had meegemaakt.

‘Ik waan me bijna James Bond’, zei Van In toen de tweede Duvel eraan kwam. ‘Helikopters en snelle boten. Ik mis alleen nog een paar jonge meiden.’

'Wat zou jij met jonge meiden aanvangen? Je kunt Hannelore nog niet eens de baas.'

Versavel nam het altijd op voor Hannelore, die hij eigenlijk veel te goed vond voor Van In. Maar wat kon hij eraan doen? Knappe prinsesjes werden nu eenmaal verliefd op kikkers en bosberen. Kortom, mooie vrouwen vielen meestal op de verkeerde man.

'Maak je niet druk, Guido. Ik fantaseer maar wat.'

'Hoe maakt ze het eigenlijk?'

'Wie?'

'Hannelore natuurlijk.'

Van In stak nadenkend een sigaret op. Door de hele heisa in Oostende was hij bijna vergeten wat ze hem gisteravond had verteld. Of had hij het doelbewust verdrongen? Vader worden op zijn leeftijd, hij wenste het bij nader inzien zijn ergste vijand niet toe. Hij tokkelde zenuwachtig met zijn vingertoppen op het tafelblad en keek met een wazige blik in de verte, alsof hij net een joint had gerookt. Versavel kende die blik.

'Scheelt er iets?'

'Met mij gaat alles goed. Voorlopig toch nog.'

'Jullie hebben toch weer geen ruzie gemaakt?'

Er bestonden open relaties, latrelaties, knipperlichtrelaties en als-ik-vrij-ben-moet-jij-werken-relaties, maar voor de relatie tussen Van In en Hannelore bestond er maar één omschrijving: een eb-en-vloedrelatie. Bij hen was het alles of niets.

'Nee', zei Van In. 'Het is erger.'

'Gaan jullie weer scheiden?'

'Wat dacht je van verhuizen?'

'Verhuizen? Toch niet na al die jaren?'

'We zullen wel moeten nu ze weer zwanger is.'

De wereld stond even stil. Versavel hapte naar lucht. Met

Van In kon je de gekste dingen verwachten, maar dit nieuws overtrof zijn stoutste verwachtingen.

'Je neemt me toch niet in de maling?'

'Ik zou niet durven, Guido.'

'Dan is het dus echt waar?'

Van In pakte een nieuwe sigaret en las de waarschuwing op de achterkant van het pakje. *Roken kan uw sperma beschadigen*, stond er. Was dat maar waar. Hij hoorde de baby al huilen, de geur van babyzalf en fletse luiers deed zijn maag keren. Simon en Sarah, deel twee. Waarom kwam er op iedere succesrijke horrorfilm een vervolg? Versavel dacht er blijkbaar anders over. Hij glunderde en zijn neus glom.

'Dat is fantastisch nieuws, Pieter.'

Hij stak spontaan zijn hand op en bestelde nog een drankje. Eigenlijk had hij zin om iedereen op het terras te trakteren.

'Ik ben benieuwd of die Hollanders Tom Vandecasteele gaan vinden', zei Van In toen de euforie bij Versavel een beetje was afgenomen.

'Het ligt eraan hoe hard ze hun best doen.'

'Dat is waar', knikte Van In, die blij was dat ze weer over het werk konden praten. 'Maar wat denk jij van die Steven David?'

'Filip Vandecasteele was zijn beste vriend. Je kunt het hem niet kwalijk nemen dat hij de zoon van zijn beste vriend in bescherming neemt.'

'Dat begrijp ik, Guido. Maar hij moet toch ook durven toegeven dat er iets fundamenteels mis is met die jongen? Volgens mij is Tom Vandecasteele behoorlijk labiel. En iedereen weet waartoe labiele mensen in staat zijn.'

'Je blijft hem dus verdenken.'

Van In nam een slok koele Duvel. Hij had de afgelopen uren grondig over die kwestie nagedacht. Vadermoord was van alle tijden. Net als incest trouwens.

'Ik denk dat we dieper in zijn verleden moeten graven', zei hij ernstig.

De beelden van getormenteerde, mismaakte baby's bleven door zijn hoofd spoken en hij bleef zich afvragen welke invloed de holocaust op de ontwikkeling van Tom had gehad.

'Je doet maar', reageerde Versavel luchtig.

Het nieuws dat Hannelore zwanger was, hield hem in de ban. Nieuw leven was voor hem belangrijker dan de dood, die toch onafwendbaar was.

Vlissingen was een geschikte bestemming voor Vlamingen die een dagtrip met de boot wilden maken. Het was hoogstens een paar uur varen en bij de haven trof je gezellige kroegen aan. Het was dan ook niet ongewoon dat er op een zonnige dag als vandaag veel Vlaamse boten lagen aangemeerd. Tom installeerde zich op een van de terrasjes in de buurt van de haven waar een groepje luidruchtige West-Vlamingen bier zat te hijsen. Het gezelschap bestond uitsluitend uit mannen die duidelijk boven hun theewater waren en hij hoorde dat ze uit de buurt van Oostende afkomstig waren. De oplossing voor zijn probleem lag voor de hand. Hij wuifde naar de kelner en gaf een rondje van het laatste geld dat hij nog op zak had. Vijf minuten later zat hij bij hen aan tafel.

'Ik heb ruzie gemaakt met mijn vriendin en ze is er met mijn wagen vandoor', zei hij toen ze hem vroegen wat hij alleen in Vlissingen uitspookte.

De toon was meteen gezet. Hij kreeg van iedereen goede raad.

'Vrouwen zijn nu eenmaal wispelturige creaturen', zei een man van middelbare leeftijd met een zeemanspet op. 'En daar kan ik over meespreken.'

'Dirk heeft al drie vrouwen versleten en hij heeft nog steeds niets bijgeleerd', grapte een andere.

'De meesten zijn alleen op geld uit', klonk het van de andere kant van de tafel. 'Trek het je toch niet aan, kerel.'

Het gesprek werd steeds vrouwonvriendelijker, de mannen luidruchtiger. De drank bleef rijkelijk vloeien. Er was al twee keer een politiewagen langzaam voorbijgereden, maar Tom voelde zich niet bedreigd. Het gezelschap kletsende mannen maakte hem onzichtbaar voor de blikken van de marechaussees, die meer belangstelling aan de dag legden voor de leuke kontjes en de diep uitgesneden decolletés van de meiden die over de kade flaneerden.

'Dan wordt het stilaan tijd dat ik afscheid neem', zei Tom toen iemand riep: 'Nog one for the road en dan zijn we weg.'

De man die naast hem zat, stelde eindelijk de vraag die hij al lang verwacht had.

'Hoe denk jij eigenlijk thuis te komen?'

Tom haalde zijn schouders op.

'Geen idee', zei hij met gespeelde onschuld.

'Dat lossen wij wel op. Nietwaar, jongens?'

Nog geen halfuur later stapte 'Bram' aan boord van een fors uit de kluiten gewassen motorjacht. Hij installeerde zich met een paar van zijn nieuwe vrienden op het achterdek terwijl de nuchterste van het gezelschap de motoren startte. De boot, die twee keer zo groot was als die van zijn vader, beschikte over duidelijk minder vermogen. Op volle zee haalden ze amper vijfentwintig knopen, hoewel de schipper vol gas gaf, maar dat vond niemand erg zolang er voldoende champagne vloeide.

De hoofdcommissaris van de Oostendse politie riep 'Binnen' toen er werd aangeklopt. Een jonge agent kwam binnen.

'Wat kan ik voor u doen, Carlier?'

De jonge agent ging stram in de houding staan en groette zijn overste. Hij had nu al spijt van zijn beslissing, maar er was geen weg meer terug. De hoofdcommissaris probeerde hem gerust te stellen.

'Ga rustig zitten, Carlier. En vertel wat er op uw lever ligt.'

Agenten die pas in dienst waren, kwamen hem wel vaker opzoeken als ze problemen hadden met hun collega's en dat verder aan niemand kwijt konden.

'Het gaat over hoofdinspecteur Piers', zei de jonge agent met een zekere gêne.

De hoofdcommissaris knikte vaderlijk. Hij had het kunnen denken. De meeste nieuwelingen konden het niet vinden met Piers. En dat was niet helemaal ten onrechte. Piers was een bullebak, zijn methodes strookten niet altijd met de deontologie van tegenwoordig, maar hij was een flik in hart en nieren die al menige delicate zaak tot een goed einde had weten te brengen.

'Ik luister, jongen.'

Hij sprak de meeste nieuwe agenten met 'jongen' aan. Dat schiep een band.

'Ik had dienst de dag dat het atelier van Tom Vandecasteele in vlammen opging', zei de jonge agent. 'En ik was er vanmiddag bij toen we hem probeerden op te pakken.'

Dat laatste was niet relevant, maar hij vertelde het toch omdat hij uitgerekend vanmiddag de beslissing had genomen een onderhoud met de hoofdcommissaris aan te vragen.

'Toen de brand onder controle was en iedereen weg was, kwam er een oude man met een hondje naar me toe. Hij zei dat hij al met een rechercheur had gesproken, maar die had hem onheus behandeld.'

'Piers dus.'

'Nee. Hij had het over die Bruggeling.'

'Dat klinkt al beter', lachte de hoofdcommissaris.

'De man kwam zich bij mij beklagen over de manier waarop Van In hem behandeld had.'

De hoofdcommissaris trok zijn wenkbrauwen op. Met wie had Carlier eigenlijk een probleem? Met Piers of met Van In? Het warrige relaas maakte hem korzelig.

'Wil je nu eens duidelijk maken waarover het gaat, Carlier.'

De jonge agent kromp ineen. Hij had beter het advies van zijn collega opgevolgd en de hele zaak blauwblauw gelaten. Ik zou niet in je schoenen willen staan als Piers er ooit achter komt dat je bij de ouwe bent geweest, had die gezegd.

'De oude man beweerde dat hij weet wie de loods van Tom Vandecasteele in brand heeft gestoken.'

'Is dat zo?'

De hoofdcommissaris keek bezorgd. Hij had vanochtend het rapport van de branddeskundige kunnen inkijken. Uit de analyse van de as was gebleken dat er behalve de inboedel ook een flinke hoeveelheid cocaïne in rook was opgegaan.

'De oude man kon die nacht de slaap niet vatten en hij is een eindje met zijn hondje gaan wandelen. Op de parkeerplaats voor de loods van Vandecasteele stond een wagen geparkeerd. Hij heeft de bestuurder zien uitstappen met een jerrycan in zijn hand en de loods zien binnengaan. Vijf minuten later stond de boel in de fik.'

Carlier haalde een papiertje uit zijn borstzak en gaf het aan de hoofdcommissaris.

'De oude man heeft het nummer van de wagen genoteerd', zei hij. 'Het is dat van Piers. En de persoonsbeschrijving klopt. Sorry, meneer de hoofdcommissaris, maar zoiets kan ik toch niet verzwijgen?'

'Natuurlijk niet.'

De hoofdcommissaris vouwde het papiertje in vieren en stak het in zijn broekzak. Het was niet de eerste keer dat Piers het recht in eigen handen nam, maar brandstichting was iets anders dan iemand een pak slaag geven.

'Heb je er nog met iemand anders over gesproken?'
'Alleen met Sven.'
'Sven Christiaens?'
'Hij heeft beloofd dat hij er met niemand over zou praten.'
Een geheim dat je met iemand deelt blijft zelden lang een geheim. Gelukkig ging het om een recent feit. Bovendien kende Christiaens het klappen van de zweep. De kans was groot dat hij het alleen aan zijn vrouw had verteld.
'Ik raad je aan hetzelfde te doen', zei de hoofdcommissaris streng. 'Zolang het onderzoek niet afgerond is, vertrouw ik op jouw discretie.'
'Er komt dus toch een onderzoek?'
'Wat dacht je, Carlier? Dat we met dergelijke zaken lichtzinnig omgingen? Natuurlijk komt er een onderzoek. En als zou blijken dat hoofdinspecteur Piers iets met de brandstichting te maken heeft, wordt het dossier overgemaakt aan het Comité P.'
De woorden van de hoofdcommissaris gaven Carlier moed. Hij kreeg weer wat kleur.
'Dan heb ik er goed aan gedaan het te melden?'
'Dat spreekt voor zich, jongen. Het levert je zelfs een positieve beoordeling op bij de jaarlijkse evaluatie. Wie weet kom je in aanmerking voor een bevordering.'
Carlier werd er ijl in zijn hoofd van. Toen de hoofdcommissaris te kennen gaf dat het onderhoud afgelopen was, liep hij op wolkjes naar buiten. De deur was amper dicht of de hoofdcommissaris pakte de telefoon en toetste het nummer van Christiaens in. Het was in het belang van het korps dat deze zaak niet uitlekte.

9

Tot op vandaag had niemand een afdoend antwoord gevonden op de vraag waarom de tijd sneller ging naarmate een mens ouder werd. Van In wierp een verveelde blik op zijn horloge terwijl hij zich afvroeg of die perceptie wel klopte. Hij had de indruk dat hij al uren aan zijn bureau zat, maar de werkelijkheid was anders. Het was pas twintig voor negen. Hij schoof zijn kopje koffie opzij en las voor de derde keer het verslag dat de Oostendse politie had doorgemaild. Rechercheurs hadden de hele nacht bij het huis van Steven David postgevat en niets verdachts opgemerkt. Ook de zoektocht naar Tom Vandecasteele had niets opgeleverd. In Nederland noch in België. Van In had diens appartement, dat eveneens onder permanente surveillance stond, laten verzegelen.

'Ze zouden hun personeel beter laten bijscholen', bromde hij toen Saskia hem met een schaaltje koekjes probeerde te troosten. 'Moet je dit eens lezen.'

Saskia kwam bij hem staan en boog zich voorover naar het scherm, waarbij ze met de zijkant van haar linkerborst even langs zijn schouder streek. Van In vond die aanraking best prettig en hij was voor een keer blij dat ze alleen waren. Mensen zochten tegenwoordig achter alles bijbedoelingen.

'Schrijf je komplex niet met c?' vroeg ze toen hij haar het woord aanwees.

'In Oostende houden ze er blijkbaar een andere mening op na', zei Van In, die een hekel had aan stomme taalfouten.

'Complex met een k schrijven is nu ook weer niet zo erg', probeerde ze hem te sussen.

'Misschien heb je wel gelijk.'

Ze richtte zich op en legde haar hand op zijn schouder.

'Je werkt de laatste tijd te hard, Pieter', zei ze met een bezorgd glimlachje. 'En dat is niet goed voor iemand van jouw leeftijd.'

Van In strekte zijn benen, rekte zich uit en legde zijn handen in zijn nek. Carine Neels was nog steeds met ziekteverlof en het gerucht deed de ronde dat ze daarna loopbaanonderbreking zou nemen. Het zou dus best kunnen dat hij nog een tijdje met Saskia zou moeten samenwerken, en dat leek hem geen onaangenaam vooruitzicht. Zeker op een dag dat Versavel er niet was. Hij had een dagje vrij genomen en niemand mocht voorlopig weten waarom.

'Nog een kopje koffie?'

Ze stond met de thermoskan klaar voor hij ja kon knikken.

'Ik heb om elf uur een afspraak met de moeder van Tom Vandecasteele', zei hij, terwijl ze de koffie inschonk. 'Zin om mee te gaan?'

'Is dat wel verstandig?'

Er sprankelden vuurkooltjes in haar ogen, haar glimlach had iets dubbelzinnigs, hoewel ze wist dat ze met vuur speelde. Toch wilde ze weten of het gerucht klopte dat Van In een onverbeterlijke versierder was.

'Dat denk ik wel', glimlachte hij licht verbaasd. 'Ik heb in jaren niet meer met een auto gereden en ik heb geen zin om de trein te nemen.'

'Je hebt dus een chauffeur nodig?'

Hij knikte, terwijl hij erachter probeerde te komen wat

ze wilde horen. Toen ze ook vroeg of hij alleen maar een chauffeur nodig had, ging er eindelijk een lichtje branden.

'En een assistente natuurlijk.'

'Dat klinkt al beter.'

Nu was het goed. Ze kneep zachtjes in zijn schouder, streek met haar andere hand haar bloes glad en liep daarna met een luchtige tred naar haar kantoortje.

'Even mijn jasje halen', zei ze.

Ex-vrouwen van rijke mannen hoeven zich op materieel vlak meestal geen zorgen te maken. Ze krijgen een riante huisvesting toegewezen en financieel komen ze in veel gevallen ook niets te kort. Sylvie Adriaenssen behoorde duidelijk tot die categorie van ex-vrouwen. Ze woonde in een alleenstaande villa aan de rand van Oostende en de kleren die ze droeg, een mantelpakje en een opzichtige zijden bloes, kostten minstens een modaal maandloon.

'Kom binnen', zei ze bijna bits.

Van In kon zich voorstellen dat Sylvie vroeger een mooie vrouw was geweest. Ze had nog altijd prachtige ogen en ze bewoog zich gracieus, maar ze kon de overtollige kilo's om haar heupen niet verbergen. Haar dubbele kin evenmin. En zoals de meeste vrouwen die zich in de steek gelaten voelen, hield ze huisdieren: twee katten en een luidruchtige cockerspaniël die Van In meteen te lijf ging toen ze de woonkamer binnenkwamen. Gelukkig liepen ze door naar het terras aan de achterkant en deed Sylvie de schuifdeur dicht voor de hond mee naar buiten kon glippen. Ze namen plaats op rieten stoeltjes onder een vuurrode parasol. Op het bijbehorende tafeltje stonden een aangebroken fles sherry en een halfvol glas. Dat verklaart de overtollige kilo's, dacht Van In. Vrouwen op leeftijd grepen vlug naar de fles en dat leek bij Sylvie Adriaenssen niet anders. Ze deed zelfs geen moeite om het te verbergen. Ze schonk haar glas bij nog voor ze ging zitten.

'Drinken jullie ook iets?'

Het klonk niet erg uitnodigend, dus schudde Van In zijn hoofd.

'Ik heb ook koffie', zei ze.

'Koffie is oké.'

Ze nam vlug een slokje, hees zich uit haar stoel en slofte naar de keuken. Van In merkte pas nu hoe dik ze was. Saskia, die hem de hele tijd gniffelend zat aan te kijken, amuseerde zich kostelijk.

'Ik kan sommige mannen die hun vrouw in de steek laten best begrijpen', zei ze.

Van In ging er niet op in, maar hij probeerde zich wel voor te stellen hoe hij zich zou voelen als Hannelore er over een paar jaar uitzag als Sylvie Adriaenssen. Misschien werden vrouwen alleen maar dik om te testen of hun mannen wel echt van hen hielden. Hij keek stiekem naar Saskia, die met gekruiste benen voor hem zat. Zij was vierentwintig, gestroomlijnd en haar borsten stonden nog mooi overeind. Geen man die daar ongevoelig voor bleef, maar hoe zou ze er over dertig jaar uitzien? Wie zou er dan nog aandacht aan haar besteden? Filip Vandecasteele had zijn vrouw waarschijnlijk gedumpt toen ze voor hem onaantrekkelijk was geworden. Sommige vrouwen konden daarmee leven, andere vergaven het hun ex-mannen nooit en zonnen op wraak. Hij had de indruk dat Sylvie Adriaenssen bij de tweede categorie hoorde.

'Nemen jullie melk en suiker?'

Sylvie Adriaenssen stak haar hoofd naar buiten, een gelegenheid waarvan de hond profiteerde om het terras op te rennen en Van In te bespringen.

'Ik zie dat je van honden houdt', grijnsde Saskia toen Van In het dier probeerde af te houden.

'Dusty, af.'

Sylvie zette het dienblad met de koffie op het rieten tafeltje, sleurde de hond aan zijn halsband naar binnen en deed de schuifdeur dicht. Dusty ging achter het glas zitten en begon amechtig te janken.

'Uw zoon is nog steeds spoorloos', zei Van In toen de rust eindelijk was weergekeerd. 'Ik wilde alleen weten of hij ondertussen op een of andere manier contact met u heeft opgenomen.'

Sylvie Adriaenssen glimlachte triest. De flikken moesten duidelijk aanvoelen dat ze een gekwetste vrouw was en dat ze zich ook als moeder in de steek gelaten voelde.

'Op een of andere manier. U formuleert het bijzonder raak, commissaris', zei ze met een blik op oneindig. 'Ik wens al jaren dat Tom op een of andere manier contact met mij zou opnemen.'

Van In liet haar een paar ogenblikken met rust, want ze had het zichtbaar moeilijk. Haar strenge blik werd waterig en haar keurig gemanicuurde handen zagen er plotseling veel ouder uit.

'Tom heeft het me steeds kwalijk genomen dat ik zijn vader in de steek heb gelaten', zei ze.

Van In trok zijn wenkbrauwen op.

'Ik dacht dat Filip u in de steek had gelaten?'

'Filip bedroog me met iedere jonge meid die hij kon krijgen, maar hij zou me nooit in de steek gelaten hebben. Voor hem was een woord een woord. Hij was met mij getrouwd en die belofte zou hij nooit verbreken.'

Ze vertelde dat ze destijds verliefd was geworden op Rien Waardeloos, een Nederlandse groothandelaar in garnalen en schaaldieren die vaak bij hen over de vloer kwam.

'Rien beloofde me gouden bergen. Hij zou van zijn vrouw scheiden en we zouden in het buitenland gaan wonen, maar toen ik hem vroeg of hij dan ook met mij wilde trouwen, maakte hij abrupt een einde aan onze relatie.'

'Toen wilde uw man u natuurlijk niet meer terug.'

'Toch wel. Dat bedoelde ik net met: voor Filip was een woord een woord. Hij hield van mij op zijn manier.'

Zelfs Saskia keek verbaasd. Zij kende persoonlijk geen enkele man die het zijn vrouw ooit had vergeven dat ze vreemd was gegaan.

'Ik weet dat het indiscreet klinkt,' zei Van In, 'maar waarom bent u dan niet teruggegaan?'

Ze sloeg haar ogen neer. Filip was een vrouwenversierder, maar eigenlijk hoefde ze voor hem niet onder te doen. In een geheime lade van haar bureau bewaarde ze een dagboek waarin ze de namen van al haar minnaars had genoteerd, en nog een paar dingen die beter nooit in de openbaarheid konden komen.

'Ik had ondertussen André leren kennen', zei ze. 'André Dierickx, de vennoot van Filip, met wie ik nu al een tijdje samenwoon.'

Van In was er tot nu toe van uitgegaan dat dergelijke toestanden alleen in Blankenberge voorkwamen, het tegendeel was waar. Als hij Sylvie Adriaenssen mocht geloven, ging het er in Oostende niet beter aan toe.

'Het zal aan de zeelucht liggen', zei hij, omdat hij niet wist wat hij anders moest zeggen.

Sylvie nam het als een compliment. Ze glimlachte.

'Jongeren begrijpen dat tegenwoordig niet meer', zei ze. 'Maar ze komen er wel achter. Romantische liefde is een illusie. En van kunst kun je niet leven. Tom staart zich blind op dat mokkel in Brugge en hij denkt dat de mensen hem waarderen om zijn werk. Hij heeft het bij het verkeerde eind. Het mokkel laat hem als een baksteen vallen als ze eerstdaags verneemt dat er geen fortuin op haar wacht, en van zijn schilderijen hoeft hij ook niet veel te verwachten. U weet toch dat zijn vader die kocht?'

Van In moest toegeven dat hij Sylvie Adriaenssen totaal verkeerd had ingeschat. Het beeld van de gekwetste vrouw dat hij voor ogen had, klopte niet met de werkelijkheid. Ze was pragmatisch en redelijk gevoelloos. Hij kon zich niet herinneren dat hij ooit zo een cynische vrouw had ontmoet. Tenzij ze komedie speelde en hem om de tuin probeerde te leiden. Met vrouwen wist je nooit. Maar waarom zou ze hem om de tuin proberen te leiden? Ze had niets te verbergen. Tenminste, die indruk gaf ze.

'Is dat geen vervelende situatie?'

'Welke situatie?'

'Dat uw minnaar de vennoot is van uw ex-man.'

Ze keek hem verbaasd aan.

'Zaken zijn zaken', zei ze.

Van In durfde haar niet te vragen of André Dierickx zijn relatie met de ex-vrouw van de baas misschien ook als een zakelijke transactie beschouwde, want wat had een oudere vadsige vrouw met een drankprobleem anders te bieden?

'Bent u nog betrokken bij het bedrijf van uw ex-man?' vroeg hij in de plaats.

Wie weet bezat ze aandelen of had ze destijds geld in het bedrijf geïnvesteerd. Het antwoord was echter negatief.

'De toekomst van het bedrijf interesseert me niet', zei ze nogal smalend. 'De NV Hippocampus was een welvarend bedrijf toen de visserijsector nog bloeide, maar de tijden zijn veranderd. Niemand weet wat de toekomst nog te bieden heeft. Filip was de enige die nog in het bedrijf geloofde, maar Filip is dood.'

Van In stak een sigaret op en keek stiekem naar Saskia, die er als een jonge godin bij zat. Ja, een dagje zonder Versavel had zo zijn voordelen.

'U bent in ieder geval bedankt voor uw medewerking', zei hij totaal onverwacht. 'En mocht Tom toch nog contact met u opnemen, aarzel dan niet om me te bellen.'

Hij gaf haar een kaartje met zijn telefoonnummer, nam nog een paar trekken en dronk zijn kopje leeg. De kans was klein dat ze hem ooit belde, moeders verraden zelden hun zoon. Hij geloofde ook niet dat Tom zich hier schuilhield.

'Tot ziens dan maar.'

Saskia veerde fluks op van haar stoel en kwam heel dicht bij hem staan toen hij Sylvie Adriaenssen de hand drukte. Zoiets bracht een man op verkeerde gedachten.

De terrasjes op het Vissersplein zaten behoorlijk vol, maar ze vonden gelukkig nog een plaatsje in de zon. Van In bestelde een Duvel en een portie kaas. Saskia nam een glas witte wijn.

'Ik wist niet dat het werk bij de recherche zo afwisselend was.'

Ze ging zitten en schortte haar rokje op tot halverwege haar dijen. Toen ze rondkeek, merkte ze dat er nog meer oudere mannen met een jonge vrouw op het terras zaten. Het leek wel of iedere baas van het mooie weer profiteerde om met zijn secretaresse een uitstapje te maken.

'Dat hangt van het weer af', lachte Van In.

Hij stak een sigaret op en strekte zijn benen onder de tafel. Saskia dacht waarschijnlijk dat hij haar probeerde te versieren, maar niets was minder waar. Hij genoot gewoon van haar gezelschap en van de jaloerse blikken van mannen die hem dat benijdden.

'Wat denk jij eigenlijk van mevrouw Adriaenssen?'

'Mag ik ook een sigaret?'

'Ik wist niet dat je rookte.'

'Er zijn veel dingen die jij niet over mij weet', zei ze. 'En dat geldt volgens mij ook voor mevrouw Adriaenssen. Volgens mij verbergt ze iets.'

'Waarom denk je dat?'

Ze had nooit gedacht dat hij naar haar mening zou vragen.

'Vrouwelijke intuïtie?'

'Je zou wel eens gelijk kunnen hebben. Daarom heb ik de onderzoeksrechter toestemming gevraagd om haar telefoon en die van Steven David te laten afluisteren. Ik ben benieuwd of dat iets oplevert.'

'O, wat spannend', zei ze.

Annie Duprez deed de deur van het clubhuis open, stapte de halfduistere ruimte binnen en zette met een zucht haar volle boodschappentas op een van de tafels. Een paar seconden later hoorde ze gestommel op de eerste verdieping.

'Ik ben het', riep ze gedempt.

Ze pakte de zware boodschappentas weer op en liep de trap op naar een van de kamers waar de leden van de club soms bleven slapen als ze te veel gedronken hadden. Tom zat op de rand van het bed. Hij had alleen een onderbroek aan. Zijn haar was in de war en zijn ogen waren gezwollen.

'Gaat het een beetje?'

Ze ging naast hem zitten en legde haar arm om zijn schouder, die koud aanvoelde ondanks de milde temperatuur in de kamer.

'Sorry dat je hier moest slapen', zei ze.

Tom was gisteravond laat bij haar komen aankloppen, maar ze had het risico niet durven nemen hem bij haar thuis te laten logeren. Gelukkig had ze Steven kunnen bereiken. Die beschikte over een sleutel van het clubhuis. Ze haalde een papieren zak met koffiekoeken en een fles chocolademelk uit haar boodschappentas.

'Warm of koud?' vroeg ze.

'Doe geen moeite', reageerde hij nors.

Hij nam de fles, draaide de schroefdop los en dronk gulzig. Daarna at hij zwijgend twee koffiekoeken. Annie liet hem met rust. Ze rookte ondertussen een sigaret.

'Steven heeft me verteld wat er gebeurd is', zei ze toen hij klaar was met eten. 'Als ik jou was zou ik me nog een paar dagen gedeisd houden, tot we een oplossing voor je probleem hebben gevonden.'

'Heb ik een probleem dan?'

'Ik denk het wel', zei Annie. 'Als de flikken erachter komen dat jij in Venetië was op het ogenblik dat papa vermoord werd, ga je gegarandeerd voor een tijdje de gevangenis in.'

'Jij was er toch ook? Ik ben alleen gekomen omdat jij mij alles verteld hebt.'

Annie wilde hem vragen wat er in Venetië was gebeurd, maar durfde het niet. Ze was bang om hem te verliezen. Hield hij nog wel van haar sinds hij wist dat ze zijn halfzus was? Ze drukte hem stevig tegen zich aan.

'Je bent nog magerder geworden', zei ze.

Het klonk als een verwijt, maar eigenlijk was ze bezorgd omdat ze wist dat hij aan de drugs zat en daardoor bijna niets at. Het was een mirakel dat hij de koffiekoeken had opgegeten. Ze mocht vooral niet zeuren, daar hielden mannen niet van. Niet over papa en niet over zijn relatie met die omhooggevallen Brugse trut die hem alleen voor zijn geld neukte. Een fotomodel. Een hoer, ja.

'Dat moet jij zeggen. Je weegt zelf niet meer dan een zak aardappelen.'

'Is dat een compliment?'

Ze liet haar hand over zijn rug naar beneden glijden. Hij deed zijn best om niet te kreunen toen ze hem zachtjes begon te masseren. Zijn hart begon sneller te kloppen. Ze voelde het bonzen.

'Nee, maar je bent wel mooi.'

'Slijmbal.'

Ze kneep zachtjes in zijn dijen terwijl ze zijn rug bleef masseren met haar andere hand. Ze kenden elkaar amper twee weken en ze was nu al bereid om voor hem door het vuur te gaan. Hij was van haar en daar zou niemand iets aan veranderen. En ze hoopte dat ze hem ooit zover zou krijgen dat hij hetzelfde voor haar voelde als zij voor hem.

'Ik heb ook sigaretten voor je meegebracht', zei ze toen hij zijn hoofd op haar schouder legde. 'En een fles whisky.'

'Je bent een schat.'

Hij sloeg zijn armen om haar heen en begon haar borsten te strelen. Ze liet hem begaan. Eindelijk, dacht ze. Het voorspel duurde amper vijf minuten, de ontlading die erop volgde was explosief, alsof hij in jaren niet meer was klaargekomen. Toen hij weer normaal ademde, stak ze twee sigaretten op en gaf hem er een.

'We lossen het wel op', zei ze. 'Volgens Steven duurt het niet lang meer voor ze de moordenaar te pakken hebben. En dan ben je vrij.'

Ze sloeg de deken terug en ging voor het raam staan, dat uitkeek op een troosteloos binnenplein waar twee duiven vruchteloos naar voedsel zochten. Het leek een beeld uit een ver verleden. Ze dacht met weemoed terug aan de ellende die ze had gekend, aan de gore zolderkamer waar ze een half jaar had doorgebracht voor ze werk vond, en aan de viespeuken die haar geregeld kwamen opzoeken. Ze had de herinnering aan die periode weten te verdringen; het was een vreemd gevoel dat twee haveloze duiven die herinnering weer tot leven hadden gebracht.

'Trek in een borrel?'

Tom trok zijn onderbroek aan en ging weer op de rand van het bed zitten. Zij maakte ondertussen de fles open.

'Graag', zei hij.
'Steven vindt het beter dat je een tijdje in het buitenland onderduikt. Hij heeft gisteren contact opgenomen met de president van de Maagdenburger Adlers. Ze zijn bereid om je een tijdje onderdak te geven.'
'Waarom zou ik in het buitenland onderduiken?'
Annie gaf geen antwoord. Na wat er net gebeurd was, had ze liever dat hij in Oostende bleef. Het clubhuis van de Sons of Harley was een veilige plek. Niemand zou hem hier komen zoeken. Ze zette de fles whisky aan haar lippen, nam een slok en gaf de fles door.
'Ik zal je in ieder geval missen.'
Ze ging weer naast hem zitten en legde haar hand op zijn kruis. De reactie liet niet op zich wachten. Nu zal ik laten zien wat ik kan, Brugse trut, dacht ze bij zichzelf. Ze nam nog een slok whisky, trok zijn onderbroek naar beneden en legde haar hoofd in zijn schoot. Zijn onderlijf begon lichtjes te schokken nog voor ze iets had gedaan.

Commissaris Tozzi belde Van In om tien over twaalf vanaf een terrasje waar hij regelmatig lunchte.
'Come stai?' Hij begroette zijn Belgische collega in het Italiaans, maar schakelde daarna over op het Engels. Hij klonk bijzonder opgewekt.
'U raadt het nooit', zei hij toen Van In vroeg wat er aan de hand was.
Er volgde een relaas dat bijna tien minuten duurde, waarbij Van In amper de kans kreeg om wat te zeggen. Het was pas aan het einde van het gesprek, toen Saskia de consternatie op zijn gezicht zag groeien, dat ze besefte dat het om iets belangrijks ging.
'Groot nieuws?' vroeg ze toen Van In had opgehangen.
Van In knikte terwijl hij een slok van zijn Duvel nam.

'Tozzi heeft net een lijst ontvangen van de telefoongesprekken die Vandecasteele in Italië gevoerd heeft.'

Filip Vandecasteele had zelf een tiental keer naar zijn bedrijf gebeld, drie keer naar Calzone en een keer naar Steven David. Dat was op zich niet relevant. Het laatste nummer dat op de lijst stond vermeld, was dat wel. Het was het nummer van het Gritti Palace, een luxehotel aan het Canal Grande.

'Tom Vandecasteele logeerde in Venetië toen Filip Vandecasteele vermoord werd', zei Van In.

'Dat meen je niet?'

'Tozzi stuurt de gastenlijst van het Gritti Palace vandaag nog door.'

'Dan is de zaak opgelost.'

Ze had zin om van haar stoel op te springen en hem uitbundig te feliciteren. Een flinke knuffel zou hem misschien deugd doen, maar ze hield zich op het laatste nippertje in. Ze kon beter nog wat geduld oefenen.

'De zaak is pas opgelost als we over voldoende bewijsmateriaal beschikken om Tom Vandecasteele voor de rechter te slepen', probeerde Van In haar enthousiasme te temperen.

Een verdachte is onschuldig tot zijn schuld bewezen is. Dat zal niemand tegenspreken, maar het wordt in de praktijk steeds moeilijker om dat te bewijzen. Er zijn niet alleen gewiekste advocaten die van elk procedurefoutje profiteren om een aanklacht te laten seponeren of een vonnis nietig te laten verklaren, de verdachten in kwestie laten ook niet meer met zich sollen. Ze kennen hun rechten beter dan wie ook. Een verdachte arresteren op verdenking van moord is één ding, hem in de gevangenis krijgen iets anders.

Rechters spraken tegenwoordig soms milde vonnissen uit om te vermijden dat de verdachte in beroep ging of, als dat niets opleverde, bij het Hof van Cassatie ging aankloppen. De rechtsgang proberen te vertragen was in België bijna een nationale sport geworden, net als belastingontduiking.

'Tenzij hij zelf bekentenissen aflegt', zei Saskia.

'Daarvoor moeten we hem eerst zien te vinden.'

'Dat kan toch ook geen probleem zijn. Je hebt zelf gezegd dat hij zonder geld niet ver kan lopen.'

'Tenzij hij hulp krijgt van iemand.'

'Ja, maar van wie?'

De kans was klein dat Tom weer zijn toevlucht bij Steven David zou zoeken. Als hij het toch probeerde liep hij gegarandeerd tegen de lamp. Het huis van David stond dag en nacht onder surveillance.

'Sylvie Adriaenssen is er ook nog', zei Saskia. 'Een moeder blijft een moeder. En ze is niet onbemiddeld. Met geld kun je overal terecht.'

'Je zou wel eens gelijk kunnen hebben, Sas. Ik laat onmiddellijk een internationaal opsporingsbericht verspreiden. We kunnen beter Interpol inschakelen voor het geval hij naar het buitenland gevlucht is.'

'We?' vroeg Saskia verwonderd.

Van In ging er niet op in. De aandacht die hij van Saskia kreeg liet hem niet onberoerd. Ze was jong en appetijtelijk en wie weet ook gemakkelijk te krijgen, maar het leven was meer dan een paar tellen genot. Hij had verdorie twee kinderen en een zwangere vrouw die zielsveel van hem hield. Hoe kwam het dan dat hij zijn ogen niet van haar af kon houden? In de middeleeuwen geselden godvrezende gelovigen zich tot bloedens toe als ze gekweld werden door zondige gedachten. Van In stak zijn hand in zijn broekzak en kneep in zijn eigen ballen. Het hielp.

'Zijn vriendin in Brugge heeft hem in ieder geval ook proberen te beschermen', zei hij met een van pijn vertrokken gezicht. 'Zoiets is strafbaar. Wie weet heeft zij er wat mee te maken.'

'Wie weet', reageerde Saskia zichtbaar ontgoocheld.

Ze had liever de rest van de middag met hem alleen doorgebracht. Morgen was Versavel er weer, en dan mocht ze weer braaf koffie zetten en pv's intikken.

'Ben je dan nooit verzadigd?'

Olga draaide zich op haar zij, griste een pakje sigaretten van het nachttafeltje en stak er een op. Het had tien minuten geduurd voor hij voor de tweede keer was klaargekomen, maar hij wist van geen ophouden. Gelukkig kwam hij niet iedere week langs.

'Met een meid zoals jij krijgt een mens zelfs na een menu van vijf gangen nog trek', hijgde de forse Nederlander die naast haar lag te bekomen van zijn inspanning.

'Jij denkt alleen aan eten en seks', reageerde ze kribbig.

'En aan geld, schatje. Net als jij. Waarvoor doe je het anders? Toch niet omdat je bezweken bent voor mijn charmes?'

Zijn bulderlach vulde de slaapkamer. Olga nam drie trekken na elkaar en gooide de halfopgerookte sigaret in een glas champagne waarvan ze amper had gedronken. Het was twintig voor vier. Ze wist dat hij om vier uur weg moest. Het had geen zin hem nu nog op stang te jagen. Ze kon beter lief tegen hem blijven doen.

'Ben je daar zo zeker van?'

Ze draaide zich om en schurkte haar naakte lichaam tegen hem aan, maar er kwam geen reactie meer. Den Ollander had zijn laatste zaad verschoten en zij was tweeduizend euro rijker.

'Het is lang geleden dat we nog samen gewinkeld hebben', zei ze met een pruillip.

Soms als ze hem extra verwende, nam hij haar in zijn Bentley coupé mee naar Antwerpen of Brussel.

'Een volgende keer misschien. Als ik meer tijd heb.'

Ze haalde haar hand weg van zijn buik, stak een nieuwe sigaret op en wierp een blik op de wekker op het nachttafeltje. Nog tien minuten. Den Ollander was gelukkig een stipt mens. Om acht minuten voor vier gooide hij het laken terug, ging op de rand van het bed zitten, trok zijn sokken aan en liep naar de badkamer, waar de rest van zijn kleren lag. De aanblik van zijn kont deed tweeduizend euro minder waard lijken dan de meeste hardwerkende mensen dachten, maar in haar beroep mocht ze geen afkeuring laten blijken. En bij nader inzien was den Ollander nog de kwaadste niet.

'Ding dong.'

Het was niet zozeer de bel die haar deed opschrikken, als wel het feit dat het de voordeurbel van haar loft was. Dat betekende dat er iemand het gebouw was binnengeraakt, iemand die over een sleutel van de benedendeur beschikte. De schrik sloeg haar om het hart.

'Verwacht je bezoek?' klonk het uit de badkamer.

Hij stak zijn hoofd naar buiten toen ze niet onmiddellijk reageerde.

'Je weet toch dat ik niet gezien wil worden.'

'Maak je geen zorgen, man. Ik ben niet van plan om de deur open te doen.'

'En hoe moet het dan met mij? Ik heb verdomme om halfvijf een afspraak in Oostende.'

Olga liep naar de voordeur en gluurde door het spionnetje. Ze was geschrokken toen ze de voordeurbel hoorde, maar ze schrok nog heviger toen ze de man herkende die in de hal stond.

'Onverwacht bezoek?'

Den Ollander, die ondertussen zijn kleren had aangetrokken, stond achter haar.

'Sst.'

Ze draaide zich om, sloeg haar arm om zijn schouder en troonde hem mee naar de slaapkamer.

'Commissaris Van In', siste ze. 'Wat moet ik doen?'

Den Ollander keek haar spottend aan. Vrouwen waren schijtluizen die bij het minste onraad in paniek raakten.

'Is hij ook klant?'

'Ben je gek!'

'Wat komt hij hier dan doen?'

'Alsof jij dat niet weet', snoof ze.

'Ik denk dat ze niet thuis is', zei Saskia.

Ze stonden al ruim vijf minuten in de hal, Van In had al drie keer aangebeld.

'Of ze heeft me gezien.'

Hij wees naar het spionnetje. Hij had beneden met opzet bij een andere bewoner aangebeld met de smoes dat hij een pakje op de vierde verdieping moest afgeven, zodat zij hem niet op het scherm van de videofoon kon herkennen, maar hij was vergeten dat er een spionnetje in de voordeur zat. Als Olga thuis was, had ze hem gezien. Ze wist ongetwijfeld waarom hij langskwam en dan was de kans klein dat ze hem zou binnenlaten.

'We kunnen hier toch niet de rest van de middag blijven staan?' zei Saskia ongeduldig.

'Je hebt gelijk. Laten we naar beneden teruggaan. We zien wel wat er gebeurt.'

'Hij is weg', zei Olga opgelucht toen ze een paar minuten later weer door het spionnetje gluurde.

'Weet je dat zeker?'

‘Niets is zeker. Ik weet alleen dat hij niet meer in de hal staat.’

Den Ollander wreef over zijn gladgeschoren wangen. Bij een luxehoer langsgaan was geen strafbaar feit, ook niet als die toevallig een relatie had met Tom Vandecasteele. Het was alleen een beetje vervelend als de politie hem hier naar buiten zag komen, zeker als ze erachter kwamen dat hij een bod had gedaan op de NV Hippocampus.

‘Is er een brandtrap?’

‘Ja. Waarom wil je dat weten?’

‘Omdat ik me graag veilig voel, stomme trut.’

Olga beet op haar onderlip. Ze had hem liefst een schop voor zijn kont verkocht, maar de klant bleef koning. Het zou hem de volgende keer gewoon iets meer kosten om zijn lusten te bevredigen, een schrale troost voor de belediging die ze had moeten slikken, maar het was beter dan niets.

‘Kom mee’, zei ze.

Den Ollander pakte zijn kalfsleren aktetas in de slaapkamer, knoopte zijn jasje dicht en stapte uit het raam op een klein balkon dat in verbinding stond met een metalen brandtrap met brede treden en stevige leuningen.

‘Mooie wagen’, zei Saskia, terwijl Van In een sigaret stond te roken op het parkeerterrein. ‘Ik wist niet dat Bentley ook coupés had.’

‘Ik ook niet’, zei Van In.

Hij draaide zich om en bekeek de wagen met een keurende blik.

‘Een Nederlander nog wel’, bromde hij binnensmonds. ‘Wat komt die hier doen?’

10

De kamer stonk naar verzuurd bier, tabak, zweet en kattenzeik. Op het bed lag een naakte vrouw met haar benen wijd gespreid en lange peervormige borsten die als slappe vaatdoeken langs haar lichaam hingen. Ze snurkte. Danny Vandecasteele, bijgenaamd de Bennenpoeper, spoelde het toilet door, boerde als een varken en waggelde terug naar de slaapkamer, terwijl hij zich probeerde te herinneren wat er gisteren was gebeurd. Hij stak een sigaret op en kneep zijn ogen dicht. Toen wist hij het weer. Ze heette Marie-Louise en ze woonde in Bredene. Dat had ze hem tenminste verteld. Hij ging naast het bed staan, stak zijn hand ruw tussen haar dijen. Ze kreunde, draaide zich op haar zij en snurkte voort. Wat een lelijk wijf. Danny liet een scheet, scharrelde zijn kleren bij elkaar en strompelde de kamer uit. Haar man was al meer dan twee weken op zee. Hij kwam pas over een paar dagen thuis. Dat had ze hem ook verteld. En dat ze niet langer dan een week zonder seks kon. Dan zal ik me over jou moeten ontfermen, had hij gezegd. Het kwam allemaal langzaam terug. Ze hadden eerst jenever zitten hijsen in het Végeetje en daarna waren ze Leffes gaan zuipen in the Sailor, waar hij aan haar borsten was beginnen te friemelen. Haar borsten, blubber ja. Hij trok de deur van de koelkast open. In de deur stond een halfvolle fles melk en een flacon shampoo. Wie zet er nu shampoo in de koelkast, dacht hij. De melk was zuur. Hij goot de fles leeg in de gootsteen. De shampoo liet hij staan. Er lag nog een stukje kaas en hij vond een ei. Hij hoopte dat het hardgekookt was. Het bier was jammer genoeg op. Er stonden vier lege blikken op het aanrecht. Hij gooide zijn sigaret in de gootsteen, trok zijn kleren aan en verslond het ei en de kaas. Het sobere maal stilde zijn honger niet. Integendeel, zijn maag bleef om voedsel schreeuwen. Hij trok de overgordijnen open en keek naar buiten. Het was nog donker. De kans was klein dat er ergens al een bakkerij open was. Verdomme. Hoe lang zou het nog duren voor hij kon eten? Het koperen scheepsuurwerk dat hij nog van zijn vader had gekregen wees vijf voor tien aan. Hoe kon dat nu als het buiten nog donker was? Hij stak een nieuwe sigaret op en ging aan tafel zitten. Aan het uurwerk kon het niet liggen. Dat was betrouwbaar. Maar als het geen ochtend was, zoals hij eerst had aangenomen, dan hadden ze maar een paar uur geslapen en was het nu nog avond. Hoe kan een mens zo dronken zijn, dacht hij. En zo stom. Een paar tellen later wist hij het weer. Ze waren om een uur of vier vanmiddag bij hem thuis beland en samen de koffer in gedoken. Zo was het gegaan. Hij herinnerde zich ook weer wat hij met haar had gedaan voor ze in slaap waren gevallen. De gedachte alleen deed zijn maag keren. Toch niet met dat wijf, dacht hij. Hij likte met zijn tong over zijn droge bovenlip en probeerde aan iets anders te denken, aan een sappige steak met frieten bijvoorbeeld of aan de droogworsten die in het Végeetje achter de tapkast hingen. Steak zou hem natuurlijk beter smaken dan een paar droogworsten, maar op dit uur zaten al zijn vrienden nog in het Végeetje en daar serveerden ze geen steaks. De beslissing was gauw genomen. Hij pakte zijn mobieltje, belde een taxi en ging alvast aan de voordeur staan.

'Hei, maat.'

Danny Vandecasteele draaide zich om en grijnsde toen hij de kerel herkende die hem met 'maat' had aangesproken.

'Wat kom jij hier doen?'

'In het Végeetje zeiden ze dat je waarschijnlijk thuis was, maar dat ik beter een paar uur kon wachten voor ik langskwam.'

'Zwijg over dat wijf.'

'Rotte Preute.'

Danny knipperde met zijn ogen alsof hij zich ervan wilde vergewissen dat hij niet droomde.

'Ik ken Rotte Preute', zei hij. 'Dat wijf dat in mijn nest ligt is Rotte Preute niet. Ze zei dat ze Marie-Louise heette.'

'Dan moet je wel heel dronken geweest zijn.'

'Rotte Preute heeft geen tanden en ze is blond.'

'Kappers en tandartsen doen tegenwoordig wonderen, maat.'

Iedere visser wist dat Rotte Preute haar bijnaam niet gestolen had. Zelfs Danny, die normaal niet kieskeurig was wat vrouwen betrof, bleef bij haar uit de buurt. Als hij nuchter was tenminste.

'Dan moet ik inderdaad ladderzat geweest zijn', zei hij met een wrange nasmaak in zijn mond.

Het leek of hij een baksteen had doorgeslikt. Hij had plotseling geen honger meer. Alleen nog dorst.

'Zin om iets te gaan drinken? Ik trakteer.'

'Zin wel', zei Danny. 'Maar ik heb net een taxi besteld.'

'Wie heb je gebeld?'

'Taxi Wilfried.'

'Dat los ik wel op.'

'Mij goed.'

Danny stak een sigaret op en blies de rook nadenkend voor zich uit terwijl hij zich afvroeg of het wel goed was dat hij met hem meeging. Hij schudde zijn hoofd in de koele avondlucht als een hond die uit het water komt. Het was toen hij zijn broek ophees dat hij besefte dat hij geen geld meer op zak had.

'Je ziet er goed uit vandaag, schat.'

Hannelore aanvaardde het compliment met een dankbare glimlach. Ze kon Van In voor één keer geen ongelijk geven. Ze voelde zich goed. Al een paar dagen. En ze was gelukkig dat hij het nog steeds niet erg vond dat ze ongepland zwanger was geworden. Integendeel. Ze had zelfs de indruk dat hij trots was op zijn creatie. Zeker in een tijd dat de kwaliteit van het sperma van oudere mannen te wensen overliet, in het bijzonder dat van mannen die te veel rookten en dronken. Zo zie je maar dat je niet alles moet geloven wat er in die vrouwenblaadjes staat, had hij zelfverzekerd verklaard toen ze gisteravond urenlang in bed over de toekomst van hun nieuwe spruit hadden liggen fantaseren. Het maakte voor hem ook niet uit of het een jongen of een meisje was. Hij wilde zoals iedereen een gezond kind en liefst een zonder ADHD. Ze kwam naast hem zitten en liet haar vingers speels over zijn rug glijden. Soms kan het leven mooi zijn, dacht ze. Al is het maar voor even.

'Blijf jij vandaag in Brugge?'

'Ik denk het wel.'

Hij nam een slokje koffie en stak een sigaret op, de laatste die hij thuis nog zou roken. Dat had hij zich net voorgenomen. De ongeboren baby zou er baat bij hebben en hij waarschijnlijk ook.

'Hoe staan de zaken er eigenlijk voor?'

'Niet slecht. Alle aanwijzingen waarover we tot nu toe beschikken, wijzen in de richting van Tom Vandecasteele.'

'Heeft hij een motief?'

Van In nam een trek van zijn sigaret en inhaleerde diep voor hij de rook uitblies. Waarom vermoordt een zoon zijn vader? De wereldliteratuur stond bol van de verhalen over vadermoord. Meestal ging het om het verwerven van macht en geld, of de zoon wilde de plaats van zijn vader innemen en in sommige gevallen ook diens jongere minnares inpalmen. Iedere prins wilde tenslotte ook koning worden.

'Tom is waarschijnlijk verslaafd aan drugs', zei hij. 'De technische recherche heeft sporen van cocaïne in zijn atelier gevonden.'

'Is dat een reden om je vader te vermoorden? Als ik het goed begrijp, beschikte Tom toch over voldoende geld om zich te bevoorraden?'

Ze had gelijk. Alle aanwijzingen wezen in de richting van Tom, maar eigenlijk ontbrak het motief. Niets deed vermoeden dat hij in onmin leefde met zijn vader of hem van zijn voetstuk wilde stoten. Integendeel, Tom had helemaal geen interesse voor het imperium dat zijn vader had opgebouwd. En er waren nog onopgeloste vragen. Wie had de huizen van Vandecasteele en Calzone doorzocht en waarom? Wie had het atelier van Tom in brand gestoken? Welke rol speelde Annie Duprez? En welke relatie had Tom met Olga Naessens?

'Misschien ga ik later toch naar Oostende.'

'Dat moet jij weten', zei Hannelore. 'Ik weet in ieder geval wat ik vandaag zal doen.'

'Dan heb je meer geluk dan ik.'

'Doe de groeten aan Guido.'

'Doe ik.'

Versavel parkeerde de Peugeot pal voor de voordeur van het appartementsgebouw waar Olga Naessens woonde. Zijn hemd was onberispelijk gestreken, er zat een messcherpe vouw in zijn broek en zijn snor was minutieus getrimd. Hij zag er gewoonlijk zo uit, maar vandaag straalde hij ook. Het was dan toch gelukt. Hij en Luk zouden gaan trouwen. De datum stond vast, de feestzaal was geboekt. En ze gingen op huwelijksreis naar Umbrië, waar Luk voor een prikje een villa met zwembad van een bevriende producer had kunnen huren. Over honderdeenentwintig dagen was het zover.

'Je hebt het toch aan niemand verteld?' vroeg hij toen Van In informeerde hoe het gisteren was afgelopen.

Hij was de enige die wist waarom Versavel gisteren een dag vrij had genomen.

'Read my lips.'

Van In duwde het portier open, stak een sigaret op en blies de rook krachtig voor zich uit.

'Zelfs niet aan Hannelore?'

'Zelfs niet aan Hannelore.'

'Nu alles geregeld is, mag je het haar vertellen.'

'Jullie hebben dus een datum vastgelegd?'

'Negentien september.'

'Verjaart Luk dan niet?'

Versavel knikte. Ze waren eerst van plan geweest om in december te trouwen, maar ze hadden na heel wat discussie dan toch voor het najaar gekozen. Als was het maar voor het weer.

'En we gaan ook verhuizen.'

'Je blijft toch in Brugge?'

'Ja en nee. We hebben een boerderijtje gekocht in Lissewege.'

Versavel droomde al lang van een huisje op het platteland waar hij zich in alle rust aan zijn hobby zou kunnen wijden. Schrijven was in de loop van de jaren een passie geworden waaraan hij ieder vrij moment besteedde. Die inspanningen leken nu vruchten af te werpen. Proeflezers waren vol lof over zijn nieuwe verhalenbundel en hij had een aanmoedigingsbrief ontvangen van een gerenommeerde uitgeverij.

'Amai', zei Van In. 'En dat allemaal op één dag.'

Hij gooide zijn sigaret tussen de struiken voor ze de hal van het appartementsgebouw binnenstapten. Hij was natuurlijk blij dat Versavel trouwde en dat hij in Lissewege ging wonen, maar hij hield ook een beetje zijn hart vast omdat het allemaal zo vlug ging. Na de tragische dood van Frank had Guido Luk leren kennen en voelde hij zich bij hem gelukkig, maar ze kenden elkaar nog niet zo lang. Nu al samen een huis kopen vond hij riskant. En wat zou de volgende stap zijn? Hij probeerde zijn bezorgdheid te verbergen, maar Versavel kende hem al te lang om dat niet te merken.

'Bedoel je dat positief of negatief?'

Het had geen zin eromheen te draaien.

'Je hebt ooit gezegd dat je een huisje op het platteland zou kopen voor je met pensioen ging.'

'Vóór ik met pensioen ga, ja', herhaalde Versavel met de klemtoon op voor. 'Ik heb niet gezegd dat ik dan ook onmiddellijk met pensioen ga.'

'Ik heb dus toch gelijk?'

'Je bent een zeurpiet aan het worden, Pieter.'

Van In reageerde niet. Hij stapte resoluut de hal in en belde aan bij Olga Naessens met een somber vooruitzicht in zijn hoofd. Hij mocht er niet aan denken dat hij binnen afzienbare tijd met een nieuwe partner opgescheept zou zitten.

'Laten we hopen dat ze vandaag thuis is', zei hij.

Het antwoord liet amper een halve minuut op zich wachten. Van In hoefde zich zelfs niet voor te stellen.Toen Olga hem herkende, zei ze gewoon 'Kom maar naar boven' en deed de deur open met de zoemer.

'Wie zegt dat ze gisteren niet thuis was?' zei Versavel in de lift.

Het klonk beschuldigend. Van In had hem verteld dat hij gisteren de hele dag met Saskia op pad was geweest.

'Wie is er een nu een zeurpiet? Jij of ik?'

Ze stapten uit op de zesde verdieping. De voordeur stond op een kier. Van In klopte aan. Het duurde een tijdje voor Olga verscheen. Ze droeg een spijkerbroek van een duur merk en een topje van een nog duurder merk. Haar natte haar was achterovergekamd.

'Ik moest me nog aankleden toen jullie aanbelden', zei ze. 'Daarom heb ik de deur op een kier gelaten.'

Zonder make-up zag ze er minder stralend uit dan met, maar haar figuur maakte veel goed.

'Ik ben gisteren ook langs geweest', zei Van In. 'Maar u was blijkbaar niet thuis.'

'Dat zou best kunnen. Ik ben de hele middag gaan winkelen.'

Van In glimlachte en wierp een veelbetekenende blik naar Versavel. Olga kon niet weten of hij in de voor- of namiddag bij haar had aangebeld. Vrouwen waren doorgaans alerter dan mannen als het over dat soort details ging, maar Olga besefte te laat dat ze zich versproken had. Ze probeerde zich nog te redden. Haar lichaamstaal, ze deed plotseling overdreven vriendelijk, zette de leugen nog dikker in de verf.

'Gaan jullie toch zitten. Kan ik jullie iets aanbieden? Jullie hebben toch al ontbeten?'

Ze zwaaide met haar armen terwijl ze enthousiast knikte en met haar heupen wiegde. Haar schelle stem sloeg over.

'Ik vrees dat we geen goed nieuws voor u hebben, juffrouw Naessens', zei Van In. 'Het is in verband met Tom', voegde hij er koel aan toe.

'Er is hem toch niets overkomen?'

Ze sloeg haar handen in elkaar en keek met een wanhopige blik naar een punt hoog boven hun hoofd. Nogal wat mannequins droomden ervan om actrice te worden. Olga Naessens was een sprekend voorbeeld van een droom die nooit gerealiseerd zou worden. Ze acteerde als een tiener op een schoolvoorstelling.

'Nee, maar u hebt wel gelogen.'

'Gelogen?'

Ze sloeg haar ogen neer. Haar lange valse wimpers gingen op en neer als de vleugels van een kolibrie.

'Jullie zijn vorig weekeinde niet naar Antwerpen geweest', zei Van In streng.

Hij voelde zich als een surveillant in een internaat vijftig jaar geleden, toen leerlingen nog als de dood waren voor een uitbrander, maar Olga mocht dan geen actrice zijn, ze had geleerd hoe ze zich uit een hachelijke situatie kon redden.

'Heb ik dat gezegd?'

Een van haar klanten, een gerenommeerde advocaat, had haar ooit gezegd dat een mondelinge verklaring geen enkele waarde had, dat je die te allen tijde kon intrekken of aanpassen. Als je wilt hoef je zelfs geen verklaring af te leggen, maar dat is doorgaans niet erg verstandig, had hij er nog aan toegevoegd. Rechters houden niet van zwijgzame mensen. Hij had haar zijn kaartje gegeven en gezegd dat ze hem altijd mocht bellen als ze in de puree zat. Dat hij haar gratis kon helpen nog wel.

'Dat is nu niet meer van belang. We weten ondertussen dat Tom die bewuste vrijdag het vliegtuig naar Milaan heeft genomen en daarna de trein naar Venetië. En we weten ook dat hij een nachtje in het Gritti Palace heeft doorgebracht, waar een kamer meer dan zeshonderd euro kost. Ontbijt inbegrepen uiteraard. We beschikken over een kopie van de voucher en de Italiaanse politie heeft een paar opnames van de bewakingscamera's in het hotel doorgemaild.'

Dat van die opnames was niet waar, maar het maakte indruk. Olga deed geen moeite meer om de feiten te ontkennen.

'Tom had me gevraagd niets te zeggen over zijn uitstap naar Venetië', zei ze. 'Hij was bang dat jullie dan zouden vragen wat hij daar gedaan had.'

'Dat lijkt me logisch', zei Van In met een knipoog naar Versavel.

Ze haalde diep adem. Haar ouders mochten geloven dat ze een succesvolle mannequin was, de mannen die voor haar zaten wisten ongetwijfeld beter. Om het als internationaal model te maken moest je minstens één meter vijfenzeventig zijn en de juiste mensen kennen. Ze was te klein en ze kende de juiste mensen niet, waardoor ze alleen in aanmerking kwam voor het showen van prêt-à-portermode. Het geld dat ze daarmee verdiende was niet voldoende om haar loft af te betalen, kleren te kopen en vier keer per week uit eten te gaan.

'Tom was mijn vriend niet', zei ze. 'Hij betaalde me voor mijn diensten.'

'Ach zo', zei Van In. 'U zei toch dat hij homo was?'

'Dat heb ik gelogen.'

'Was het zijn idee of het jouwe?'

'Het mijne. Ik wilde niet dat jullie dachten dat we minnaars waren. Tom kan geen geld beheren. Telkens als hij een van zijn werken verkoopt, maakt hij het geld zo snel mogelijk op.'

'En daar profiteer jij van mee?'

'Als ik het niet doe, deelt hij het met iemand anders.'

Van In kon haar geen ongelijk geven. Meer zelfs, als hij vrijgezel was geweest en over voldoende geld beschikte, had hij het waarschijnlijk ook aan een meid als Olga besteed. Hij besefte plots dat hij langer naar haar keek dan goed was voor een gehuwde man. Een zachte maar dwingende elleboogstoot van Versavel maakte hem dat duidelijk.

'Eigenlijk had ik voorgesteld om samen in Antwerpen te gaan shoppen, maar Tom veranderde op het laatste moment van idee.'

'Als ik het goed begrijp nam hij het initiatief om naar Venetië te gaan?'

'Het maakt mij niet uit of ik in Antwerpen of in Venetië mag winkelen. Ik vond het alleen jammer dat ik niet mee mocht', zei ze luchtig.

'Vond je het niet vreemd dat hij plotseling van gedachte veranderde?'

Ze haalde haar schouders op.

'Wie betaalt heeft het voor het zeggen, commissaris.'

Ze lachte op een manier die bij de meeste mannen verwachtingen opwekte en tegelijkertijd een zekere onderdanigheid impliceerde. Van In liet zich echter niet verschalken. Hij had ervaring met meisjes van lichte zeden. Ze brachten je hoofd op hol voor je er erg in had.

'U lijkt niet te beseffen dat het om moord gaat', zei hij streng.

Het woord 'moord' deed de glimlach op haar gezicht verstarren. Heel even maar. Ze had natuurlijk in de krant gelezen dat de vader van Filip Vandecasteele was vermoord en ze wist ook dat bepaalde mensen er belang bij hadden dat Tom uitgerekend op dat moment in Venetië was.

'Ik begrijp niet goed wat u daarmee bedoelt', zei ze ontdaan. 'U denkt toch niet dat...'

'Wat zou u in mijn plaats denken, juffrouw Naessens? Of bent u ook een van die mensen die nog in het toeval gelooft?'

Ze lachte met opzet schaapachtig. Dan doen vrouwen meestal als ze in verwarring gebracht worden, had ze ergens gelezen. En mannen vonden zichzelf superieur als ze een vrouw in verwarring konden brengen. Ondertussen probeerde ze koortsachtig een manier te vinden om zich uit haar benarde situatie te redden.

'Tom doet af en toe een beetje abnormaal, maar ik weet zeker dat hij geen vlieg kwaad zou doen. Bovendien verafgoodde hij zijn vader. Geld op zich interesseerde hem niet.'

'Dat wil ik best geloven.'

'Meer weet ik ook niet.'

Ze glimlachte weer, maar dit keer spraken haar ogen een andere taal. Ze keken Van In zaadvragend aan. Versavel, die het een gênante vertoning vond, wendde ostentatief zijn hoofd af. Van In bleef haar aankijken. Wie weet had ze nu succes. Geile mannen laten zich immers gemakkelijk uit hun lood slaan. Ze deed iets met haar tong dat de fantasie van de meeste heteromannen op hol deed slaan. Van In keek gebiologeerd toe, maar de homo trapte er niet in. Hij mengde zich ongevraagd in het gesprek. Olga vloekte binnensmonds terwijl ze zich afvroeg sinds wanneer er ook flikkers bij de politie werkten.

'Heeft Tom verteld waarom hij zo dringend naar Venetië moest?'

'Zijn vader wilde hem dringend spreken.'

'Kon dat niet over de telefoon?'

'Het ging over een familiezaak.'

Tom had haar voor hij naar Venetië vertrok, verteld dat zijn vader erachter gekomen was dat hij zonder het te weten seks had met zijn halfzus, maar ze was niet van plan dat aan de homo zijn neus te hangen. Ze was ook niet van plan om hem te vertellen dat Tom een geldwolf was geworden sinds hij aan de cocaïne zat en dat hij al menige keer had opgeschept dat hij steenrijk zou worden als zijn vader dood was.

'Hebt u Tom daarna nog teruggezien?'

'Nee', zei ze resoluut.

'Weet u waar hij op het ogenblik verblijft?'

Ze schudde haar hoofd.

'Maar ik zal niet aarzelen contact met u op te nemen als ik iets van hem hoor', zei ze.

'Dat zou bijzonder verstandig zijn, juffrouw Naessens.'

Versavel wist dat het tijd was om op te stappen. Van In schoof al een tijdje zenuwachtig heen en weer op zijn stoel. De frustratie viel zo van zijn gezicht af te lezen.

'Je moest je schamen, Pieter', zei Versavel toen ze in de auto stapten.

'Waarom zou ik me moeten schamen?'

'Je kleedde haar bijna uit met je ogen.'

Van In liet het raampje zakken en stak met een nukkig gebaar een sigaret op. Het had geen zin om te ontkennen dat hij zijn ogen de kost had gegeven, dat had iedere gezonde man in zijn plaats gedaan, maar dat betekende niet dat hij zich had laten overdonderen. Hij realiseerde zich net zo goed als Versavel dat Olga Naessens niet de volledige waarheid sprak en het zou hem niet verbazen als ze op een of andere manier bij de zaak betrokken was.

'Het feit dat Tom haar niet naar Venetië heeft meegenomen zou op voorbedachtheid kunnen wijzen', zei hij.

Versavel startte de motor en fronste zijn voorhoofd voor hij de versnelling in zijn achteruit zette.

'Het zou ook kunnen dat ze alles verzint.'

'Dat heb ik ook overwogen, maar volgens mij zit Olga Naessens mee in het complot.'

'Mijn hypothese lijkt me logischer, Pieter.'

'Jij met je logica.'

Van In nam nijdig een trek van zijn sigaret. De twee hypotheses waren op los zand gebouwd. Waarschijnlijk waren ze allebei waardeloos. Hij kreeg plotseling onweerstaanbare trek in een Duvel, maar net op het moment dat hij Versavel wilde vragen naar café Vlissinghe te rijden, ging zijn mobieltje over. Het was hoofdinspecteur Piers.

'Meneer Dierickx', klonk het door de intercom. 'Kom snel. Er is iets vreselijks gebeurd.'

Arbeidsongevallen kwamen wel vaker voor in de afdeling waar vis werd versneden. Ze waren meestal te wijten aan onoplettendheid. Over het algemeen viel de lichamelijke schade best mee. Dierickx had het nog maar één keer meegemaakt dat een arbeider bijna aan zijn verwondingen was bezweken. Toen had zijn secretaresse hem pas op de hoogte gebracht nadat de hulpdiensten al onderweg waren. Hij drukte de knop van de intercom in en zei rustig: 'Ik kom.'

De verantwoordelijke van de koelcellen stond hem op te wachten in de gang. De man, die meer dan twintig jaar bij de NV Hippocampus werkte en daarom ook een en ander had meegemaakt, keek bijzonder sip.

'Wat is er aan de hand, Gerard?'

'Er ligt een lijk in de B4.'

Het bedrijf beschikte over een twintigtal ruime diepvriescellen. In de B4 werd hoofdzakelijk kabeljauw bewaard.

'Een lijk', herhaalde Dierickx ongelovig.

De temperatuur in de diepvriescellen bedroeg -24 °C, wat op zich voldoende was om een mens te laten doodvriezen, maar in de praktijk was het zo goed als onmogelijk dat iemand opgesloten raakte. De deur van elke cel was zodanig beveiligd dat ze niet zomaar kon dichtvallen. Je kon de deur alleen open- en dichtdoen door middel van een elektronisch cijferslot aan de buitenkant. Hij had die voorziening destijds zelf laten plaatsen om dergelijke ongelukken te vermijden. Iedere werknemer was ervan op de hoogte.

'Het is de broer van meneer Vandecasteele', zei de verantwoordelijke.

'Ben je daar zeker van?'

'Heel zeker.'

Dierickx geloofde hem op zijn woord. De meeste werknemers van de NV Hippocampus kenden de flamboyante broer van de baas.

'Heb je de politie al gebeld?'

De verantwoordelijke knikte. Nog geen vijf minuten later kleurde het binnenplein blauw van de uniformen en de zwaailichten. Hoofdinspecteur Piers leidde voorlopig de operatie, in afwachting van de hoofdcommissaris en het parket. Hij beperkte zich tot het markeren van de perimeter en het ondervragen van de man die het lijk had gevonden. Niemand zou hem later kunnen verwijten dat hij zijn werk niet had gedaan, maar ook niet dat hij fouten had gemaakt. Van In en Versavel arriveerden bijna anderhalf uur later. Zlotkrychbrto begroette hen met een grijns en een stevige handdruk.

'Weer een visser minder', zei hij cynisch.

'Ligt hij hier al lang?'

'Dat is nu nog moeilijk te zeggen.'

Het tijdstip waarop de dood was ingetreden, viel in principe gemakkelijk te bepalen aan de hand van de lichaamstemperatuur van de overledene. Het feit dat het lijk in een diepvriescel lag, maakte die vaststelling een stuk moeilijker.

'Wie is het laatst in de cel geweest?' vroeg Van In.

Ze vroegen het aan de verantwoordelijke, die een eindje verderop met Dierickx stond te praten.

'De diepvriescellen gaan 's avonds om zes uur dicht', zei de man. 'Daarna komt er normaal niemand meer in.'

'Kwam het slachtoffer vaak op het bedrijf?'

Dierickx trok zijn schouders op. Danny Vandecasteele was een paria die ze liever kwijt dan rijk waren. Zelfs zijn broer had niets meer met hem te maken willen hebben.

'Alleen als hij geld nodig had, maar dat gebeurde de laatste tijd minder vaak dan vroeger.'

'Hij beschikte dus niet over sleutels van het bedrijf?'

'Nee', zei Dierickx kordaat.

'Wordt het bedrijf 's nachts bewaakt?'

Van In had nergens camera's gezien, maar het kon best dat er een nachtwaker of een conciërge was. Hij had gelijk. Er was een conciërge, maar die verklaarde dat hij niets verdachts had opgemerkt. Bovendien bevond zijn flat zich aan de andere kant van het bedrijf.

'Doet u dan geen rondes?'

'Natuurlijk, meneer.'

'Om het uur?'

De conciërge verschoot zichtbaar van kleur. Hij deed al jaren geen rondes meer na elf uur 's avonds. Dat wist zelfs meneer Dierickx.

'Ik sla er soms eentje over', zei hij opgelaten.

'Zoals vannacht?'

De conciërge knikte. Van In drong niet verder aan. De moordenaar kende waarschijnlijk het reilen en zeilen van het bedrijf en beschikte over sleutels, want nergens bleek een deur geforceerd. Dat maakte het lijstje van verdachten korter, maar veel schoten ze daarmee niet op. Behalve Dierickx, de conciërge en de verantwoordelijke van de schoonmaakploeg hadden nog acht andere medewerkers een sleutel van het bedrijf. Versavel noteerde hun namen.

'Had Tom een sleutel?'

'Ik denk het wel', zei Dierickx onverschillig.

De waarnemend directeur van de NV Hippocampus leek niet zwaar te tillen aan het feit dat er iemand vermoord was in zijn bedrijf en hij maakte zich blijkbaar geen zorgen over de negatieve publiciteit die daarvan het gevolg zou zijn. Aan de poort stond een cameraploeg van de regionale televisie opnames te maken en er waren ploegen van de nationale zenders onderweg. Hij liet hen rustig begaan. Van In stak een sigaret op en keek naar de drukte om zich heen. Eén vraag hield hem bezig. Had Tom een reden om ook zijn oom te vermoorden? Zo ja, welke? Zo niet, wie had hem dan wel vermoord? De zaak nam steeds groteskere vormen aan. Er zat geen logica in en het scheen ook niemand te interesseren of de dader al dan niet werd opgepakt. De Oostendse politie legde niet veel enthousiasme aan de dag en Dierickx zat met zijn gedachten op een andere planeet.

'Heeft iemand de familie van Danny Vandecasteele al op de hoogte gebracht?' vroeg hij aan hoofdinspecteur Piers.

'Voor zover ik weet woonde Vandecasteele voor het ogenblik weer alleen', zei hij.

Zijn vrouw was er vorige maand met de kinderen vandoor gegaan. Ze woonde voorlopig in een woning die haar door het OCMW ter beschikking was gesteld.

'Hebt u zijn adres?'

'Momentje.'

Piers klampte een collega aan en vroeg hem het adres van Danny Vandecasteele op te zoeken. Ondertussen kwam Zlotkrychbrto erbij staan.

'We zitten met een probleem', zei hij.

Het gebeurde niet vaak dat de Poolse wetsdokter ernstig keek. Meestal maakte hij voortdurend grapjes over het slachtoffer en diste hij lugubere verhalen op over lijkschouwingen die hij destijds in Polen had verricht.

'Wie niet?' zuchtte Van In.

'Ja, maar dat van mij is ernstig.'

Van In draaide zich om en keek zijn vriend spottend aan.

'Is je vrouw erachter gekomen dat je de nieuwe stagiaire neukt?'

Zlot maakte een afwerend gebaar. De nieuwe stagiaire was geen doodzonde waard. Ze was mollig en had acne.

'Nee. Het is veel erger', zei hij. 'Op het eerste gezicht is het slachtoffer een natuurlijke dood gestorven. Zijn lichaam vertoont geen enkel spoor van geweld. Volgens mij is hij gewoon doodgevroren.'

'En daar maak jij een probleem van?'

'Ik heb ook mijn trots, Pjetr.'

Je kon Zlotkrychbrto veel verwijten, maar niet dat hij zijn vak niet kende. Van In had in de loop der jaren met veel wetsdokters samengewerkt en hij moest toegeven dat niemand kon tippen aan de vakbekwaamheid van de Pool. Als hij beweerde dat het slachtoffer op het eerste gezicht een natuurlijke dood was gestorven, dan was de kans zeer groot dat hij gelijk had. Toch kon hij het niet laten om een andere mogelijkheid te suggereren.

'Hij heeft misschien ook diabetes, zoals zijn broer?'

'Daar staat niets over in zijn medisch dossier. Volgens zijn huisarts was hij kerngezond. Behalve zijn lever. Die was een beetje aangetast. Maar daar gaat een mens niet onmiddellijk aan dood.'

'Daar ben je een levend bewijs van', reageerde Van In schamper.

Zlotkrychbrto, die zijn uiterste best deed het Nederlands onder de knie te krijgen, pareerde de aanval met een spreekwoord dat hij onlangs tijdens de les had opgestoken, want ook op dat gebied was hij een perfectionist, al maakte hij af en toe nog een foutje.

'De pot verwijt de ketel dat hij verbrand is', reageerde hij zonder een spier te vertrekken.

'Zwart is, Zlot. De pot verwijt de ketel dat hij zwart is.'

'Schön', knikte hij. 'Sehr schön.'

'Je moet nu ook niet overdrijven', zei Van In. 'Het is maar een volkswijsheid.'

'Daar gaat het niet om, Pjetr. Ik heb het over de wagen. Moet je zien wat er daar komt aangereden.'

Van In draaide zich om en zag een donkergroene Bentley coupé met een Nederlandse nummerplaat het terrein opdraaien.

11

'U bent dus meneer Waardeloos?' zei Van In met een onverholen glimlach.

Dat is u anders niet aan te zien, wilde hij eraan toevoegen, maar hij bedacht zich net op tijd. Waardeloos had de flauwe grap waarschijnlijk al honderden keren moeten aanhoren.

'Rien is een oude vriend en een zakenrelatie van Filip Vandecasteele', zei Dierickx, die hen aan elkaar had voorgesteld.

Nu kon Van In het echt niet meer laten.

'Gelukkig bent u een Nederlander en geen Fransman', zei hij.

Waardeloos lachte hoewel hij de woordspeling niet begreep, een bewijs dat het cliché klopte dat de meeste Nederlanders echt geen Frans verstonden. Dierickx probeerde wanhopig er het beste van te maken.

'Rien heeft al een tijdje interesse voor ons bedrijf', zei hij. 'De onderhandelingen voor een overname waren al in een vergevorderd stadium toen...'

Hij maakte de zin met opzet niet af. De dood van Filip Vandecasteele had de kaarten grondig door elkaar geschud. Ze waren hun grootste troef kwijt. Zonder de machine was de NV Hippocampus geen fractie waard van de overnamesom die ze destijds hadden afgesproken. Het was zelfs zeer de vraag of Waardeloos nog in het bedrijf geïnteresseerd zou zijn als ze er niet in slaagden de blauwdrukken van de machine terug te vinden. Als, als, als. Het verhaal over de garnaalpelmachine begon onderhand een eigen leven te leiden. Dierickx begon stilaan aan het bestaan van zo'n machine te twijfelen. Volgens Calzone waren alleen de blauwdrukken klaar. Filip had hem kopieën beloofd, maar hij had ze nooit verstuurd. Nu maakte de Italiaan zich zorgen om zijn deel van de koek. Hij had gisteren gebeld met de vraag of hij een voorschot kon krijgen. Dierickx had hem fijntjes proberen uit te leggen dat de NV Hippocampus op sterven na dood was en dat hij alleen een voorschot kon uitbetalen als de blauwdrukken boven water kwamen. Calzone had toen woedend het gesprek afgebroken.

'Daar heb ik iets over gehoord', zei Van In.

'Dan kunnen we beter ter zake komen.'

De Nederlander wierp een blik van verstandhouding naar Dierickx en wendde zich daarna tot Van In en Versavel.

'Zoals jullie wellicht bekend is, gaat het niet zo goed met de Belgische visserij. De vloot krimpt al jaren, de opvolging raakt in het gedrang en de stijgende brandstofprijzen dreigen iedereen de das om te doen. Om nog te zwijgen over de regelneven in Brussel met hun idiote vangstquota. Filip Vandecasteele was op dat gebied zijn tijd ver vooruit. Hij wist dat de Belgische visserij aan het doodbloeden was, maar in plaats van zich bij dit fait accompli neer te leggen (Nederlanders die gewichtig willen doen, bedienen zich graag van een woordje Frans) zocht hij naar een alternatief. Dat heb ik trouwens ook gedaan, want op termijn is de Nederlandse visserij hetzelfde lot beschoren. Ik begon me net als Filip te concentreren op de kustvisserij, die heel wat minder investeringen vergt en beduidend goedkoper is.'

'Wat bedoelt u met kustvisserij?' vroeg Van In.

'Ik koop en verwerk alleen nog grijze garnalen', zei Waardeloos.

'Rien belevert meer dan tachtig procent van de Belgische supermarkten en vishandels met gepelde garnalen.'

Dierickx had in het begin neergekeken op de excentrieke Hollander die tonnen garnalen opkocht, ze in Marokko liet pellen en daarna netjes voorverpakt aan de supermarkten sleet, maar nu keek hij vol schroom naar hem op. Filip Vandecasteele had het verstandiger aangelegd. Hij was op zoek gegaan naar iets waarmee Waardeloos nog meer geld kon besparen.

'En dat wilden jullie ook doen?' zei Versavel, die niet goed begreep waarover ze het hadden.

'Ben je gek?' bulderde Waardeloos. 'De NV Hippocampus is virtueel bankroet.'

'Waarom wilt u het bedrijf dan nog overnemen?'

'Omdat Filip Vandecasteele het een meerwaarde heeft gegeven', zei Waardeloos. 'Hij heeft een perfect werkende garnaalpelmachine bedacht en ontworpen.'

'Bestaan die dingen dan nog niet?'

'Natuurlijk bestaan dergelijke machines al', zei Waardeloos. 'Maar geen enkele van de bestaande machines levert garnalen af die beter smaken dan de garnalen die ik in Marokko laat pellen.'

Van In knikte. Hij had nooit begrepen dat mensen de met chemicaliën behandelde, rubberachtige, kleurloze krengen uit de supermarkt lekker vonden. Garnalen moest je vers kopen, zelf pellen en liefst nog dezelfde dag consumeren.

'U beweert dus dat de garnalen die met de machine van Vandecasteele gepeld worden even goed smaken als de garnalen die je met de hand pelt?'

'Dat hebt u goed gezegd, commissaris. Er is echter één probleem: het prototype en de blauwdrukken van de machine zijn spoorloos verdwenen.'

Van In ging achterover zitten op zijn stoel en strekte zijn benen, terwijl hij de nieuwe informatie probeerde te verwerken. In avonturenfilms ging de held meestal op zoek naar een fabelachtige schat, of hij probeerde de hand te leggen op de plannen van een of ander superwapen of een apparaat dat het gezicht van de wereld kon veranderen of beïnvloeden. Het was normaal dat bij zulke acties mensen werden belaagd en eventueel vermoord, maar hij kon zich niet voorstellen dat iemand zo ver ging om de plannen van een garnaalpelmachine te bemachtigen. Maar hoe hij de zaak ook bekeek, een andere verklaring voor de moord op Vandecasteele was er niet.

'Hoeveel verschil maakte die machine uit bij de overname van het bedrijf?'

De vraag leek Waardeloos niet te choqueren. Hij was gewend om over cijfers te praten. Bovendien was het antwoord op de vraag niet meer relevant. Zoals de zaken er nu voor stonden, was de kans klein dat de plannen van de machine ooit nog boven water zouden komen. En zelfs als ze boven water kwamen, zouden ze opnieuw over de prijs moeten onderhandelen.

'Het ging toch over een paar miljoen euro', zei hij.

'Wat is een paar?'

'Zes.'

'Zes miljoen euro is een pak geld', zei Van In.

'De wereld is een grote markt, commissaris.'

Van In had er geen idee van hoeveel een garnaalpelmachine kostte, welk rendement ermee gehaald kon worden en hoeveel potentiële klanten in zo'n machine geïnteresseerd waren. Rien Waardeloos wist natuurlijk beter. Hij had uitgerekend dat hij de zes miljoen euro in drie jaar kon terugverdienen. Bovendien vertrouwde hij op zijn zakeninstinct, dat hem nog nooit had bedrogen. Hij had geleerd dat je niet rijk werd van dure of ingewikkelde dingen die alleen gefortuneerde mensen zich konden permitteren. De uitvinder van de ringmap had meer geld opgestreken dan de gebroeders Wright die het eerste vliegtuig hadden gebouwd. Zijn uitgangspunt was eenvoudig: bijna iedereen lustte garnalen, maar de meeste mensen zagen er tegenop om ze te pellen. Hij had zijn gelijk trouwens al bewezen. Met het pellen van garnalen viel grof geld te verdienen. En hoe goedkoper en sneller hij ze kon laten pellen, hoe rijker hij werd.

'U denkt dus dat Filip Vandecasteele om die reden werd vermoord?'

'Dat denk ik inderdaad', zei Waardeloos. 'Wij hebben er in ieder geval niets mee te maken. De dood van Vandecasteele is een forse streep door mijn rekening en een slechte zaak voor de NV Hippocampus. Ik mis een gouden zaak en Dierickx wacht straks de onaangename taak om uitverkoop te houden. De dood van Filip is het slechtste wat ons kon overkomen.'

Het klonk logisch, maar als zij er niets mee te maken hadden, wie dan wel?

'Welke mensen wisten er nog meer van het bestaan van de machine af?'

Dierickx wierp een schuine blik naar Waardeloos, die zich van geen kwaad bewust leek. Besefte hij dan niet dat ze nu allemaal verdachten waren?

'Rien en ik natuurlijk', zei hij. 'En Annie Duprez waarschijnlijk ook. Filip vertrouwde haar alles toe.'

'Hoewel ze geen verhouding hadden.'

'Nee', zei Dierickx. 'Zij was zijn beschermelinge.'

'Juist. Dat was ik bijna vergeten.'

Van In had Annie Duprez niet meer gezien sinds hij haar in Venetië verhoord had. Hij had genoegen genomen met haar verklaring – het zou bijzonder stom van haar geweest zijn de kip met de gouden eieren te slachten –, maar na wat hij net gehoord had begon hij plotseling te twijfelen aan haar alibi, dat enkel op het getuigenis van het hotelpersoneel gebaseerd was. Receptionisten verdienden geen fortuin en Italianen genoten nog altijd de kwalijke reputatie dat ze zich gemakkelijk lieten omkopen.

'Tom was natuurlijk ook op de hoogte', zei Dierickx. 'En Steven David uiteraard.'

'En zijn broer?'

Dierickx haalde zijn schouders op.

'Danny leefde al jaren in onmin met Filip, maar hij had nog regelmatig contact met Tom.'

'Het zou dus kunnen dat hij ook van het bestaan van de machine af wist?'

'De machine bestaat nog niet', zei Dierickx.

'Weet je dat wel zeker, André?'

Rien Waardeloos had in zijn carrière al veel prototypes van garnaalpelmachines de revue zien passeren. Er mankeerde altijd iets aan. Filip Vandecasteele was een plichtsgetrouwe man met een sterk ontwikkeld eergevoel als het zijn vak betrof. Hij zou de onderhandelingen over de verkoop van de machine nooit aangevat hebben als hij niet zeker had geweten dat de machine ook feilloos werkte.

'U denkt dat Filip Vandecasteele de machine heeft laten bouwen?'

'Dat denk ik niet, commissaris. Ik weet het bijna zeker', zei Waardeloos overtuigd.

'Calzone?'

'Wie anders?'

Van In knikte. Rien Waardeloos kon wel eens gelijk hebben. Calzone was ingenieur en uitvinder. Hij was ook een van de laatste mensen die Vandecasteele had gesproken en onbekenden hadden amper een dag na de moord zijn huis doorzocht.

'U hebt me prima geholpen, meneer Waardeloos', zei hij. 'Ik neem onmiddellijk contact op met commissaris Tozzi in Venetië. Wie weet ligt daar de sleutel van het geheim.'

De Nederlander glunderde. Hij mocht een keiharde zakenman zijn, het compliment deed hem deugd. Belgische flikken waren de kwaadsten nog niet. Het was bovendien handig om hen te vriend te houden. En het waren ook maar mensen.

'Mag ik u iets vragen, commissaris?'

'Zeg maar Pieter', zei Van In.

De sympathie was wederkerig. Hij vond de Nederlander best te pruimen.

Alleen Dierickx keek sip.

'Oké, Pieter. Ik geef zaterdagavond een feestje voor enkele vrienden en kennissen. Je zou me een groot genoegen doen als je ook kwam. Met je vrouw uiteraard.'

Van In aarzelde geen moment. Hij zei onmiddellijk ja. Op feestjes kwam je immers vaak meer te weten dan tijdens een formeel gesprek. Hij was bovendien benieuwd hoe het er op dergelijke rijkeluisfeestjes toeging.

'Dan zien we elkaar zaterdagavond om een uur of acht', zei Waardeloos. 'Ik heb een flat in het Europacentrum aan de Van Iseghemlaan. Ik woon op de bovenste verdieping.'

Het Europacentrum was het hoogste gebouw van Oostende. Het appartement van Waardeloos besloeg de hele bovenste verdieping en beschikte over een uniek dakterras.

'Tot zaterdag', glimlachte Van In.

André Dierickx schonk zich een borrel in. Hij was eindelijk alleen. Idioten, dacht hij. Het zijn allemaal idioten.

'Je vindt het toch niet erg dat jij niet uitgenodigd bent?' zei Van In toen ze in de lift stonden.

'Natuurlijk niet. Luk en ik hebben zaterdag wel iets anders te doen.'

Ze hadden om zeven uur een afspraak met een architect, een jonge kerel met bruisende ideeën en een betaalbaar honorarium, want hun budget was beperkt. De aankoop van het boerderijtje had het grootste deel van hun spaarcentjes opgeslorpt. Maar zoals Goethe had gezegd: In der Beschränkung zeigt sich erst der Meister. Versavel had er alle vertrouwen in. Hij droomde van een warm interieur met veel hout, ruwe bakstenen muren, dikke knusse overgordijnen en zachte kussens. Luk wilde een strakke moderne keuken, maar dat vond hij niet erg. De keuken was zijn domein niet.

'Je hebt met geen woord over Olga Naessens gerept', zei hij toen ze het parkeerterrein overstaken.

'Was dat nodig?'

'Nodig misschien niet, nuttig wel. Of vind jij het niet merkwaardig dat ze zowel Rien Waardeloos als Tom Vandecasteele kent?'

'Dat kan toeval zijn, Guido.'

'Geloof je nu ook al in het toeval?'

Het klonk ironisch. Versavel kende zijn vriend en hij wist hoe snel hij zich door sommige mensen kon laten inpalmen. De reactie bewees dat hij gelijk had.

'Je bent toch niet jaloers?'

'Op wie zou ik jaloers moeten zijn, Pieter?'

Van In liet de vraag onbeantwoord en gooide het gesprek over een andere boeg.

'We moeten Tozzi vanmiddag nog zien te bereiken', zei hij.

'Jij of ik?'

'Wie dacht je?'
Ze kruisten een wagen van de technische recherche. De man aan het stuur knikte discreet toen Van In zijn hand naar hem opstak.
'Is dat Steven David niet?'
'Waar?'
'Daar bij de poort.'
Van In wees naar een man in een blauwe overall die voor de poort een sigaret stond te roken. Hij wierp een blik op zijn horloge. Het was twee minuten over twaalf.
'Lunchtijd.'
Ze liepen naar hem toe. De surveillanceploeg die het huis van Steven David in de gaten had gehouden, had tot nu toe niets bijzonders gemeld, waarop de hoofdcommissaris had beslist hen terug te roepen omdat hij naar eigen zeggen met een ernstig personeelstekort kampte. De waarheid was dat hij niet erg gelukkig was met de bemoeienissen van de Bruggelingen. Bovendien had de moord op Vandecasteele al genoeg stof doen opwaaien in de pers en dat was slechte reclame voor Oostende, dat zich al jarenlang als cultuurstad probeerde te profileren.
'Ik wist niet dat u al weer aan de slag was', zei Van In toen Steven David hem met een stevige handdruk begroette.
'Het leven gaat nu eenmaal verder, commissaris.'
'Dat is waar.'
Het was een beetje een onwennige situatie, dus stelde Van In voor iets te gaan drinken in de Entrepot. Dat ging moeilijk, omdat de lunchpauze maar een halfuur duurde. Van In loste het probleem op. Hij belde Dierickx en vroeg of hij Steven David even kon missen.
'Zo', zei hij. 'Dat is dan ook geregeld.'
Het was behoorlijk druk in de Entrepot. Aan de bar zaten vier medewerkers van een bank te discussiëren over de rente-

voet in de Verenigde Staten en de instorting van de vastgoedmarkt. Een eindje verderop zat een jong stel te zoenen. De jongen, een opgeschoten kerel met een lange zwarte paardenstaart en minstens vijf piercings in ieder oor, dronk thee; het meisje, een blondje met kleine borsten en een redelijk dikke kont, rookte een zelfgerolde sigaret. De tafeltjes waren bezet door mensen die een dagschotel kwamen eten. Gelukkig was er nog een plaatsje vrij bij het venster. Van In bestelde een Duvel. Steven David volgde zijn voorbeeld. Versavel nam gewoontegetrouw perrier.

'Ik neem aan dat u Tom niet meer hebt gezien sinds hij bij u weggelopen is?'

'Inderdaad', zei Steven David overtuigd.

'Heeft hij u later nog gebeld?'

Steven schudde zijn hoofd, maar hij leek niet meer zo overtuigd. Tegenwoordig gaf het parket de politie gemakkelijk toestemming om telefoongesprekken af te luisteren en Tom had hem wel degelijk gebeld. Verscheidene keren zelfs. Maar toen Van In niet reageerde, nam hij aan dat zijn telefoon niet werd afgeluisterd. Het stelde hem gerust.

'We hebben net met meneer Dierickx gesproken. Over de garnaalpelmachine van Filip Vandecasteele. Volgens hem bent u daarvan ook op de hoogte.'

'Natuurlijk was ik daarvan op de hoogte. Filip was mijn beste vriend.'

'Waarom hebt u er nooit met ons over gesproken?'

Steven David haalde diep adem en kneep zijn ogen halfdicht. Versavel, die hem scherp in het oog hield, kon zich voorstellen hoe de man zich moest voelen. Filip Vandecasteele was zijn beste vriend. Zo'n verhoor kon pijn doen. Misschien durfde hij zijn verdriet niet te uiten. Het antwoord bevestigde zijn vermoeden.

'Wat doet een machine ertoe als je beste vriend dood is?' reageerde hij nogal emotioneel.

'De machine kan het motief voor de moord geweest zijn. En het maakt de zaak een stuk eenvoudiger als wij met zekerheid kunnen vaststellen waarom uw vriend vermoord werd. Ik neem aan dat u het ook zo snel mogelijk wilt weten.'

Het bleef even stil. Van In wierp ongemerkt een blik naar Versavel. Soms kon een andere aanpak wonderen doen. De blik werkte. Versavel nam het van hem over.

'Ik begrijp dat u het moeilijk hebt', zei hij. 'Maar de commissaris heeft gelijk. Hoe meer tijd er verstrijkt tussen het tijdstip van de moord en het vorderen van het onderzoek, hoe kleiner de kans wordt dat we de moordenaar vinden.'

Zijn stem klonk warm en zacht. Steven David richtte zijn hoofd op en keek hem recht in de ogen.

'Dierickx en den Ollander spelen samen onder één hoedje', zei hij giftig. 'Waardeloos wil de machine en Dierickx wil het bedrijf. Daarom proberen ze Tom in diskrediet te brengen. Vergeet niet dat hij de belangrijkste erfgenaam is.'

'Ik dacht dat hij de enige erfgenaam was?' zei Versavel verwonderd.

'Nee. Filip heeft het deel van zijn fortuin waarover hij wettelijk zelf mag beschikken aan Annie en aan zijn broer nagelaten', voegde hij er zichtbaar gegeneerd aan toe.

'Ik dacht dat Filip al jaren in onmin leefde met zijn broer?'

'Dat denkt iedereen', zei Steven. 'Maar ik weet dat hij van plan was zich met hem te verzoenen.'

De puzzelstukken leken langzaam op hun plaats te vallen. Het draaide allemaal om de erfenis van Filip Vandecasteele. Tom had eerst zijn vader vermoord en daarna zijn oom, die ook een deel van de koek zou krijgen. De conclusie lag voor de hand. Annie Duprez was het volgende slachtoffer.

'Erft u iets?'

Steven nam een slokje van zijn Duvel. Het was een pijnlijke vraag die hij niet graag beantwoordde, maar hij kon niet ontkennen dat Filip bijzonder mild voor hem was geweest. Hij had hem destijds geld geleend om een nieuwe motor te kopen en zonder zijn financiële steun had hij zich geen eigen huis kunnen permitteren. Maar er was meer.

'Ik bezit drie procent van de aandelen van de NV', zei hij. 'En die had ik zonder de hulp van Filip nooit kunnen kopen. Op die manier hoefde ik mij op mijn oude dag geen zorgen te maken. Het is alleen jammer dat ze bijna niets meer waard zijn. De NV Hippocampus is virtueel failliet. Maar ik klaag niet. Ik heb kind noch kraai en ik heb aardig wat kunnen sparen. Het zal me aan niets ontbreken. Ik heb een dak boven mijn hoofd en ik zal altijd nog een Duveltje kunnen drinken. Wat moet een mens zich nog meer wensen? Ik mis alleen mijn beste vriend.'

De ogen van de stoere motorrijder werden vochtig en zijn stem klonk breekbaar. Vriendschap was een heilig woord dat voor 'ALTIJD' en 'ONVOORWAARDELIJK' stond. Het was een onbreekbare band. Voor een vriend ging je door het vuur. Voor een vriend daalde je af in de hel. Zonder vriend had het leven geen zin. Van In en Versavel keken gelijktijdig naar elkaar, terwijl ze zich allebei afvroegen hoe zij zich zouden voelen als een van hen er niet meer was.

'Dan begrijp ik niet goed waarom u Tom in bescherming neemt', zei Van In. 'Alles wijst er immers op dat hij zijn vader en zijn oom vermoord heeft en hij wellicht ook van plan is om Annie Duprez uit de weg te ruimen.'

'Dat geloof ik niet, commissaris', zei Steven resoluut. 'Tom hield van zijn vader en hij heeft een boontje voor Annie.'

'Maar hij verbleef wel in Venetië op het ogenblik dat zijn vader vermoord werd. En hij bezocht af en toe een luxecallgirl in Brugge die nauwe contacten onderhoudt met Waardeloos. Denk toch eens na, man.'

Steven David fronste zijn wenkbrauwen en nam zichtbaar geschrokken een grote slok Duvel. De mededeling had blijkbaar indruk gemaakt.

'Dat wist ik niet.'

'Er zijn nog meer dingen die u niet weet, meneer David.'

'Ik luister.'

'Tom dealde ook drugs', zei Van In. 'En wie weet is hij nog bij andere criminele activiteiten betrokken. Daarom moet ik u dringend verzoeken met ons mee te werken. Ik wil weten waar hij zich schuilhoudt.'

Steven liet zich niet intimideren.

'Het lijkt me beter dat ik nu ga', zei hij terwijl hij aanstalten maakte om op te staan.

Van In hield hem tegen.

'In dat geval moet ik u arresteren voor het achterhouden van informatie en medeplichtigheid aan moord. Dat kost u gegarandeerd een paar jaar cel, vriend. Ga zitten en luister naar wat ik te zeggen heb.'

Het gesprek duurde ruim anderhalf uur voor Steven uiteindelijk toegaf en vertelde dat Tom zich schuilhield in een kamer boven het lokaal van de motorclub.

'Is hij daar nu?'

'Dat weet ik niet, maar hij komt er wel slapen. Normaal is hij er om een uur of tien.'

Van In stak een sigaret op, inhaleerde diep en dronk zijn Duvel leeg terwijl hij in gedachten doorliep wat hen te doen stond. Toen Steven weg was, belde hij de chef van het Cobra-Team, de Speciale Interventie-Eenheid van de lokale politie van Brugge, en besprak met hem de actie die ze vanavond zouden ondernemen. Daarna nam hij contact op met hoofdinspecteur Piers. De kans was klein dat Tom nog in de loop van de dag een poging zou doen om Annie Duprez te vermoorden, maar hij nam het zekere voor het onzekere en vroeg Piers om haar politiebescherming te geven. Versavel wierp een blik op zijn horloge. Het was tien over drie.

'Wat doen wij ondertussen?'

'Wat dacht je', lachte Van In. 'Een Duvel drinken natuurlijk.'

Tom liep met gebogen hoofd langs de Hendrik Baelskaai. Hij keek alleen op als hij een straat moest oversteken of als er een auto te traag voorbijreed, omdat hij wist dat de politie nog steeds naar hem op zoek was. Gelukkig liep hij niemand tegen het lijf die hem kende en was er nergens een politiewagen te bespeuren. Hij nam de tram, die bomvol met toeristen en gratis reizende zestigplussers zat, en installeerde zich dicht bij de uitgang voor het geval hij de benen moest nemen. De villa waar zijn moeder en Dierickx woonden lag aan de andere kant van de stad. De tram was de veiligste en snelste manier om er te komen. Toch was hij bijzonder zenuwachtig. Zijn knieën leken van schuimrubber en het bloed stroomde hortend door zijn aders. Hij had de hele nacht amper een oog dichtgedaan. Gelukkig was Annie bij hem gebleven. Hij stapte af bij de paardenrenbaan en legde de rest van de afstand te voet af, terwijl zijn leven als een film door zijn hoofd ging. Hij herinnerde zich dat zijn vader en Steven zich op zes december als Sinterklaas en Zwarte Piet verkleedden, en hij proefde de warme chocolademelk nog die zijn oude gouvernante voor die gelegenheid in grote koppen serveerde. Hij herinnerde zich de eerste keer dat ze met het vliegtuig naar Spanje waren gevlogen en de sterke verhalen die hij daarover op school had opgedist. Hij voelde de kus van zijn buurmeisje nog op zijn wangen gloeien, hij hoorde de zachte stem van zijn grootmoeder, het geruis van de zee, het geronk van een buitenboordmotor. Hij rook de geur van zeewier en schelpdieren, van kissende vis in de pan. En hij zag nog steeds zijn pony in de weide lopen. Waarom was hij nooit gelukkig geweest? Waarom had zijn moeder hem in de steek gelaten? Waarom kwamen zijn vriendjes alleen op bezoek als ze cadeautjes kregen? Waarom kon hij niets wat anderen wel konden? Was hij daarom kunstenaar willen worden? Om iedereen te laten zien dat hij iets kon wat zij niet konden. Op zijn zestiende was hij voor de eerste keer met een meisje naar bed geweest, een ervaring waarvan hij echt had genoten, tot hij erachter was gekomen dat het meisje in kwestie het alleen had gedaan om haar vriendinnen, die ook wel eens met de zoon van een reder wilden slapen, de loef af te steken. Hij had nadien nog meisjes versierd, maar het was nooit meer hetzelfde geweest als de eerste keer. Was Annie wel te vertrouwen? Ze zei dat ze van hem hield en ze had alles gedaan om hem te beschermen, maar meende ze het ook echt? Hij zou het waarschijnlijk nooit weten. Hield hij wel van haar? Waarschijnlijk niet.

De auto van Dierickx stond voor de garage geparkeerd naast die van zijn moeder. Hij reed met een Mercedes, zij met een BMW. Waarom reden parvenu's altijd met dezelfde wagens? Wat was er mis met een Peugeot of een Fiat? De bel klonk hol in de brede lange gang, waar alleen een kastje stond met een ouderwets telefoontoestel. Een vloerkleed lag er niet. Daar hield zijn moeder niet van. Zij wilde alles strak en koud.

'Wat doe jij hier?'

Ze keek hem verbaasd aan en tegelijk ook een beetje boos. In de Bijbel stond een mooi verhaal van een zoon die na jaren te hebben rondgezworven weer thuiskwam en door zijn zielsgelukkige vader op een feestmaal werd vergast. Zij zei alleen: 'Wat kom je hier doen?'

'Ik wil André spreken.'

Ze zette een stapje achteruit, draaide zich om en riep met luide stem: 'André! Tom is hier.'

Het leek zo onwezenlijk. Was dit zijn moeder?

'Je weet toch dat de politie je zoekt', zei ze.

'Dan zoeken ze blijkbaar niet goed genoeg.'

Hij ging naar binnen en ging dicht bij haar staan, zo dicht dat hij haar lichaamswarmte kon voelen.

'Krijg ik geen zoen?'

De vraag bracht haar in de war. Ze zette haastig een stapje achteruit, alsof ze bang was dat haar zoon zich aan haar zou vergrijpen. Er lag een verwilderde blik in zijn ogen en zijn stem klonk vreemd, alsof hij gedronken had. Met mannen wist je maar nooit. Ze boog zich naar voren en gaf hem een zoen op zijn wang.

'Kutwijf.'

Ze kon haar oren niet geloven.

'Heb ik dat goed gehoord?'

'Reken maar.'

Haar onderlip begon te trillen en ze barstte bijna in tranen uit van woede, maar voor ze iets kon zeggen ging de deur van de woonkamer open. André Dierickx droeg een lichtbeige broek, een wit overhemd met een afschuwelijke das en donkergroene sokken, die vloekten met zijn bruine schoenen. Mensen met geld hadden meestal geen smaak. Dat gold voor Dierickx en voor zijn moeder, die een blauw en wit gestreepte bloes combineerde met een vuurrode broek.

'Hij noemde me net een kutwijf', zei ze toen Dierickx vroeg wat er aan de hand was.

'Dat zal hij zeker niet ontkennen', grijnsde Tom. 'Een normale man neukt zijn secretaresse niet als hij tevreden is met wat hij thuis heeft.'

Zij stond op het punt hysterisch te worden. Haar hoofd schudde als een meloen op een trilplaat. Het bloed steeg naar haar wangen. Gelukkig wist Dierickx zich te beheersen. Anders waren er zeker rake klappen gevallen.

'Rustig maar', zei hij. 'Je ziet toch dat hij gedronken heeft.'

'Dat zou ik ook doen als ik in jouw plaats was', hoonde Tom. 'Toch met zulk een wijf.'

'André.'

Ze pakte hem ruw bij de schouder en schudde hem door elkaar. Dierickx vond het niet erg dat Tom haar een kutwijf had genoemd, hij had meer problemen met het feit dat hij hen hier was komen opzoeken. Dus zei hij braaf: 'Ik regel het wel, schat.'

Ze keek hem vernietigend aan en verdween daarna in een aura van gekwetste trots.

'Dat heb je mooi geregeld, ouwe rukker.'

Dierickx negeerde het grove taalgebruik. Hij realiseerde zich nu pas dat Tom niet gedronken had. Hij zat gewoon compleet onder de drugs.

'Wat kan ik voor je doen?' vroeg hij gereserveerd.

'Ik heb geld nodig. Veel geld.'

'Dat is bespreekbaar', zei Dierickx. 'Maar dan liefst in mijn kantoor.'

Hij ging Tom voor naar een kamer in een andere vleugel van het huis waar hij geregeld mensen ontving en waar ook een bureau en een computer stonden, die hij echter zelden gebruikte.

'Roept ze nog altijd "mama" als ze klaarkomt?'

Kinderen kunnen zich vaak niet voorstellen dat hun ouders de liefde bedrijven, de meeste willen het zelfs niet weten. Ze vinden het vies dat papa mama bepotelt en op haar gaat liggen. Zoiets laat mama toch niet toe? Tom vormde een uitzondering op die regel. Hij had vroeger vaak in bed liggen luisteren hoe ze het deden. Hij was zelfs één keer de kamer binnengeslopen toen ze volop bezig waren, en hij herinnerde zich nog dat zijn moeder 'Ssst, pas op voor de kleine' fluisterde als zijn vader te veel lawaai maakte. Zelf trok ze zich er niet veel van aan. De zeldzame keren dat zij een hoogtepunt bereikte, mocht iedereen het horen. Dan schreeuwde ze 'mamaaaaa'. Secondelang. Dierickx bekeek de vranke jongeman die voor hem stond.

'Ik neem aan dat je niet naar hier bent gekomen om je moeder te beledigen', zei hij rustig. 'Laten we ons als volwassen mensen gedragen.'

Tom grinnikte. Dierickx was een slappe schotelvod, die in bed evenveel presteerde als een hond op een zomerse dag.

'Vroeger was mijn moeder nog aantrekkelijk', snoof hij. 'Moet je haar nu zien, precies een opgezwollen rund. Maar dat vind jij natuurlijk niet erg. Ze heeft geld en wat houdt impotente mannen anders recht?'

'Zal ik de politie bellen?'

Dierickx dreigde zijn kalmte te verliezen. Hij probeerde zijn stem niet te laten trillen. Tom wist natuurlijk dat hij nooit zou bellen. Hij maakte zich alleen belachelijk door ermee te dreigen. Tom kwam wijdbeens voor hem staan. De blik in zijn ogen was koel en gevoelloos als die van een seriemoordenaar die zich tot een levenslange gevangenisstraf hoorde veroordelen.

'Ik heb geld nodig.'

'Dat weet ik, Tom, maar laten we daar rustig over praten in plaats van met modder naar elkaar te gooien. Kan ik je iets aanbieden? Een pilsje? Of heb je zin in een hartige slok?'

Op een tafeltje bij het raam stond een bescheiden collectie oude maltwhisky met de bijbehorende glazen.

'Drink je rommel zelf. Ik neem champagne. Zo hoort het toch bij een feestelijke gelegenheid?'

Tom wist dat Dierickx de champagne op dezelfde plaats

bewaarde als zijn vader destijds. Hij liep naar de ingebouwde koelkast, die achter een houten deur verborgen zat, en pakte een fles Laurent-Perrier, die hij handig van de smoeldraad ontdeed en daarna ontkurkte.

'Ik drink wel aan de fles', zei hij toen Dierickx hem een glas aanreikte.

Hij nam een slok, trok een vies gezicht en spuwde alles weer uit op het kraaknette, beige vaste tapijt.

'Hoeveel poen heb je eigenlijk in huis, Dierickx? En durf niet te liegen. Ik weet dat het behoorlijk veel is.'

Vissers die hun volledige vangst officieel moesten veilen, gingen binnen de kortste keren failliet; vissers die geen deel van hun loon in het zwart kregen uitbetaald, zochten ander werk. Reders waren wel genoodzaakt om veel geld in huis te hebben.

'Honderdvijftigduizend', zei Dierickx.

'Ik neem genoegen met tweehonderdvijftig.'

'Zoveel heb ik niet in huis.'

'Toch wel', knikte Tom zelfverzekerd.

Dierickx besefte dat hij Tom niet op stang mocht jagen. Geld was geen probleem, maar daar stond wel iets tegenover.

'Ik kan je morgen het dubbele geven', zei hij.

'Dat zal wel, kloothommel.'

'Ik meen het, Tom. Vijfhonderdduizend euro in ruil voor een handtekening bij de notaris. Wat zeg je daarvan? Met dat geld kun je als God in Frankrijk leven.'

'Op Mauritius misschien, maar niet in Frankrijk.'

'Zo bedoel ik het ook.'

Tom keek de minnaar van zijn moeder spottend aan. Mensen zoals hij hadden ze destijds in een concentratiekamp moeten opsluiten. En zijn moeder in een bordeel waar alleen dronken soldaten hun lusten kwamen botvieren. Hij haatte aasgieren.

‘Je wilt dat ik afstand doe van het bedrijf?’ zei hij alsof het hem niet kon schelen.

‘Afstand doen is een groot woord’, suste Dierickx. ‘Ik ben tevreden met vijfentachtig procent van de aandelen. Wat zou jij er trouwens mee doen? Het bedrijf is virtueel failliet. Ik ben de enige die het weer rendabel kan maken.’

De aasgier had natuurlijk gelijk. Hij had geen verstand van zakendoen en zelfs als het anders was geweest, dan nog had hij nooit overwogen de leiding van het bedrijf op zich te nemen.

‘Ik ga akkoord. Op één voorwaarde. Tweehonderdvijftigduizend nu. De rest wil ik maandag.’

Dierickx was best bereid hem het geld te geven, maar hij gunde de verwende melkmuil het genoegen van de totale overwinning niet.

‘Honderdduizend nu, de rest maandag’, zei hij resoluut.

‘Waar spreken we af?’

‘Zeg jij het maar.’

‘Ik bel je morgen’, zei Tom.

‘Geen probleem.’

Boven de koelkast hing een rekje met glazen en asbakken dat je naar boven kon schuiven. Erachter zat een brandkast. Dierickx vormde de code en trok de zware deur open. Er lagen bundels met biljetten van tweehonderd euro. Hij nam er vijf en stopte ze in een grote bruine envelop. Tom deed geen moeite om de inhoud van de envelop te controleren. Hij wist dat Dierickx hem niet zou bedriegen. Daarvoor was de inzet te hoog.

‘Geef mama een zoen van mij’, zei hij. ‘En naai haar daarna eens lekker in haar reet.’

Dierickx knikte bescheiden. Na de transactie van vanavond kon het hem geen moer schelen wie haar nog naaide.

12

The Sons of Harley kwamen een keer per week samen in hun clubhuis. In het begin van de avond ging het er meestal redelijk deftig toe, maar dat veranderde gauw wanneer de vrouwen genoeg hadden gedronken en op de tafels begonnen te dansen. Van In en Versavel kwamen binnen op het ogenblik dat een van de meisjes, een rosse stoot met een kont waarop je een tent kon neerpoten, met haar topje stond te zwaaien. Steven David, die hen had zien binnenkomen, kwam bij hen staan terwijl hij met een scheef oog naar de danseres bleef kijken die aanstalten maakte om haar bh uit te trekken. Hij grijnsde, maar dat was schijn. De onverwachte entree van de flikken maakte hem behoorlijk zenuwachtig. Van In had immers beloofd dat hij de broeders met rust zou laten en Tom op straat zou laten oppakken.

'Zijn jullie gek geworden?'

Steven David slaagde er amper in de snoeiharde muziek te overstemmen, maar de blik in zijn ogen sprak voor zich. Hij pakte Van In bij de arm en troonde hem mee naar een slecht verlichte hoek van het lokaal waar het iets rustiger was en waar ze uit het zicht stonden.

'Het is halftwee en hij is nog steeds niet komen opdagen', schreeuwde Van In. 'Ben je er wel zeker van dat hij komt?'

De mannen van het Cobra-Team waren om zeven uur gearriveerd. Ze hadden zich verdekt opgesteld en geduldig gewacht op Tom Vandecasteele, die volgens Steven David om een uur of tien zou arriveren. Ze stonden er nog.

'Ik begrijp het ook niet', zei Steven David.

Van In stak een sigaret op en keek naar de rosse stoot, die ondertussen haar bh had uitgetrokken. Gelukkig zag hij alleen haar naakte rug en de wiebelende vetrolletjes op haar heupen. Toen de mannen 'meer tetten' begonnen te scanderen, kreeg ze gezelschap van een fraaier exemplaar, een meisje van een jaar of vijfentwintig met lang bruin haar en fraai gevormde benen. De kerels aan de bar begonnen te huilen als wolven omdat ze wisten dat Heet Konijn, zo heette het meisje, verder ging dan de Rosse als ze gedronken had. Het was de eerste keer niet dat een opzwepend dansnummer in een wilde gangbang was uitgemond.

'Tom heeft misschien onraad geroken', zei Versavel.

Hij had niet veel op met de macho's van het Cobra-Team. Ze hadden al vaker een operatie verknoeid door hun wagens op de verkeerde plaats te parkeren of te opzichtig met hun wapens te staan zwaaien, waardoor iedere toevallige voorbijganger onmiddellijk wist wat er aan de hand was. Tom Vandecasteele was geen dwaas. De kans was groot dat hij hen had opgemerkt en stilletjes ervanonder was gemuisd.

'Ik zou niet weten waarom hij niet zou komen opdagen. Hij voelt zich veilig bij de broeders.'

Steven David haalde zijn schouders op. Hij begreep echt niet waarom Tom niet was teruggekomen. De politie zocht hem. Het clubhuis was de enige plek waar hij veilig was.

'Oké', zei Van In. 'Dan wachten we nog even. Kunnen we ondertussen iets drinken?'

'Natuurlijk.'

Steven David liep met een bang hart naar de bar, maar niemand vroeg hem wie de vreemde snuiters waren of wat ze kwamen doen. Ze stonden zich allemaal te vergapen aan de dansende meiden, die niet veel meer om het lijf hadden. De Rosse had alleen nog een slipje aan, Heet Konijn was naakt op een paar bierviltjes na die ze voor haar borsten hield. Van In draaide zijn hoofd instinctief in haar richting. Zelfs Versavel kon het niet laten om te kijken. Er viel toch niets anders te beleven.

'Ik heb trek in een kop koffie', geeuwde Van In.

Steven David liet zich op een stoel neerploffen en stak een sigaret op. Hij voelde zijn benen niet meer, zijn hoofd woog meer dan tien kilo en zijn maag schreeuwde om voedsel. De bittere rook van de sigaret deed hem hoesten en veroorzaakte een zure opstoot in zijn maag. Versavel trok de deur achter zich dicht. Hij kwam net uit het toilet waar hij zich had opgefrist. Overal lagen stoelen, de meeste tafels stonden op hun kop. Plassen bier op de grond droogden langzaam op. Het feest was eindelijk voorbij. De meiden hadden gestript, de jongens hadden zich in het openbaar laten bevredigen alsof het de normaalste zaak van de wereld was. Daarna waren ze op de vuist gegaan, maar ook dat was goed afgelopen. Alleen, Tom Vandecasteele was niet komen opdagen.

'We kunnen misschien ergens gaan ontbijten', zei Versavel.

Hij was de stank van verschaald bier en sigaretten grondig beu. En buiten scheen de zon. Ze konden er beter van profiteren.

'Ik denk dat ik naar huis ga', zei Steven David met een dubbele tong.

Zijn gezicht was gezwollen en zijn ogen stonden rood. Zijn leren jekker zat onder de biervlekken en de rits van zijn broek stond nog half open van de gangbang. Van In stak een sigaret op en volgde de rook die zich boven zijn hoofd in slierten verspreidde. Hij had behoorlijk veel gedronken en zijn knieën deden pijn van het lange staan. Zijn hoofd echter was fris. Wat was er in godsnaam misgelopen? Waarom was Tom niet teruggekeerd naar zijn schuilplaats? Had iemand hem gewaarschuwd, of had Steven David hen voor schut gezet? Hij haalde zijn mobieltje uit zijn binnenzak en belde Hannelore, die zich nu waarschijnlijk al ongerust maakte dat hij er niet was. Het duurde een tijdje voor ze opnam.

'Hallo schat. Gaat alles goed met je?'

Hij hoorde haar hortende ademhaling.

'Ik was nog boven', zei ze.

De kinderen keken haar met vragende ogen aan. Mama zag er bleekjes uit. Ze was al twee keer ijlings naar boven gerend en had rare geluiden gemaakt op het toilet, maar ze bleef glimlachen wanneer ze haar vroegen wat er aan de hand was.

'Het gaat toch goed met je?'

'Dat zou ik jou moeten vragen, Van In.'

Hij vertelde haar in een paar woorden wat er gebeurd was en verontschuldigde zich dat hij zo lang had gewacht om te bellen.

'Ik wilde je vannacht niet storen', zei hij. 'Je slaapt de laatste tijd al zo slecht.'

Hannelore haalde haar vingers door haar vettige haar. Ze voelde zich leeg en smerig. Het kon haar eigenlijk weinig schelen of hij bezorgd was of niet. Ze vond het zelfs niet erg dat hij de hele nacht was weggebleven. Zonder zijn gesnurk had ze eindelijk eens kunnen doorslapen.

'Ben je nog in Oostende?'

'Ja.'

'Blijf je daar?'

'Ik denk het wel. Maar ik ben in ieder geval voor zes uur thuis om me te verkleden. We zijn vanavond uitgenodigd op een feestje', voegde hij eraan toe voor ze kon vragen waarom hij zich kwam verkleden. 'Zorg jij voor opvang voor de kinderen?'

Ze voelde zich nog zo slecht dat ze automatisch ja zei. Het was pas toen hij ophing dat ze besefte wat ze beloofd had.

'Zo', zei Van In. 'Dat is dan geregeld.'

Hij gooide zijn opgerookte sigaret in een plas bier die nog niet volledig opgedroogd was en volgde Versavel naar buiten. De vroege ochtendzon gaf amper warmte en de koele bries die van over de zee kwam, deed hem rillen, maar de frisse lucht gaf hem nieuwe energie. Ze ontbeten aan de Visserskaai, in een chique tent die Steven David hun had aanbevolen.

'Je kunt niet zeggen dat onze vriend geen smaak heeft', zei Versavel toen de kelner hun een kom met vers fruit voorzette.

Van In knikte, hoewel hij meer oog had voor een schotel met fijne vleeswaren en een vlootje met goudgele boter.

'De koffie is in ieder geval verrukkelijk', smakte hij.

Er stonden nog een schaal met gerookte vis en een mand met wel zes soorten brood. Het bestek was verzilverd en het servies droeg het stempel van Villeroy & Boch. De rekening was bijgevolg navenant, maar dat kon Van In niet schelen. Versavel betaalde. Ja, het leven kon aangenaam zijn. Het werd nog beter toen Zlotkrychbrto belde met de mededeling dat hij hem dringend wilde zien. Ze spraken af in het buffet van het station, omdat Zlots auto defect was en hij noodgedwongen de trein moest nemen.

Annie Duprez droeg alleen een badjas en slippers. Ze had net gedoucht. Haar blonde haar was nog kletsnat. Ze stak een sigaret op en blies de rook nonchalant voor zich uit. Haar grote blauwe ogen volgden twee meeuwen die hoog boven haar hoofd op de thermiek voorbij zeilden. Ze snoof de jodiumrijke lucht op, zuchtte diep en drukte de sigaret die ze pas had opgestoken met een verveeld gebaar uit in een koperen asbak, die ze nog van Filip cadeau had gekregen. Roken was een vervelende verslaving waar ze vanaf wilde. Ze wilde vrij zijn. Op ieder gebied. Ze keek weer naar de asbak en de samengedrukte sigaret. Ze dacht aan Tom die in de kamer ernaast lag te slapen. Tom met zijn peilende blik en zijn grote, lieve handen. Ze herinnerde zich hun eerste ontmoeting als de dag van gisteren. Hij had eerst fijntjes naar haar geglimlacht en was haar daarna een hele tijd met zijn ogen blijven volgen terwijl ze de klanten bediende. Wees op je hoede voor die kerel. De klanten van het Végeetje hadden haar meer dan eens voor hem gewaarschuwd, maar ze was uiteindelijk op zijn avances ingegaan. Hij had haar meegenomen naar De Karmeliet in Brugge, waar ze ongelooflijk lekker hadden gegeten. Daarna waren ze tot het krieken van de dag in een bruine kroeg blijven kletsen. Ze hadden afscheid genomen met een kuise zoen, maar de tweede keer dat ze elkaar ontmoetten, had hij een kamer gehuurd in een vijfsterrenhotel. Hij brandde van verlangen; zij was er klaar voor. Ze hadden de liefde bedreven zoals nooit tevoren. Sindsdien was ze smoorverliefd op hem. Daar zou niets of niemand iets aan veranderen.

'Goedemorgen, schat.'

Tom zag er beroerd uit, maar zijn glimlach en zijn slungelachtige gedrag maakten veel goed. Ze liet zich zoenen, maar hield haar lippen stijf op elkaar toen hij meer wilde. Hij had vannacht genoeg gekregen, vond ze.

'Ik ben blij dat je weer nuchter bent.'

Ze pakte de thermoskan, schonk een kop koffie in en reikte hem de suiker aan.

'En ik ben blij dat Heet Konijn me gisteren gewaarschuwd heeft dat de flikken me in een hinderlaag wilden lokken. Anders zat ik nu in de cel.'

‘Wie had kunnen denken dat Steven je zou verraden?’

‘Steven David is altijd een schijtluis geweest’, viel Tom uit. ‘Ik had hem nooit in vertrouwen mogen nemen.’

Het ontbijt was niet zo copieus als dat van Van In en Versavel, maar het zag er daarom niet minder smakelijk uit. Het was alleen jammer dat de zon, die snel aan kracht begon te winnen, de boter in het vlootje deed smelten. Annie kon het niet laten. Ze stak een nieuwe sigaret op terwijl ze naar de smeltende boter keek. Zo is het ook met ons gesteld, dacht ze. Onze relatie is gedoemd om te weg te smelten, net als boter in de zon.

‘Je bent dus echt van plan om het bedrijf over te dragen aan die...’

Ze maakte de zin bewust niet af, omdat het woord dat ze in gedachte had te zwak was om haar weerzin voor Dierickx uit te drukken.

‘De notaris regelt alles zodra de kust veilig is.’

Tom sopte een boterham met kaas in de hete koffie en wachtte even tot de kaas begon te smelten voor hij hem er weer uit haalde.

‘Ben je niet bang dat hij de politie belt? Of ben je vergeten dat je gezocht wordt?’

‘De notaris knijpt wel een oogje dicht. Het gaat tenslotte om veel geld en je weet toch dat notarissen het net als advocaten niet te nauw nemen als er veel geld mee gemoeid is. Bovendien zijn hij en Dierickx allebei lid van de Rotaryclub. Die kerels houden elkaar altijd de hand boven het hoofd.’

‘Je doet maar’, zei ze mat.

Ze kon de ontgoocheling in haar stem moeilijk verbergen, maar wat moest ze zeggen? Dat Tom het levenswerk van hun vader voor een bord linzensoep aan het verpatsen was? Ze hadden er vannacht uitgebreid over gediscussieerd.

Tevergeefs. Tom had geen zin om de leiding van het bedrijf op zich te nemen. Hij was alleen geïnteresseerd in het geld dat Dierickx hem had aangeboden en in de blauwdrukken van de garnaalpelmachine, omdat die nog meer geld zouden opbrengen. Rien Waardeloos had hem er een miljoen euro voor beloofd.

'Waarom kom je niet met me mee? Met vijfhonderdduizend euro kom je in Thailand een heel eind.'

'Dan moet ik mama in de steek laten.'

'We kunnen haar toch meenemen.'

Het klonk zo gek nog niet. Nu papa dood was had ze niets meer dat haar bond.

'Wie weet doet ze het wel.'

Annie legde haar arm om zijn schouders. De aanraking deed het vuur in haar lichaam hoog oplaaien, een bewijs dat ze hem nooit zou kunnen loslaten. Ze haalde hem stevig aan en legde haar hoofd op zijn schouder.

'Papa wenste dat jij gelukkig zou worden', zei ze. 'Wie ben ik om die wens niet te respecteren?'

Het klonk een beetje pathetisch. Zoiets gebeurt vaker bij verliefde mensen. De wereld om hen heen vervaagt en hun waarnemingen beperken zich uitsluitend tot het universum dat ze zelf gecreëerd hebben. Annie kon zich niet langer beheersen. Ze nam zijn hoofd tussen haar handen en drukte haar lippen op zijn mond. Toen stond de tijd stil.

In het stationsbuffet stond een groepje Britse jongeren bier te hijsen. Ze maakten veel lawaai, tot grote ergernis van een gepensioneerde ambtenaar die aan een tafeltje bij de uitgang zijn krant zat te lezen, maar ze vielen niemand lastig. Sommige stationsgebouwen hebben een zekere charme. Het station van Oostende behoorde daar zeker bij. Tenminste, dat vond Van In, die vroeger vaak stationsbuffetten bezocht omdat je er lekker en goedkoop kon eten. Het was ook een beetje reizen. Je kwam er mensen van allerlei pluimage tegen en er heerste een zekere nervositeit.

'Ik denk dat ik maar weer eens een Duvel neem.'

Versavel wierp een blik op zijn horloge. Het was tien voor tien. Er was blijkbaar voor alles een tijd. Zo stond het toch in het boek Prediker.

'Bestel er dan maar twee', zei hij.

Van In keek hem ongelovig aan, maar toen hij Zlotkrychbrto zag binnenkomen begreep hij wat Versavel bedoelde.

'Hij is in ieder geval op tijd.'

De Poolse wetsdokter had zich nooit kunnen aanpassen aan het westerse stiptheidssyndroom, zoals hij het noemde, hoewel hij al meer dan vijf jaar in Vlaanderen woonde en al honderden afspraken in het honderd had laten lopen. Er zijn ook veel dingen die goed aflopen als een mens te laat komt, was het argument waarmee hij criticasters de mond snoerde. Mannen die te laat thuiskomen, betrappen zelden hun vrouw met een minnaar, was een van zijn geliefkoosde voorbeelden om te bewijzen dat hij gelijk had.

'Het zou me niet verbazen dat hij nog een afspraak heeft', zei Van In. 'Eentje dat hij niet mag missen.'

Zlotkrychbrto was geen schoolvoorbeeld van echtelijke trouw. Iedereen die zijn vrouw ooit had gezien, had daar begrip voor.

'Hoi, Pjetr.'

Van In liet zijn hand gewillig tot moes pletten. Hij bleef zelfs breed glimlachen toen de pijn tot in zijn elleboog schoot. Hij had immers ondervonden dat Zlotkrychbrto nog harder kneep als je op een of andere manier liet blijken dat het pijn deed. Versavel had zijn lesje allang geleerd. Hij beperkte zich tot een knikje.

'Weet iemand hoe ik in de Verlaatstraat kom?'

'Is het een blondine of een brunette?' vroeg Van In geamuseerd.

'Geen idee', grolde de Pool. 'Ik weet alleen dat ze tweeëndertig is en dat een man van mijn leeftijd tegenwoordig niet te kieskeurig mag zijn. Nietwaar, Versavel.'

'De gustibus non disputandum est.'

'Wat zegt hij?'

'Dat er over smaken niet te redetwisten valt', zei Van In.

'Et coloribus', glimlachte Versavel.

Zlotkrychbrto droeg een schreeuwerig hemd dat hem jonger moest laten lijken. Het was net andersom. Hij zag er belachelijk uit, zeker met lichtgroene sokken aan. Eigenlijk kon niemand daar iets aan veranderen. Zlotkrychbrto was niet bepaald een adonis, ook niet met mooie kleren aan. De ober, die het gesprek had gevolgd, kon een glimlach niet onderdrukken. Hij prikte de rekening op een houten blokje en maakte zich haastig uit de voeten. Van In ontfermde zich gretig over zijn Duvel. Hij wachtte niet tot de schuimkraag gezakt was om ervan te proeven. Hij dronk het glas in één teug halfleeg. Zlotkrychbrto deed nog beter. Hij riep de ober terug, nog voor deze een andere bestelling kon opnemen, en gaf prompt een tweede rondje.

'Ik moet mijn eerste conclusie nuanceren', zei hij met enige tegenzin. 'Danny Vandecasteele heeft eerst een hartinfarct gehad en is pas daarna doodgevroren.'

'Maakt dat enig verschil?'

'Voor mij wel.'

Zlotkrychbrto liet het resterende bier rondwalsen voor hij het glas aan zijn lippen zette en leegdronk.

'De man was hoe dan ook ten dode opgeschreven', zei hij. 'De meeste van zijn hartslagaders waren voor bijna honderd procent verstopt en zijn lever was zo goed als volledig versteend', voegde hij er bloedernstig aan toe.

'De autopsie spreekt het medisch dossier dus tegen?' zei Van In.

'Inderdaad.'

'Heb je contact opgenomen met zijn huisarts?'

'Wat denk je, Pjetr? Dat ik een groentje ben?'

Van In maakte bewust geen allusie op de sokken van Zlotkrychbrto. Er was een tijd voor grapjes en er was een tijd voor ernst, zoals Versavel placht te zeggen. En hij wilde zijn vriend niet op stang jagen door hem in het openbaar belachelijk te maken.

'Danny Vandecasteele was in ieder geval geen hypochonder', grijnsde Zlotkrychbrto. 'Volgens zijn huisarts was het meer dan tweeëntwintig jaar geleden dat hij nog bij hem op consultatie was geweest. Voor een druiper die hij in Schotland had opgelopen. Sindsdien zagen ze elkaar alleen nog in hun stamkroeg.'

'Dat doet nu even niet ter zake, Zlot.'

Danny Vandecasteele was gestorven omdat iemand hem in een diepvriescel had opgesloten. Of hij nu aan een hartinfarct bezweken was zoals de autopsie had uitgewezen of gewoon doodgevroren was, kon hem eigenlijk niet veel schelen, maar hij wilde zijn vriend niet kwetsen in zijn beroepseer.

'Ik ben blij dat we nu de juiste doodsoorzaak kennen', zei hij. 'Maar dat verandert niets aan het feit dat hij vermoord werd.'

Versavel voelde zijn mobieltje trillen in zijn binnenzak. Hij liep naar buiten, waar de verbinding beter was. Van In wilde hem achternalopen omdat hij zin had in een sigaret, maar dat zou Zlotkrychbrto niet kunnen appreciëren. Dus bestelde hij nog twee Duvels en een koffie voor Versavel.

'Je hebt toch nog tijd voor een Duveltje?' zei hij met een knipoog. 'Of moet je op tijd in de Verlaatstraat zijn?'

‘Maak je geen zorgen, Pjetr. Haar man werkt tot zes uur. Bij de lokale politie nota bene.’

‘Dat meen je niet.’

Hij dacht aan Hannelore, maar zette de gedachte dat zij ook iedere dag de kans had om hem te bedriegen, onmiddellijk van zich af. Hij voelde zich zelfs beschaamd dat hij haar van zoiets durfde te verdenken.

‘Het was de chef’, zei Versavel, die ondertussen weer was binnengekomen. ‘Hij wilde jou spreken. Ik heb hem gezegd dat je druk bezig was.’

‘En?’

‘De mannen van de sectie drugs hebben gisteravond een inval gedaan in de villa van een kunsthandelaar.’

‘Hebben wij daar iets mee te maken?’

‘Ik denk het wel’, zei Versavel. ‘De kunsthandelaar in kwestie is geen onbekende. Hij heeft een galerie in Knokke.’

‘Toch niet die kerel die het werk van Tom Vandecasteele probeert te slijten?’

Versavel knikte.

‘En er is meer. Je raadt nooit wie er naakt in het zwembad lag te ploeteren. Maya Piers, de dochter van je weet wel wie.’

De collega’s van de sectie drugs hadden er niet alleen Maya aangetroffen. Ze hadden in het totaal veertien jongens en meisjes gearresteerd, van wie er vier minderjarig waren, en ze hadden een vrij grote hoeveelheid speed en cocaïne in beslag genomen.

‘Dat ziet er niet goed uit voor onze vriend’, zei Van In.

Robert Piers was zijn beste vriend niet, maar wat hem met zijn dochter overkwam, wenste hij zijn ergste vijand niet toe.

‘Heeft iemand Maya Piers al verhoord?’

Versavel knikte opnieuw.

‘Ze kocht het spul bij Tom,’ zegt ze.

‘Waar is ze nu?’

‘Thuis. Piers heeft hemel en aarde bewogen om haar vrij te krijgen.’

‘Dan moeten we haar maar eens een bezoekje brengen. Ik ben benieuwd wat ze te vertellen heeft.’

Roken schaadt de gezondheid en je gaat er wellicht na een tijdje van dood, maar rokers blijven tenminste functioneren. Ze betalen zelfs belasting op hun verslaving. Maya zat met opgetrokken knieën ineengedoken op de bank. Ze beefde als een riet en ze was amper in staat om een woord uit te brengen. Sommige jonge drugsgebruikers slaagden erin hun verslaving te overwinnen, andere gingen er hopeloos onderdoor. Maya had al een hele weg afgelegd. Ze woog amper vijfenveertig kilo, haar wangen waren ingevallen en haar ogen keken dof voor zich uit.

‘Heb je dan niets gemerkt?’ vroeg Van In.

Berten Piers zat aan de keukentafel. Zijn gezicht leek uit steen gehouwen. Vannacht was zijn hele leven de revue gepasseerd. En wat voor een leven.

‘Ik dacht dat ik haar op andere gedachten zou kunnen brengen’, zei hij mat. ‘De meeste jongeren roken wel eens een joint.’

Van In knikte. Hij had natuurlijk kunnen zeggen dat ieder normaal mens kon zien dat Maya aan de cocaïne was, maar hij zweeg. Vaders nemen hun dochters altijd in bescherming. Hij had waarschijnlijk net hetzelfde gedaan.

‘Wist je dat Maya met Tom omging?’

‘Nee.’

‘Tiens’, zei Van In. ‘Ik dacht nochtans dat jij hem kende.’

‘Ik ben Maya niet.’

Het klonk geïrriteerd.

‘Je hebt het niet echt op Tom begrepen. Of vergis ik mij?

Het scheelde niet veel of je schoot hem neer toen hij op de Maritieme Site probeerde te ontsnappen. Ik heb toen je staat van dienst laten natrekken. Je schuwt geweld niet en ik begrijp dat je voor je dochter opkomt als ze in gevaar verkeert, maar soms kan een mens te ver gaan en dingen doen waarvan hij later spijt krijgt.'

Van In wendde zich met een dramatisch gebaar tot Versavel .

'Wat denk jij, Guido? Hoe zou ik reageren als iemand mijn dochter aan de rotzooi zou helpen?'

Versavel trok een ernstig gezicht en sperde zijn ogen wijd open om zijn gespeelde verontwaardiging nog meer te benadrukken.

'Ik zou niet in die kerel zijn schoenen willen staan', zei hij, terwijl hij ostentatief en met opzet – hij begreep waar Van In naartoe wilde – zijn hand op zijn holster legde.

Piers was een ervaren politieman. Hij kende de trucjes om een verdachte murw te maken en hem dingen te laten zeggen die hij niet wilde zeggen, maar de slapeloze nachten en de bezorgdheid om zijn dochter vertroebelden zijn denkvermogen. Toen hij begon te knikken als een willoos kind, deed Van In er nog een schepje bovenop.

'Rechters hebben tegenwoordig begrip voor dit soort situaties', zei hij. 'Ouders die het recht in eigen hand nemen, komen meestal vrij met een voorwaardelijke straf. Als iemand mijn dochter een haar zou krenken, aarzelde ik geen ogenblik.'

'Je hebt gelijk', zei Piers. 'Iemand moet het vuile werk opknappen.'

'Je wist het dus van Tom?'

Van In kreeg medelijden met zijn collega. De carrière van Piers was niet over rozen gegaan, zeker niet toen zijn vrouw hem in de steek had gelaten en hij zwaar was beginnen te drinken. Het had niet veel gescheeld of hij was ontslagen. Gelukkig had de hoofdcommissaris bij de burgemeester een goed woordje voor hem gedaan. Maya was het enige wat hij nog had.

'Ik ben een weeskind, Van In. Ik heb mijn ouders nooit gekend', zei Piers met een gebroken stem. 'Tom is een rijkeluiskind. Hij heeft een eigen appartement en alles wat zijn hart verlangt. Hij heeft alles wat ik destijds heb gemist en toch is hij niet tevreden. En dan probeert hij mijn dochter in de vernieling te helpen. Een mens zou voor minder een moord begaan.'

'Of een atelier in brand steken', zei Van In.

Het was een gok, een goede gok blijkbaar, want Piers sprak hem niet tegen. Hij haalde gewoon zijn schouders op.

'Zoals je net zei, Van In. Rechters hebben tegenwoordig begrip voor dit soort situaties.'

'En het gebouw was goed verzekerd', voegde Van In er luchtig aan toe.

De brand had hem al heel wat hoofdbrekens gekost, omdat hij geen enkel argument kon bedenken waarom iemand het atelier van Tom in brand zou willen steken. De brand en de vraag wie het had gedaan vormden een obstakel dat het onderzoek onnodig had bemoeilijkt. Hij was blij dat die zaak eindelijk was opgelost.

Piers keek hem ongelovig aan.

'Waarom heb je me dan niet beschuldigd?' vroeg hij ontdaan.

Van In voelde zich niet geroepen om alles uit te leggen. Bovendien was hij te trots om toe te geven dat zijn conclusie gebaseerd was op een gok.

'Er zijn belangrijker dingen dan een brand', zei hij nonchalant.

Hij stak een sigaret op en ging bij Piers aan tafel zitten.

Versavel volgde zijn voorbeeld, terwijl hij zich afvroeg waarom Van In hem nooit had verteld dat hij wist wie de brand had aangestoken. Zoiets was hij niet van hem gewoon.

'Ik weet niet hoe ik je moet bedanken, Van In. Sorry dat ik jullie verkeerd heb beoordeeld.'

'Een Duvel kan veel goedmaken, vriend.'

Van In gaf zijn collega een schouderklopje. Hij was er zeker van dat hij zijn vertrouwen niet meer zou beschamen.

'Over Maya hoef je je ook geen zorgen meer te maken', zei hij. 'Het komt wel goed met haar. Nietwaar, Maya. Kom erbij zitten, meid. Ik weet zeker dat je vader niet meer boos op je is.'

Het duurde even voor ze opkeek, maar toen ze haar vader zag glimlachen, stond ze op en kwam schoorvoetend dichterbij. Het blijven kinderen, zelfs op die leeftijd, dacht Van In. Het drugsprobleem was er niet mee opgelost, maar met een beetje wederzijds begrip zou alles wel goed komen. Hoewel Van In nu in een sterke positie verkeerde en dit waarschijnlijk het geschiktste moment was om haar te verhoren, stelde hij haar geen vragen over Tom.

'Ik wist niet dat jij ook een weeskind bent', zei hij terwijl Piers de Duvels inschonk.

'Ik was amper drie jaar toen mijn moeder stierf. En mijn vader heeft nooit naar me omgezien.'

Maya zette grote ogen op.

'Dat heb je me nooit verteld', zei ze ontzet.

'Misschien begrijp je nu waarom ik zo met je begaan ben, schat.'

Piers nam een slok Duvel, terwijl hij zich afvroeg wat er van hem zou zijn geworden zonder Georgette Duprez, de vrouw die hem al de liefde had geschonken die zijn moeder hem niet had kunnen geven. Ze had hem opgevoed en ervoor gezorgd dat hij bij de politie was gekomen. Zij had hem getroost toen zijn eerste vrouw hem in de steek had gelaten en ze had zelfs een tijdje op Maya gepast toen hij geen opvang voor haar vond, hoewel ze toen al bijna zeventig was.

'Ik heb geluk gehad', zei hij. 'Dat er nog mensen zoals Georgette bestaan.'

Georgette Duprez was een begrip in Oostende, bijna een heilige. Zelfs de meest doortrapte cynicus sprak haar naam met ontzag uit. Niemand wist over hoeveel kinderen ze zich de afgelopen decennia had ontfermd.

'Sommige van haar pleegkinderen dragen zelfs haar naam.'

Hij aarzelde even. De Brugse flikken hadden hem uit de wind gezet, hij had geen zin meer om hen nog langer te dwarsbomen.

'De naam Duprez is jullie wellicht niet onbekend', zei hij met een trieste glimlach.

'Bedoel je daarmee dat jij en Annie dezelfde pleegmoeder hadden?'

'Dat bedoel ik inderdaad, commissaris.'

Van In had het huis van Annie Duprez onder surveillance laten plaatsen, maar als hij de verslagen mocht geloven, was ze nog niet thuis geweest, hoewel ze dinsdag met het vliegtuig uit Venetië was vertrokken.

'Ik neem aan dat u het adres van mevrouw Duprez kent?'

'Uiteraard. En doe haar de groeten van ons allebei. Ik heb haar al een tijdje niet meer gehoord of gezien.'

Piers pakte een stukje papier, schreef het adres van Georgette Duprez erop en gaf het aan Van In, die hem met een hoofdknikje bedankte.

'Zo is dat probleem ook opgelost', zei Versavel toen ze weer buiten stonden.

Van In stak een sigaret op, blies de rook voor zich uit en krabde de onderkant van zijn kin.

'Dat weet ik nog zo zeker niet', zei hij nadenkend. 'Ik heb Saskia gisteren gevraagd het tijdsgebruik van Piers na te trekken.'

'En?'

'Hij was niet in Oostende op het ogenblik dat Vandecasteele vermoord werd.'

'Dat zeg je nu pas', reageerde Versavel verontwaardigd.

Van In haalde zijn schouders op.

'Je kunt ook niet alles doen, Guido.'

De buurvrouw van Georgette Duprez deed nooit open voor mensen die ze niet kende. Ze deed het dit keer wel omdat de twee mannen eerst bij Georgette hadden aangebeld. Wie weet waren ze familie van haar. Ze schrok zich een hoedje toen Van In zich voorstelde.

'Georgette is er momenteel niet', zei ze in haar mooiste Nederlands, toen Van In vroeg hoe ze contact met haar konden opnemen en dat het nogal dringend was. 'Ze is eergisteren opgenomen in het ziekenhuis. Met een hersenbloeding. Volgens de dokter gaat het niet goed met haar. Ze is verlamd en ze kan niet meer spreken.'

Van In wierp een veelbetekenende blik naar Versavel en bedankte de buurvrouw voor haar medewerking.

'Nu heb ik er echt genoeg van', zei hij toen ze in de auto stapten. 'Het lijkt wel of de duivel zich ermee bemoeit.'

13

Rijkeluizen putten geen genoegen uit het feit dat ze meer bezitten dan een ander, ze laden zich op met de begeerte van diegenen die hen erom benijden. Rien Waardeloos organiseerde om die reden iedere maand een feestje waarop hij behalve vrienden en kennissen ook gewone mensen uitnodigde, zodat die zich konden vergapen aan de luxeproducten waarmee hij zijn biotoop had volgestouwd. Van In deed bijgevolg alsof hij de pentekening van Botero in de hal niet herkende en hij zei evenmin iets over het Fabergé-ei in de vitrinekast. Hij had immers iets waarvan Waarloos alleen maar kon dromen. Ze stond naast hem en ze zag er ongelooflijk aantrekkelijk uit.

'Mag ik u mijn vrouw voorstellen', zei hij met een hooghartig glimlachje toen Rien Waardeloos hen kwam begroeten.

Hannelore droeg een lange nauwsluitende jurk met een decolleté dat zelfs Versavel niet onberoerd had gelaten. Waardeloos kon niet verhullen dat hij onder de indruk was van haar verschijning. Zijn ogen puilden als gloeilampen uit hun kassen.

'Enchanté, madame.'

Waardeloos maakte een buiging en probeerde haar hand te kussen. Hannelore liet zich niet overdonderen. Ze trok haar hand discreet terug. Hij keek haar even verongelijkt aan, maar drong niet verder aan. Vrouwen waren voor hem pas interessant als ze deden wat van hen verlangd werd. Hij verontschuldigde zich met een gemaakt glimlachje en mengde zich tussen de andere gasten.

'Je hebt me niet verteld dat het er zo aan toe zou gaan', zei ze toen Waardeloos buiten gehoorsafstand was.

'Wat had je gedacht? Dat we ons hier zouden amuseren?'

'Je keek er in ieder geval naar uit.'

'Schijn bedriegt, Hanne. Dit is werken.'

'Zegt de koning als hij 's ochtends een eitje aantikt.'

Een als lakei verklede ober hield hun een verguld dienbord voor. Van In pakte twee glazen champagne en gaf er een aan Hannelore.

'Dom Pérignon. Ik had niets anders verwacht bij Waardeloos.'

'Ik ook niet', zei Hannelore. 'Dom is hij in ieder geval.'

Ze nipte van de voortreffelijke champagne. Ondertussen keek ze om zich heen naar de andere gasten, die in groepjes met elkaar stonden te kletsen. De meeste heren hadden grijs haar. Ze waren zonnebankbruin en droegen keurige pakken. De dames, meer dan de helft was boven de zestig, lieten meer bloot vlees zien dan esthetisch verantwoord was. Hun fel opgemaakte gezichten stonden strak van de botox.

'Je lijkt wel een orchidee in een aardappelveld', zei Van In, die ook aan het rondkijken was.

Ze glimlachte. Een compliment deed altijd goed, maar hij moest ook niet overdrijven.

'En jij zou op Tom Cruise kunnen lijken als je wat minder Duvel dronk.'

Op een van de tafels, een creatie van een wereldberoemde ontwerper, stond een enorme schaal met Beluga-kaviaar. Je kon zien dat het Beluga was. Het lege blik stond ernaast. Zo zijn Hollanders nu eenmaal.

'Ken je hier iemand?'

'Dierickx en Sylvie Adriaenssen zijn er.'

Het paar stond bij het raam. Dierickx was in een druk gesprek gewikkeld met een kalende man met aristocratische trekken. Zij rookte een sigaret.

'Wat doen we?'

Hannelore had een hekel aan feestjes waar de mannen het over voetbal hadden en vrouwen hun kwaaltjes met elkaar bespraken, maar ze waren pas gearriveerd. Ze konden zich nu nog niet afzonderen.

'De hoofdcommissaris is er ook', zei Van In.

'Geef mij dan maar de visboer.'

De kennismaking met het gezelschap verliep vlot. Dierickx stelde zijn gesprekspartner voor en wenkte een kelner, die onmiddellijk de glazen kwam bijvullen. Het was zijn manier om hun duidelijk te maken dat hij hier ook iets te zeggen had. Hannelore rangschikte hem bij de andere windbuilen die ze eerder op andere feestjes had ontmoet. Ze ging bij Sylvie Adriaenssen staan.

'U bent dus de moeder van Tom?' zei ze met haar glas champagne losjes in de hand.

Er kwam niet veel reactie. Sylvie Adriaenssen kon moeilijk verbergen dat ze zich opgelaten voelde. Het woord 'onderzoeksrechter' riep bij haar nare herinneringen op. Bovendien had ze niet veel zin om over haar zoon te praten. Toch niet met haar. Een onderzoeksrechter verscheen niet zomaar toevallig op een feestje. Eigenlijk was ze gewoon bang om iets verkeerds te zeggen.

'Tom en ik hebben geen contact met elkaar', zei ze, in de hoop dat Hannelore het over een andere boeg zou gooien. Het draaide anders uit.

'Hebt u geen contact met hem of heeft hij geen contact met u?'

'Dat is een lang verhaal, mevrouw', zuchtte Adriaenssen. 'Tom heeft geen gemakkelijke jeugd gehad. Zijn vader was nogal veeleisend, moet je weten. En ik...'

'U was niet sterk genoeg om tegen zijn wil in te gaan?'

'Zo had ik het nog niet bekeken, mevrouw.'

'Ik heet Hannelore. Mag ik je Sylvie noemen?'

Ze knikte, terwijl ze zenuwachtig in haar handtas graaide op zoek naar sigaretten. Hoe moest het nu verder? Ze keek wanhopig naar Dierickx, maar die was druk in gesprek met zijn buurman. Toen er plotseling een jonge vrouw binnenkwam en Waardeloos als een hongerige leeuw naar haar toe vloog, deed Hannelore alsof ze niet merkte dat Van In haar ook had gezien en haar met zijn ogen bleef volgen. Ze nam het hem niet kwalijk. Ze moest zelfs toegeven dat hij smaak had, de jonge vrouw was best knap. Het was alleen jammer dat haar rokje te kort was en de handtas die over haar schouder hing de verkeerde merknaam droeg, want wie liep er tegenwoordig nog met Prada te pronken behalve hoeren en pr-meiden?

'Ook een sigaretje?'

Sylvie hield haar een pakje Kent voor.

'Waarom ook niet?'

Hannelore rookte zelden. Als ze er toch een opstak, was het om de gehersenspoelde massa te laten zien dat ze volwassen genoeg was om zelf te beslissen wat goed of slecht voor haar was. Ze dacht aan Simon en Sarah en aan de gekke wereld waarin ze waren terechtgekomen. Het werd hoog tijd dat er een einde kwam aan de collectieve verkleutering. Ze vond dat haar kinderen beter verdienden dan op te groeien tussen mensen die niet meer in staat waren een eigen mening te vormen. Ze nam kordaat een trek en inhaleerde diep. De rook bezorgde haar een aangenaam tintelend gevoel in haar hoofd.

'Ik vind het in ieder geval vreemd dat Tom na de dood van zijn vader geen contact met jou heeft opgenomen. Je bent tenslotte zijn moeder. Iemand moet de uitvaart toch regelen? En orde op zaken stellen.'

'Dat doet André.'

Ze wees met haar glas in de richting van Dierickx. Een alerte kelner interpreteerde het uitgestoken glas als een verzoek om de glazen bij te vullen. Hij was er als de kippen bij.

'Doe de onze ook nog eens vol', zei Dierickx tegen de alerte kelner.

Daarna wendde hij zich weer tot het gezelschap.

'Het is beter voor het bedrijf dat we alles zo snel mogelijk kunnen afhandelen.'

'Alle documenten liggen klaar', zei de man met de aristocratische trekken.

'Het komt in orde', zei Dierickx met een knipoog. 'Heb je maandag een uurtje vrij?'

'Ik denk het wel.'

'Om hoe laat spreken we af? Om twee uur?'

'Twee uur lijkt me perfect', zei de man met de aristocratische trekken.

Het volume van de muziek die in het begin van de avond niemand stoorde, zwol aan tot bijna iedereen die zich nog verstaanbaar wilde maken, genoodzaakt was om te gaan schreeuwen. Gasten die genoeg gedronken hadden waagden zich aan een dansje. Anderen trokken zich terug in een zijkamer waar een groot buffet stond opgesteld, maar de echte feestvierders trokken naar het dakterras, waar een livebandje zomerse Zuid-Amerikaanse muziek speelde. Olga Naessens, de vrouw met de handtas van Prada, was een van hen. Een paar oudere mannen volgden haar op de voet. Ze wisten dat er straks meer van dat soort vrouwen langskwamen. Rien Waardeloos wist heus wanneer een feestje geslaagd was. Ze aten allemaal uit zijn hand: de plaatselijke bankdirecteur, het stadsbestuur, de notaris, de politie en de kerels van de fiscus. Rijkeluizen pronkten niet alleen met hun welstand, ze waren ook verslingerd aan macht.

'Amuseert u zich een beetje, mevrouw?'

Waardeloos wilde zijn hand op haar schouder leggen, maar Hannelore was hem te snel af. Ze haatte handtastelijke mannen, vooral degenen die vrouwen bepotelen omschreven als een gebaar van vriendschap.

'Wie amuseert zich tegenwoordig niet in het tijdperk van de homo ludens?'

'Ja', lachte Waardeloos een beetje onwennig.

Hij was gewend om met gewone vrouwen te converseren, voor zover hij met vrouwen converseerde tenminste. Hij had geen ervaring met vrouwen die moeilijke woorden gebruikten.

'U bent in ieder geval al goed ingeburgerd.'

'Dat kunt u wel zeggen.'

Op feestjes en recepties worden de meest onbenullige gesprekken gevoerd. Waardeloos had nog een eindje kunnen doorgaan met het debiteren van gemeenplaatsen en Hannelore had die onzin waarschijnlijk gelaten ondergaan, als hij niet dichter bij haar was komen staan. Toen hij zo dicht bij haar stond dat ze zijn adem kon ruiken, kocht ze zich vrij met een smoesje dat altijd werkte. Ze vroeg waar het toilet was.

'Je hebt toch niets losgelaten over Tom?' zei Waardeloos toen ze weg was.

'Natuurlijk niet. Wie denk je wel dat ik ben?'

'Een knappe vrouw die te veel chocolade heeft gesnoept en daarvoor een zware tol heeft betaald.'

Waardeloos legde de nadruk op 'zware' en fixeerde ongegeneerd haar bolle buik. Sylvie Adriaenssen sloeg haar ogen neer. Smeerlap, dacht ze. In haar handtas bewaarde ze een foto die hij vijf jaar geleden van haar had genomen op zijn jacht. Toen ze nog een bikini kon dragen en mannen elke beweging die ze maakte gretig volgden. De klootzak wist hoe erg ze het vond dat ze er niet meer uitzag als toen.

'Ik denk dat ik ook maar eens naar het toilet ga', zei ze.

Ze rechtte haar rug, gooide haar hoofd in haar nek en probeerde haar buik in te trekken. Ze wist niet goed wie ze het meest moest haten: knappe vrouwen of onbeschofte mannen. Waardeloos keek haar na met een spottende blik, maar de uitdrukking op zijn gezicht veranderde toen hij Van In hoorde vragen of Filip Vandecasteele een testament had opgesteld.

'Dat moet u aan de notaris vragen', zei Dierickx.

De man met de aristocratische trekken schraapte discreet zijn keel terwijl hij over de schouder van Dierickx naar Waardeloos keek.

'Je mag commissaris Van In vertrouwen, Jean', zei Dierickx. 'Hij onderzoekt de moord op Filip.'

De notaris haalde zijn schouders op.

'Filip Vandecasteele was een eigenzinnig man', zei hij. 'Ik heb hem tientallen keren aangespoord om een testament op te stellen, maar dat vond hij niet nodig.'

Van In reageerde verbaasd. Mensen die over een zeker vermogen beschikten, deden er meestal alles aan om de successierechten voor de erfgenamen zo laag mogelijk te houden en hun patrimonium zo goed mogelijk te vrijwaren. Filip Vandecasteele was een gewiekste zakenman en hij was bijzonder trots op het bedrijf dat zijn vader en hijzelf hadden opgebouwd. Het was onbegrijpelijk dat hij geen voorzorgen had genomen om zijn zoon te beschermen.

'Dat betekent natuurlijk niet dat er geen testament bestaat', zei de notaris toen hij Van In verbaasd zag kijken. 'Hij kan een andere notaris in de arm hebben genomen of hij kan het zelf opgesteld hebben. Dat laatste is zoals u wellicht weet bijzonder gevaarlijk. Als u begrijpt wat ik bedoel.'

'Wat dachten jullie van een lekker stukje vlees?'

Rien Waardeloos, die zich de hele tijd afzijdig had gehouden, kwam erbij staan, legde zijn arm vriendschappelijk om de schouder van de notaris en kneep er zachtjes in.

'Er is een barbecue op het terras. En jullie zijn allemaal uitgenodigd. Wat moet ik nog meer zeggen?'

Van In vond de tussenkomst van Waardeloos behoorlijk onbeschoft en in normale omstandigheden had hij daar een opmerking over gemaakt, maar hij zei niets omdat de anderen het blijkbaar niet erg vonden. Integendeel, zowel Dierickx als de notaris reageerde enthousiast op het voorstel. Zelfs Sylvie Adriaenssen, die net terug was van het toilet, liet zich niet onbetuigd.

'Ik dacht bijna dat je het vergeten was', zei ze gretig.

Het vooruitzicht op een stevige maaltijd deed haar watertanden. Ze vergat de opmerking die Waardeloos zo-even over haar figuur had gemaakt. De tijd dat mannen haar begeerden was definitief voorbij. Mannen waren lompe egoïsten die maar op één ding uit waren. Ze hoefde er geen meer. Eten was het enige waarvan ze nog kon genieten.

'Dan ga ik jullie voor naar boven', zei Waardeloos, die zelf ook wel trek had in een sappig geroosterde biefstuk.

Ze baanden zich een weg door de opeengepakte massa naar een brede trap die naar het dakterras leidde. De meeste gasten waren dronken. Een vrouw van middelbare leeftijd met lang zwart haar en hoge leren laarzen lag haar roes uit te slapen onder de vleugelpiano. Het niveau van de gesprekken had een absoluut dieptepunt bereikt. Sommige mannen profiteerden van de gelegenheid om de vrouw van hun gesprekspartner te bepotelen. Het leek op een tafereel uit een decadente Italiaanse film die Van In jaren geleden in een obscure bioscoop had gezien, maar waarvan hij zich de titel niet meer kon herinneren. Boven op het terras ging het er gelukkig beschaafder toe. De gasten die deelnamen aan de barbecue zaten aan tafeltjes en converseerden op een normale manier met elkaar, terwijl ze af en toe een slokje van hun wijn namen. Olga Naessens zat aan een tafeltje bij de borstwering, vanwaar ze een prachtig uitzicht had over Oostende. Naast haar zat een kerel van een jaar of dertig met strak achterovergekamd haar en een gouden ketting om zijn hals. Het barbecuestel stond aan de andere kant van het terras onder een geïmproviseerd afdak voor het geval het zou gaan regenen. Op een lange tafel ernaast stonden grote kommen met gesneden groenten en sausjes. Er was ook fruit en gebak.

'Mmm', likkebaarde Sylvie Adriaenssen toen ze de gigantische stukken donker vlees op de rooster zag liggen.

Het zag er allemaal best smakelijk uit. Zelfs Hannelore, die geen grote vleeseter was, liet zich royaal bedienen.

'Smakelijk', zei Waardeloos toen ze allemaal aan tafel zaten.

De geur van geroosterd vlees en Provençaalse kruiden miste zijn effect niet. Nog geen tien minuten later schoven de andere gasten in lange rijen aan. Het deed Van In een beetje denken aan de gaarkeukens van het Leger des Heils. Hij vond het zielig, maar het was nooit anders geweest: wie in staat was de hongerigen te voeden en de dorstigen te laven had de touwtjes in handen. Om macht te kunnen uitoefenen moest een leider mensen tevreden kunnen stellen, en dan nog het liefst diegenen die een zekere invloed hadden. Van In zag de hoofdcommissaris aanschuiven, hij hoorde de naam van de schepen van Openbare Werken vallen en die van de voorzitter van het OCMW. Er waren zo veel invloedrijke mensen op het feest aanwezig dat Van In zich stilaan begon af te vragen wie er de baas was in Oostende.

'Er zijn ook nog scampi en kreeft, mevrouw de onderzoeksrechter.'

Waardeloos stond achter Hannelore. Hij boog zich naar voren en keek onbeschaamd in haar decolleté. Van In reageerde niet omdat hij zich voor een keer de baas voelde. Hij glimlachte alleen maar, tot grote ergernis van Hannelore.

'Dank u', zei ze bits. 'Ik lust geen kreeft.'

André Dierickx schoof zijn dessertbord opzij en stak een sigaret op. Sylvie zat naast hem met een vol bord. Hij had tijdens de maaltijd amper een woord met haar gewisseld, maar zijn afkeurende blik sprak voor zich. Ze had al twee hompen vlees op en minstens een kwart liter saus. Hij zuchtte en hoopte dat alles snel achter de rug was en hij weer een vrij man was.

'Het was in ieder geval lekker', zei Van In, die van de gelegenheid profiteerde om ook een sigaret op te steken.

Het was bijna middernacht toen de eerste gasten aanstalten maakten om naar huis te gaan. Niet omdat het te laat werd of omdat ze zich verveelden, ze vertrokken omdat het eten op was en de drank minder rijkelijk vloeide dan in het begin van de avond. De aasgieren trokken zich discreet terug als kippen na zonsondergang. Zelfs Olga nam geen afscheid van de gastheer. Ze verdween met twee dertigers in haar kielzog.

'Eindelijk.'

Van In keek Hannelore vragend aan.

'Wat eindelijk?'

'Ze is eindelijk weg.'

'Wie?'

'Het blonde wicht van wie je maar niet genoeg kon krijgen. Of denk je dat ik niet gemerkt hebt hoe je haar de hele avond hebt zitten aanstaren.'

'Bedoel je Olga?'

'Meneer kent zelfs haar naam.'

'Ik heb je toch over haar verteld?'

Hannelore prikte een stukje ananas op haar vork en bracht het tergend langzaam naar haar mond. Niemand zei nog een woord. Zelfs Waardeloos wachtte gespannen op wat komen zou, terwijl hij in stilte hoopte dat de discussie over Olga op een fikse ruzie zou uitlopen. Dan kon hij misschien toch een kansje wagen om haar te versieren. Gekwetste vrouwen vormden een gemakkelijke prooi en de onderzoeksrechter hoefde niet onder te doen voor Olga. Ze hadden allebei een goddelijk lichaam.

'Dat is nog geen reden om haar de hele avond te begluren.'

'Begluren, begluren', mopperde Van In. 'Ik hield haar gewoon in het oog.'

'Ik ben niet achterlijk, man.'

Er vormde zich stilaan een groepje nieuwsgierigen om de tafel. Ze kwamen gretig meeluisteren. De mannen die ooit hetzelfde hadden meegemaakt als Van In, stopten hun leedvermaak niet onder stoelen of banken.

'Wie zijn gat verbrandt moet op de blaren zitten', riep er een.

'Plaisir d'amour ne dure qu'un moment', begon een andere te zingen.

De vrouwen kozen resoluut de kant van Hannelore, hoewel de meesten van hen ook niet vrij van zonden waren.

'Mannen denken alleen aan hun pietje', klonk het uit de mond van een knokige vrouw met een metalen brilletje.

Ze had geen borsten en geen heupen en een metaalachtige stem. Kortom, een vrouw aan wie mannen alleen in uiterste nood hun 'pietje' lieten zien. De gedachte deed Van In bijna glimlachen, maar het was allerminst een geschikt moment om te glimlachen. Hij voelde zich als een martelaar in een Romeins amfitheater waar de leeuwen, correctie: leeuwinnen, klaarstonden om hem te verscheuren. Hij keek wanhopig naar Hannelore, die blijkbaar ook geschrokken was van de reactie van haar seksegenoten.

'Waarom heb je me gebeld?' vroeg Olga Naessens. 'En waarom wilde je me beslist hier spreken?'

'Omdat ik me hier veilig voel.'

Zijn stem klonk hol in de betonnen parkeergarage. Hij zette een stap naar voren en keek haar recht in de ogen.

'En je weet toch dat veiligheid voor mij enorm belangrijk is. Ik wil niet dat de politie me oppakt en ik wil niet dat je me verraadt.'

'Waarom zou ik je verraden?'

Olga voelde koude rillingen langs haar ruggengraat naar boven kruipen. Zijn stem klonk vreemd, alsof hij onder de kalmeermiddelen zat. En er schortte iets aan zijn ademhaling. Of verbeeldde ze zich dat maar? Het lag wellicht aan de kille omgeving en aan het geflikker van de neonlampen dat ze zich zo onzeker voelde.

'Omdat ik niet van plan ben om te betalen', klonk het bits.

Het was alsof niets hem nog kon schelen. Toen hij nog een stap naar voren zette en ze het mes in zijn hand zag liggen, besefte ze dat ze als een kind in de val was gelopen. Ze wilde schreeuwen, maar er kwam geen geluid uit haar keel. Ze kon zelfs haar voeten niet meer verplaatsen, hoe hard ze het ook probeerde. Ze zag alleen de punt van het mes. Hij stootte het met volle kracht in haar buik. Het deed geen pijn. Ze bleef hem wezenloos aankijken. Er lag geen haat in zijn ogen, zijn gezicht vertoonde geen emotie. Hij leek zelf al dood. Dood vanbinnen.

'Je had niet zo hebberig mogen zijn.'

Hij trok het mes terug, sloeg zijn arm om haar middel en stak het opnieuw in haar slappe buik. Ze voelde het warme bloed over haar dijen lopen. Haar knieën knikten, maar ze viel niet. Hij bleef haar vasthouden.

'Alsjeblieft. Niet doen.'

Het waren haar laatste woorden voor ze bewusteloos raakte. Ze ging dood toen hij bij de derde stoot een slagader raakte en het bloed onder hoge druk uit haar lichaam begon te spuiten. Het licht ging uit, maar even later zag ze de zee, het strand en een donkerblauwe lucht boven de horizon. Er wandelden mensen over de zeedijk, mensen die ze nog kende van vroeger. Ze zag haar ouders en haar jongere broer die in een auto-ongeval was omgekomen naar haar toe komen. Ze glimlachten.

'Ik hoop dat je het mij kunt vergeven dat ik zo'n scène heb gemaakt', zei Hannelore beteuterd. 'Ik weet echt niet wat me overkomen is. Het zal wel aan de drank gelegen hebben, maar dat is geen excuus voor mijn gedrag.'

Toen de vrouwen Van In voor hoerenloper en vuile egoïst waren gaan uitschelden en de hele ruzie uit de hand dreigde te lopen, was ze weggelopen en had ze zich een tijdje op het toilet verstopt tot hij haar was komen halen. Uiteindelijk had hij haar er ook van kunnen overtuigen weer met hem mee te gaan en te doen alsof er niets gebeurd was.

'Maak je geen zorgen', suste hij. 'De overblijvenden zijn stomdronken. Ze weten allang niet meer wat er gebeurd is.'

De meeste gasten waren naar huis. Het dakterras was zo goed als leeg. Twee kelners ruimden de tafels af. Ze vulden minstens twee grote plastic zakken met etensresten. Zelfs kreeften die onaangeroerd waren gebleven, verdwenen in de vuilniszakken.

'Ik schaam me, Pieter.'

Ze kwam dicht bij hem zitten en drukte zich tegen hem aan. Hij legde zijn hand op haar buik en maakte rondjes om haar navel met zijn vinger.

'Zwangere vrouwen krijgen veel krediet, en jij bent dan nog eens mijn vrouw.'

'Je bent te lief.'

Van In stak een sigaret op terwijl hij zich afvroeg waarom een liefdesrelatie niet beantwoordde aan de wetten van de logica. Waarschijnlijk omdat het leven dan oersaai was geweest. Een beetje leven in de brouwerij kon geen kwaad. Leven. Het verklaarde alles. Je moest met zijn tweeën zijn om het te creëren en je moest met tweeën zijn om het in stand te houden. Het ging allemaal een stuk gemakkelijker als je ook nog van elkaar hield.

'Hoe gaan we haar noemen?'

'Wat bedoel je met "haar"?'

Ze stak haar hand onder zijn hemd en masseerde zachtjes de vetrolletjes op zijn heup. Ze kon amper geloven dat hij daarmee bezig was.

'Wat denk je van Nathalie?'

De kelners keken een beetje verveeld op toen ze Waardeloos met een losgeknoopte das en de panden van zijn hemd uit zijn broek het terras zagen opstormen. Gelukkig stond de rits van zijn gulp niet open.

'Commissaris Van In', schreeuwde hij. 'Er is iets vreselijks gebeurd.'

'Nathalie', herhaalde Hannelore dromerig. 'Waarom niet eigenlijk?'

'Of Lara.'

Waardeloos pakte Van In bij de arm. Hij was buiten adem en hij keek ontzet. Dierickx en de hoofdcommissaris stonden in de deuropening.

Het stoffelijk overschot van Olga Naessens lag onder een met bloed doordrenkte deken. Alleen haar voeten staken eronderuit. Een arts van het medisch urgentieteam, een gespierde kerel met halflang blond haar, trok de deken weg en deed nog een poging om de vrouw te reanimeren, hoewel zelfs een leek kon zien dat ze dood was. Voor het gebouw stopten twee politiewagens. Hoofdinspecteur Decaluwé stapte uit, zette zijn uniformpet op en wierp een blik op zijn horloge. Het was tien over vier. Het bericht dat er iemand was vermoord in de parkeergarage van het Europagebouw was zes minuten geleden binnengekomen. Hij was onmiddellijk uitgerukt en had de hoofdcommissaris gebeld, die zich tot zijn grote verbazing al op de plaats van de misdaad bevond.

'Goedemorgen, Luc.'

De hoofdcommissaris begroette hoofdinspecteur Decaluwé met een slappe handdruk. Hij zag er een beetje verwaaid uit en hij stonk naar alcohol.

'Van In is er ook al', zei hij toen ze in de lift stonden. 'We waren allebei uitgenodigd op een feestje bij Rien Waardeloos. Het slachtoffer was er ook.'

'Ik ben zo snel mogelijk gekomen', zei Decaluwé.

'Fijn', knikte de hoofdcommissaris. 'Ik reken op je, Luc. Met die Van In weet je maar nooit. Als je begrijpt wat ik bedoel.'

De bijzondere recherche van de lokale politie stelde niet veel voor. Moordzaken en andere zware criminele feiten werden steevast door de federale politie behandeld. Decaluwé had nog nooit een moordonderzoek geleid. Gelukkig keek hij vaak naar politieseries op de televisie.

'Ik heb het parket gebeld en extra manschappen gevorderd', zei hij. 'En ik heb een buurtonderzoek bevolen.'

'Op dit uur?'

Decaluwé haalde zijn schouders op.

'Waarom niet', reageerde hij verrast. 'Hoe langer je daarmee wacht, hoe vager het spoor wordt.'

De hoofdcommissaris sprak hem niet tegen. Hij vroeg zich alleen af welke mensen Decaluwé zou aanspreken. Iedereen sliep nog, verdomme.

'U hebt het lijk dus gevonden?', zei Van In.

De man die voor hem stond droeg een zwarte smoking met een vlinderdasje. De vrouw die hem vergezelde was uitgedost in een met pareltjes versierde jurk. Hij keek als een zombie voor zich uit, zij snoot voortdurend haar neus in een kletsnat papieren zakdoekje. Het was duidelijk dat ze van een of ander feest kwamen.

'Ik had haar eerst niet zien liggen', zei de man.

De waarheid was dat hij bijna over het lijk was gestruikeld, maar dat durfde hij niet te zeggen.

'Toen hebt u onmiddellijk de hulpdiensten gebeld?'

'Dat heeft mijn vrouw gedaan.'

Van In knikte. Als het paar niet van een feest was thuisgekomen, was het lijk waarschijnlijk veel langer onopgemerkt in de parkeergarage blijven liggen. Nu wist hij tenminste zeker dat Olga Naessens tussen halfdrie, het uur waarop ze voor het laatst was gezien, en vier uur was vermoord. De arme vrouw kon zelf geen woord uitbrengen. Ze stond te bibberen op haar benen. Aan de andere kant popelde ze van ongeduld om straks haar vriendinnen te bellen en hun in geuren en kleuren te vertellen wat haar overkomen was. Agenten van de lokale politie deden ondertussen een poging om het terrein af te bakenen. Van In stak een sigaret op en ging op de motorkap van een bombastische Chrysler zitten, terwijl hij zijn gedachten probeerde te ordenen.

'Misschien leveren de beelden van de bewakingscamera's iets op', zei Hannelore, die bij hem was komen zitten.

'Camera's', echode hij. 'Waarom heeft niemand daar eerder aan gedacht?'

'Omdat er maar één vrouw in het gezelschap is', lachte ze.

Het duurde een poosje voor de conciërge de telefoon opnam en nog eens vijf minuten voor hij beneden was. Ondertussen waren de mensen van de technische recherche gearriveerd. De fotograaf ging meteen aan de slag. Zijn collega's hadden meer tijd nodig om hun materiaal uit te pakken.

'Ik heb de indruk dat iemand ons in de luren probeert te leggen', zei Van In. 'Dat Olga Naessens hier en nu werd vermoord, is volgens mij geen toeval.'

Hannelore vroeg hem niet waarom hij die indruk had, ze wist uit ervaring dat hij vaak gelijk had.

'In dat geval speelt de moordenaar hoog spel', zei ze.

'Moordenaar of moordenaars. Het zou best kunnen dat ze met zijn tweeën zijn.'

'Verdenk je iemand van de aanwezigen?'

Van In herinnerde zich niet meer of Waardeloos en Dierickx nog op het terras waren terwijl zij ruzie aan het maken waren. Om dat te weten zouden ze alle aanwezigen moeten verhoren, en dan was het nog de vraag of ze ooit achter de waarheid zouden komen. Iedereen was dronken. De verklaringen zouden elkaar tegenspreken of te vaag zijn om bruikbaar te zijn.

'De hoofdcommissaris komt eraan', fluisterde ze.

'Iedereen is er blijkbaar', zuchtte Van In.

'Volgens mij zien ze het niet meer zitten.'

Dat laatste was een understatement van formaat. Zowel de hoofdcommissaris als de agenten die hem vergezelden keken bijzonder sip. Alsof ze nog een lijk had gevonden.

'We hebben net de beelden van de bewakingscamera bekeken', zei de hoofdcommissaris.

'En?'

'Ik stel voor dat jullie ze eerst ook bekijken. Wilt u me volgen, commissaris. En u ook, mevrouw de onderzoeksrechter.'

Ze liepen tussen de geparkeerde auto's naar een kantoortje waar de opnameapparatuur en de monitors stonden opgesteld. De conciërge, een kleine man met ros haar en een hoornen bril, liet geen tijd verloren gaan. Hij spoelde de band die de anderen zo-even hadden bekeken een eindje terug en drukte op start. De eerste halve minuut zagen ze alleen een lege ruimte en de betonnen helling die naar de inrijpoort leidde. Plotseling stapte een man resoluut naar binnen en liep de helling op. Toen hij halverwege even opkeek en een fractie van een seconde recht in de camera staarde, zette de conciërge de band stil. Het beeld op de monitor was een beetje wazig, maar het was best herkenbaar. De man die hen op het scherm aanstaarde, was Robert Piers.

14

De dageraad kleurde de hemel rozerood. Een vuilniswagen reed met een slakkengang langs een rij geparkeerde auto's, terwijl twee arbeiders zich haastten om het tempo bij te houden. Ze tilden de zware plastic vuilniszakken op en gooiden ze met een nonchalant gebaar in de gapende laadruimte waar ze tot een vormeloze massa werden samengeperst. De stad kwam langzaam tot leven. Hongerige meeuwen zweefden krijsend door de lucht op zoek naar voedsel, een groepje luidruchtige fuifnummers kruiste de eerste postbode. Van In stapte uit de auto, wreef zijn ogen uit en knipperde tegen het felle licht. Hij was moe, zijn neus zat dicht en zijn benen en enkels waren gezwollen. De slapeloze nacht was van zijn gezicht af te lezen. Of was het bezorgdheid omdat Hannelore zich niet lekker voelde? Hij had zich in ieder geval voorgenomen haar niet meer mee te nemen naar onnozele feestjes. In ieder geval niet in haar toestand.

'Je had vandaag ook beter thuis kunnen blijven', zei Versavel.

Hij zag er zoals gewoonlijk fris en monter uit, maar hij had dan ook de hele nacht geslapen. Van In had hem een uur geleden op de hoogte gebracht van de moord op Olga Naessens, maar in plaats van het onderzoek uit handen te geven en samen met Hannelore in bed te kruipen, had hij andere kleren aangetrokken en een kop koffie gedronken.

Daarna waren ze in de auto gestapt en naar Oostende gereden.

'Ik vertrouw die kerels niet, Guido. Vergeet niet dat Piers een van hun collega's is.'

De hoofdcommissaris had vannacht lauw gereageerd toen Van In hem gevraagd had welke actie hij tegen Piers zou ondernemen. Ik zal hem daarover in de loop van de dag interpelleren, had hij gezegd, maar daar had Van In geen genoegen mee genomen. Met videobeelden kun je alle kanten uit, wilde Versavel zeggen, maar hij zweeg. Ze sloegen de straat in waar Piers woonde. Het was er stil. De meeste bewoners sliepen nog. Bij Piers waren de rolluiken zelfs nog neergelaten.

'Ik vraag me af of hij thuis is.'

'Ik ben benieuwd, Guido.'

Na het incident met zijn dochter had Piers een paar dagen vrij genomen. Om zich te bezinnen over de gebeurtenissen en samen met haar naar een oplossing te zoeken. Een dichtslaande deur en gestommel in de gang gaven antwoord op hun vraag. Hij was thuis. De voordeur ging open.

'Goedemorgen.'

Piers was blootsvoets. Hij droeg een lichtblauwe badjas en zijn haar zat in de war. Zijn slaperige ogen verraadden dat ze hem wakker hadden gebeld. Een moordenaar slaapt meestal niet rustig, dacht Versavel.

'Mogen we binnenkomen?'

'Natuurlijk.'

Piers glimlachte verbaasd, maar hij vroeg niet wat ze hier zo vroeg bij hem thuis kwamen doen. Dat wees er volgens Van In op dat hij het al wist. De Oostendenaar was een ervaren politieman. Hij kende het klappen van de zweep.

'Ik zal er niet lang omheen draaien', zei Van In toen ze in de woonkamer kwamen en Piers hen uitnodigde om te gaan zitten. 'Olga Naessens is vannacht vermoord in de parkeergarage van het Europagebouw. Ik wil alleen weten wat jij daar toen deed.'

'Je maakt een grapje', zei Piers.

Hij draaide zijn hoofd weg en liep naar de keuken. Met licht gebogen schouders, alsof hij een last torste. Hij had zich er al bij neergelegd dat hij zijn promotie kon vergeten en wie weet ook zijn carrière, zelfs als later zou blijken dat hij onschuldig was. Het kwaad was geschied. Hij dacht aan Maya terwijl hij zichzelf vervloekte. Wat moest hij haar nu nog vertellen? Ze zou hem vierkant uitlachen en ze had nog gelijk ook. Verdacht worden van moord is iets anders dan gepakt worden met een paar grammen coke, papa. Hij hoorde het haar zeggen.

'Dan heb jij een speciale zin voor humor, vriend', zei Van In. 'We beschikken over videobeelden waaruit blijkt dat jij in de parkeergarage was.'

Piers klapte het deksel van de Senseo open en legde een pad in de houder.

'Trek in een kop koffie?'

Hij draaide zich om. Van In was hem gevolgd tot in de keuken. Waarom was hij hem zelf komen opzoeken? Hij had evengoed een arrestatieteam op hem af kunnen sturen. Wellicht was hij niet zeker van zijn zaak. De videobeelden bewezen alleen dat hij in de parkeergarage was geweest, niet dat hij Olga Naessens had vermoord.

'Is je dochter thuis?'

'Nee, commissaris', glimlachte Piers. 'Ze logeert bij een vriendin.'

'Dan bof je.'

'Inderdaad.'

Piers zette koffie, verving de gebruikte pad door een nieuwe en haalde zonder nog iets te vragen een nieuwe kop uit de kast.

'Iemand heeft me erin proberen te luizen', zei hij.
'Ach zo.'
Van In stak een sigaret op, terwijl ze wachtten tot het water warm was.
'Drinkt je collega ook koffie?'
'Ik denk het wel', zei Van In.
De rustige manier waarop Piers reageerde deed vermoeden dat hij over voldoende argumenten beschikte om zijn aanwezigheid in de parkeergarage te verklaren. Misschien was hij vanochtend dan toch beter bij Hannelore in bed gekropen in plaats van zich persoonlijk met de zaak te komen bemoeien.
'Dank je wel, collega', zei Versavel toen Piers hem even later een kopje koffie aanreikte.
Hij nam het kopje aan en ging aan de keukentafel zitten. Van In ging naast hem zitten. Hij zag er niet uit. Zijn gezicht was asgrauw en hij had zichtbaar moeite om zijn ogen open te houden. Piers was er niet beter aan toe.
'Ik stel voor dat we het kort houden', zei hij. 'Als je het mij vraagt kunnen jullie allebei nog wat extra slaap gebruiken.'
Piers knikte goedkeurend, nam een slokje koffie en vertelde kort wat hem vannacht was overkomen. Hij had even voor middernacht een anonieme tip gekregen dat Tom Vandecasteele om halfvier een drugsdealer zou ontmoeten in de parkeergarage van het Europagebouw om er een belangrijke partij coke te verhandelen.
'Dat was voor mij natuurlijk een gedroomde kans om de hufter die mijn dochter bijna in de vernieling had geholpen op heterdaad te betrappen.'
'Heb je zijn stem herkend?'
'Nee, maar hij sprak met een Oostends accent.'
'Iemand uit het milieu?'
'Dat zou best kunnen', zei Piers. 'De meeste dealers wisten dat ik hen met rust zou laten als ik Tom te pakken kreeg.

'Waarom heb je er de collega's niet bij betrokken?' vroeg Van In, die moeite had om het verhaal te geloven.

Versavel haalde zijn schouders op.

'Wat had jij in zijn plaats gedaan? Iedere vader zou die klus zelf geklaard hebben.'

'Dat kan best, maar het verhaal houdt geen steek. Voor zover ik weet heeft Olga Naessens niets te maken met drugs. En waarom zou iemand de schuld voor de moord in zijn schoenen willen schuiven? Hij kent haar zelfs niet.'

Piers slaakte een diepe zucht. Het was een kwestie van tijd voor de technische recherche de waarheid zou achterhalen. Hij had bij het lijk neergeknield en het aangeraakt. Zoiets liet sporen achter.

'Ze was al dood toen ik arriveerde', bekende hij met enige tegenzin.

'Je hebt haar dus gevonden.'

'Ze lag op de plek waar Tom Vandecasteele en de drugsdealer elkaar zogenaamd zouden treffen. Ik heb gecontroleerd of ze nog leefde, maar toen bleek dat ze dood was ben ik weggevlucht.'

'Je weet toch dat zoiets vroeg of laat aan het licht komt?'

'Ja, maar...'

'Als ik in jouw plaats was, zou ik zo snel mogelijk contact opnemen met een goede advocaat. Als die tenminste bestaan', voegde Versavel er onmiddellijk aan toe.

Van In bekeek zijn vriend met een ongelovige blik. Het was toch duidelijk dat Piers een onbetrouwbare corrupte politieman was die er niet voor terugdeinsde het recht in eigen hand te nemen? Niemand zou zijn verhaal geloven. Aan de andere kant had hij het nog zelden meegemaakt dat Versavel zich vergiste als hij voor iemand in de bres sprong.

'Jij gelooft hem dus?' zei hij.

'Waarom zouden we hem niet geloven?'

Versavel wist nu zeker dat hij het vertrouwen van Piers volledig had gewonnen. Hij zou als een rijpe vrucht in zijn schoot vallen. Het was nu of nooit.

'Laten we de zaak even vanuit een andere invalshoek bekijken.'

Versavel wendde zich nu alleen tot Piers, die hem met een zekere verwondering aankeek. Waarom die plotselinge wending, je zag het hem denken.

'Je hebt ons een paar dagen geleden verteld dat nogal wat Oostendenaars een niet zo hoge dunk van de familie Vandecasteele hadden als ze soms lieten voorkomen. Wat bedoelde je daar eigenlijk mee?'

'Heb ik dat gezegd?'

'Je bent er niet dieper op ingegaan, maar ik had zo de indruk dat je ons toen iets duidelijk wilde maken. Uit dankbaarheid omdat commissaris Van In je niet heeft laten vervolgen voor brandstichting.'

'Ik heb gezegd dat jullie contact moesten opnemen met de pleegmoeder van Annie Duprez.'

'Dat hebben we ondertussen gedaan', zei Versavel. 'Mevrouw Duprez kon ons echter niet te woord staan. Ze ligt in het ziekenhuis. Een hersenbloeding.'

'Dat wist ik niet', reageerde Piers bezorgd. 'Is het ernstig?'

Een hersenbloeding is altijd ernstig, zeker op die leeftijd, wilde Versavel zeggen, maar het was nu het moment niet om Piers nodeloos ongerust te maken. Dus vertelde hij een leugentje om bestwil.

'Het komt allemaal weer goed met haar. Ze kan alleen nog niet spreken. Daarom moet jij ons zeggen wie de echte moeder van Annie Duprez is.'

Hij had de situatie correct in geschat. Piers was doodop, zijn loopbaan bij de politie dreigde op de klippen te lopen en de vrouw van wie hij het meest hield na zijn dochter lag in het ziekenhuis. Hij beantwoordde de vraag zonder erbij na te denken.

'Ze heet Martha Crabeels.'

'Eindelijk', reageerde Van In zichtbaar geprikkeld. 'En de vader?'

'Dat weet ik niet.'

'Probeer ons alsjeblieft niet voor de gek te houden, Piers.'

'Ik weet het echt niet. Sommige mensen beweren dat het Steven David was. Hoewel dat helemaal niet zeker is. Martha Crabeels had destijds de naam dat ze gemakkelijk te krijgen was.'

'Steven David', herhaalde Van In.

De stoere motorrijder had een tijdje op zijn lijstje met verdachten gestaan, maar na de moord op Danny Vandecasteele had hij zijn naam van de lijst geschrapt omdat hij er van uit was gegaan dat er geen verband was tussen hem en het slachtoffer. Nu wist hij dat zo zeker niet meer.

'Anderen beweren dat Annie Duprez de dochter van Filip Vandecasteele is.'

'Dat meen je niet.'

'Dat zijn de verhalen die je in de kroeg te horen krijgt. Het enige wat ik zeker weet is dat Filip Vandecasteele sinds een jaar of twee een relatie had met Martha Crabeels.'

'Dan kan alleen zij ons verder helpen.'

'Dat denk ik ook.'

'Niets verbaast me nog', zei Van In.

'Een mens mag ook niet alle roddels geloven. Er zijn ook mensen die ervan overtuigd zijn dat Annie mijn dochter is', zei Piers verontschuldigend.

Hij wilde zijn Brugse collega's niet op het verkeerde been zetten. Oostende stond bol van de geruchten. Niemand was nog in staat een onderscheid te maken tussen leugen en waarheid. Versavel stelde hem gerust.

'Maak je geen zorgen', glimlachte hij. 'We vissen het wel uit.'

'Neemt ze niet op?' vroeg Versavel toen Van In zijn mobieltje afzette en in zijn binnenzak liet glijden.

'Nee.'

Hij had zowel Martha Crabeels als Annie Duprez proberen te bellen, maar geen van beiden nam op. Hij maakte zich ongerust over Annie, maar veel kon hij voorlopig niet ondernemen. Hetzelfde gold voor het onderzoek naar de moord op Olga Naessens. Hij had de videobanden van alle bewakingscamera's in beslag laten nemen en hij had Saskia en nog een paar medewerkers de opdracht gegeven het tijdsgebruik van Dierickx, Waardeloos en Sylvie Adriaenssen te controleren en iedereen te verhoren die gisteren op het feest aanwezig was geweest. Het zou nog een tijdje duren voor ze daarmee klaar waren. Een ander team was bezig de loft van Olga Naessens te doorzoeken, terwijl de technische recherche het telefoonverkeer van haar mobieltje in kaart probeerde te brengen. Een mens kon tegenwoordig niet meer alles zelf doen.

'Heb je honger?'

'Als een paard', zei Versavel, die gewend was om stevig te ontbijten.

Aan de overkant van de straat prijkte een schoolbord waarop in grote zwierige letters 'continental breakfast' stond geschreven. Voor twaalf euro kregen ze koffiekoeken, brood, koffie, eieren, vers fruitsap en een uitgebreid assortiment fijne vleeswaren, kaas en gerookte vis. Hij aarzelde niet en stak de straat over.

'Ik neem alleen koffie', zei Van In toen de kelner de bestelling kwam opnemen.

Versavel reageerde met een kwinkslag.

'Het is bijna niet te geloven dat je nog zo dik bent.'

'Dikke mensen hebben tenminste respect voor hun vrienden.'

'Maar ze leven minder lang.'

Versavel strekte zijn benen onder tafel en genoot van de zon op zijn gezicht. Hij en Luk deden al een paar weken zenmeditatie en dat begon stilaan vruchten af te werpen. Hij voelde zich een stuk rustiger. Hij was er zelfs bijna in geslaagd Van In te overtuigen om mee te doen, maar die had na de eerste sessie al afgehaakt toen hij erachter was gekomen dat zen niet voor zuipen, eten en neuken stond.

'Wat denk je over de hele affaire?' vroeg hij toen de kelner weg was.

Van In stak een sigaret op, terwijl hij over de vraag nadacht. Tot nu toe had het onderzoek nog weinig concrete gegevens opgeleverd. Integendeel, maar de moord op Olga Naessens had de zaak nog complexer gemaakt.

'Ik vraag me af of Piers ons de volledige waarheid heeft verteld', zei hij. 'Volgens mij weet hij meer dan hij kwijt wil.'

'Je vergeet Steven David. Hebben we zijn alibi eigenlijk wel grondig nagetrokken?'

'Hij en Filip Vandecasteele waren de beste vrienden', sputterde Van In tegen. 'Ik zou jou toch nooit vermoorden?'

'Ook niet als je me met Hannelore zou betrappen?'

'Doe niet flauw, Guido. Je weet toch dat...'

'Stel dat ik geen homo was. Of een halve?'

Van In trok een vies gezicht en maakte een afwerend gebaar. Hij had er nooit bij stilgestaan, maar het gebeurde wel vaker dat mannen uit twee ruiven aten. En dat vonden sommige vrouwen best fijn. Mannen die zogenaamd niet te krijgen waren, wonden hen op. Dat kon menig pastoor volmondig beamen.

'Stel dat je gelijk hebt, dan nog had hij geen reden om Danny Vandecasteele en Olga Naessens te vermoorden.'

'Tenzij we iets over het hoofd zien.'
'Ja. Maar wat?'
'We moeten dringend Martha Crabeels zien te bereiken.'
'Tja', zei Van In. 'Ik zal haar nog eens proberen te bellen.'

Een zomers briesje deed de gordijnen zachtjes ruisen. Annie Duprez zat een boek te lezen in de zon. Naast haar stond een halfvolle asbak en een glas pompelmoessap. Ze droeg een gestreept bikinibroekje. Het bovenstukje hing over de leuning van een krakkemikkige tuinstoel. De radio speelde een liedje van Eddy Wally. Ze had een hekel aan het liedje, maar ze was te lui om van zender te veranderen. Het leek een vredig tafereeltje, maar dat was schijn. Annie maakte zich zorgen over Tom. Hij was vannacht de deur uit geweest en pas om een uur of vijf weer thuisgekomen. Haar ogen dansten over de letters. Ze sloeg de pagina half ongelezen om. Waar had hij uitgehangen en wat had hij uitgespookt? Hoe lang zou het nog duren voor de politie erachter kwam dat ze een relatie hadden? Hadden ze eigenlijk wel een relatie? Tom was een vrije vogel die af en toe een scheve schaats reed, maar ze kon het niet over haar hart krijgen hem te laten vallen. Daarvoor hield ze te veel van hem. Ze had hem nodig, ondanks het feit dat hun begeerte zondig was. Het was papa ook niet gelukt om hen uiteen te drijven. Arme papa.

'Tiens. Daar ben je eindelijk', zei ze toen ze Tom in de deuropening zag staan.

Hij droeg een linnen broek en een open wit hemd dat om zijn ranke lenden fladderde. Op zijn bovenlip hing nog wat wit poeder, wat de gretigheid in zijn ogen verklaarde. Hij sprong fluks het trapje af.

'Waar ben je vannacht geweest?'

'Vertrouw je me niet?'

Hij kwam bij haar zitten en trok haar broekje naar beneden. Nog even geduld, dacht ze. Over een kwartiertje is het effect van de coke uitgewerkt.

'Je hebt toch geen domme dingen gedaan?'

'Ik? Domme dingen?'

Hij begon haar borsten te masseren, waardoor hij zichtbaar opgewonden raakte. Ze liet hem begaan. Anders werd hij kwaad en dan was de dag gegarandeerd om zeep.

'Kom maar', zei ze gelaten.

Het duurde gelukkig niet te lang. Hij kwam klaar voor ze tot dertig kon tellen. Ze trok haar broekje weer aan en ging weer zitten alsof er niets was gebeurd.

'Ik heb maandag een afspraak met André Dierickx', zei hij bij een kop koffie.

'Hebben jullie elkaar vannacht gezien dan?'

'Nee. Hij heeft mij gebeld. Ik mag het geld om zes uur komen ophalen.'

'En dan?'

'Dan zijn we eindelijk vrij, schat.'

'Vrij', herhaalde ze lusteloos. 'Wat is vrij?'

'Steven zal ons in veiligheid brengen.'

Hij legde zijn hand op haar borsten, maar dit keer haalde ze die weg.

'Weet je dat zeker?'

'Nee, maar hij doet het wel. Ik heb hem tienduizend euro beloofd als hij ons veilig over de grens brengt. Hij kan het geld goed gebruiken.'

'Dat lieg je. Steven doet zoiets niet voor geld. Hij is onze vriend.'

'Vrienden houden evenveel van geld als vijanden', lachte Tom uitgelaten.

De coke was duidelijk nog niet uitgewerkt, maar ze kon het niet laten hem tegen te spreken.

'Je weet best dat Steven onze vriend is. Of ben je vergeten wat hij voor ons gedaan heeft? Zonder hem zat je nu in de cel.'

'Leg mij dan eens uit hoe de flikken erachter gekomen zijn dat ik in het clubhuis ondergedoken zat? Nee. Ik vertrouw die kerel niet. Ik weet allang wat hij wil. De blauwdrukken van de machine en met jou naar bed gaan.'

Het eerste kon kloppen. Ze had zich ook afgevraagd hoe de politie Tom had weten op te sporen en het was waar dat iedereen de hand wilde leggen op de blauwdrukken, maar ze kon moeilijk geloven dat Steven haar begeerde. Of was ze naïef en had ze nooit gemerkt hoe hij haar bekeek? Tom haalde een keurig gevouwen papiertje uit zijn broekzak, maakte het open, schudde wat van het witte poeder op het gladde tafelblad en trok lijntjes. Op het balkon was er te veel wind.

'Neem ook wat', grijnsde hij. 'Ik trakteer.'

Ze had slecht geslapen. De knagende pijn in haar buik ging maar niet over. Ze hoefde maar een lijntje te snuiven om zich weer beter te voelen. Of twee lijntjes als ze nog eens uit de bol wilde gaan. Hij had toch voldoende voorraad.

'Kom', zei hij.

Er lagen vier lijntjes klaar. Waarom ook niet? Ze had de afgelopen dagen een boel tegenslagen moeten incasseren. De toekomst was onzeker en de politie zat hen op de hielen. Gelukkig had Tom een leegstaand appartement van Waardeloos kunnen versieren. Hier waren ze tenminste veilig. Ze liet zich van haar stoel glijden.

'Je bent een duivel.'

'Een duivel met een lange staart', grinnikte hij. 'Kom. Laat je maar eens lekker gaan.'

Ze stond op en boog zich voorover als in trance. Hij pakte haar vast en drukte haar billen stevig tegen zich aan.

'Eerst je broekje uittrekken, schat. Het duiveltje komt zo.'

Vlissegem is een landelijk dorpje, waarschijnlijk een van de meest pittoreske van West-Vlaanderen, waar de tijd vijftig jaar stil is blijven staan. Je vindt er nog echt brood en de slager verkoopt alleen varkensvlees van eigen kweek. De bewoners heten er nog zielen en op vrijdag schrobt iedereen er de stoep nog met heet water en bruine zeep.

Versavel parkeerde de anonieme Peugeot voor de deur van een keurig onderhouden rijtjeshuis. Van In stapte uit, gooide zijn halfopgerookte sigaret in de goot en streek met zijn hand over zijn ongeschoren kin.

'Ze is in ieder geval thuis', zei hij binnensmonds.

Van In had de vitrage zien bewegen toen ze uitstapten. Oudere vereenzaamde vrouwen brachten vaak het grootste gedeelte van de dag achter het raam door, vanwaar ze de omgeving scherp in het oog konden houden. Clara, zijn overbuurvrouw, was er zo een. Hij noemde haar 'de harpij'. Het duurde een tijdje voor Martha Crabeels de deur opendeed en ze bekeek hen met een wantrouwige blik, maar ze leek niet op de vrouw die Van In zich had voorgesteld. Haar benen waren niet omzwachteld en ze droeg geen gebloemde schort. Ze had geen blauwspoeling in haar kapsel en geen door reuma vervormde vingers zoals zijn overbuurvrouw. Martha Crabeels kon doorgaan voor een vrouw van vijfendertig. Ze droeg een spijkerbroek en een loshangende bloes over een kleurig T-shirt. Een vleugje make-up gaf haar een zekere waardigheid. Ze paste bij het dorp als een creatie van Starck in een legerkazerne.

'Wat kan ik voor u doen?'

Ze had een dwingende stem, maar dat werd ruim gecompenseerd door een zachte, onderzoekende blik.

'Ik ben commissaris Van In en dit is mijn assistent, Guido Versavel. Kunnen wij u even spreken?'

De onderzoekende blik maakte plaats voor verbazing.

'Waarom zou u mij willen spreken?' vroeg ze. 'Ik ben geen misdadiger. Ik heb niets met de politie te maken.'

Van In, die niet wist hoe te reageren, keek wanhopig naar Versavel, die hem in het verleden al menig keer uit dergelijke situaties had gered.

'Dat weet ik, mevrouw', hakkelde hij toen Versavel niets zei. 'Maar u zou ons en de mensen die u dierbaar zijn een dienst bewijzen als u ons toch binnenliet.'

Versavel liet hem met een goedkeurend knikje weten dat hij goed bezig was. De nietszeggende zin had zeer zeker haar nieuwsgierigheid gewekt. Ze hapte echter niet onmiddellijk toe. Dus deed Van In er nog een schepje bovenop.

'We hebben een goede reden om aan te nemen dat Annie Duprez in gevaar verkeert', zei hij.

Versavel zag Martha Crabeels een slikbeweging maken, maar ze liet zich niet meteen inpakken.

'Wat heb ik met Annie Duprez te maken?'

Er klonk geen emotie door in haar stem.

'Er zijn mensen die beweren dat Annie Duprez uw dochter is.'

'Welke mensen?'

'Robert Piers.'

Haar mondhoeken krulden op. Ze bekeek Van In als een schooljongen die net had moeten toegeven dat hij de handtekening van zijn vader in zijn agenda had nagebootst.

'En zo iemand gelooft u?' zei ze spottend. 'Excuseert u mij, commissaris, ik heb nog een heleboel werk te doen.'

Ze maakte aanstalten om de deur dicht te doen. Wat moest hij doen? Zijn voet ertussen steken zoals een ordinaire straatventer? Hij kon haar natuurlijk op het politiebureau ontbieden en haar daar verhoren, maar Crabeels leek niet de vrouw die zich onder druk liet zetten.

'Er is vannacht weer iemand vermoord', zei hij snel. 'Een vrouw dit keer, die op het eerste gezicht niets met de hele zaak te maken heeft. Volgens mij is er een gevaarlijke gek aan het werk. En tot nu toe beschikken we over geen enkel spoor. Iedere aanwijzing kan belangrijk zijn. Dat begrijpt u toch, mevrouw?'

Ze fronste haar voorhoofd en gaf hem weer die blik.

'Natuurlijk begrijp ik u, commissaris. Maar ik zie niet in hoe ik u kan helpen.'

'U hebt Filip Vandecasteele gekend. Met hem is het allemaal begonnen.'

'De meeste vrouwen van mijn leeftijd hebben Filip gekend', zei ze met een dromerige blik.

Filip had haar op haar zestiende zwanger gemaakt en ze had haar baby bij de geboorte moeten afstaan, maar dat had ze hem nooit kwalijk genomen. Wat doet een meisje van zestien met een kind? Haar ouders hadden een verstandige beslissing genomen. Ze had een andere jongen leren kennen met wie ze twee jaar later ook was getrouwd. De relatie was helaas kinderloos gebleven en dat was waarschijnlijk een van de redenen waarom ze op haar tweeëndertigste van hem was gescheiden. Moest ze dat verhaaltje aan hun verstand proberen te brengen?

'Maar u had nog contact met hem?'

'Dag Martha. Alles goed?'

Een gerimpeld besje met omzwachtelde benen en een blauwspoeling in haar kapsel stak haar hoofd naar buiten en begroette nu ook de twee heren die aan de voordeur stonden. Martha Crabeels reageerde onmiddellijk op de onverwachte tussenkomst van haar nieuwsgierige buurvrouw.

'We kunnen beter naar binnen gaan', zei ze met een

schuine blik naar de buurvrouw, die waarschijnlijk al de hele tijd mee had staan luisteren.

Van In knikte vriendelijk naar het besje voor hij binnenging. Het mens verdiende een grote ruiker bloemen en een doos pralines. Het interieur sprak voor zich. Martha Crabeels kon niet verbergen dat ze financieel niets te kort kwam en dat was waarschijnlijk de reden waarom ze hen eerst niet had willen binnenlaten. In de gang hingen twee schilderijen van Don Ken en er stond een levensgroot bronzen beeld van een naakte vrouw. De woonkamer was ruim en bijzonder smaakvol gemeubileerd met een bankstel van Ligne Roset en een lage kast die Van In ooit in een duur magazine had gezien. Het enige wat uit de toon viel was een gipsen kopie van een vuurtoren, die verdacht veel op die van Oostende leek.

'Het is nog lekker weer buiten', zei ze. 'Laten we in de tuin gaan zitten.'

Het tuinmeubilair zag er eveneens duur uit. De stoelen zaten voortreffelijk. En dat was toch het minste wat een mens van een dure stoel mocht verwachten. De volgende vraag – waar haalt u al dat geld vandaan? – lag daarom voor de hand. Van In formuleerde het iets diplomatieker.

'Mag ik vragen wat u beroepshalve doet, mevrouw?'

Officieel stond Martha Crabeels als werkloze geregistreerd, maar Van In wilde niet doen blijken dat hij haar toestand had laten natrekken. Een bijna onmerkbare zucht maakte duidelijk dat ze begreep wat hij bedoelde.

'Ik zou kunnen zeggen dat ik een flinke erfenis heb gekregen, maar dat zou u waarschijnlijk niet geloven. Als dienster spaar je geen fortuin bij elkaar.'

'Filip Vandecasteele?'

Het bleef even stil. Ze voelde zich in de hoek gedreven.

'Of was het Steven David?' snauwde Van In.

De vraag deed haar opveren. Ze gooide haar hoofd in haar nek en keek Van In woedend aan. Een beledigde vrouw is gevaarlijker dan een gewonde beer, dacht Versavel. Haar ogen puilden uit en ze balde haar handen tot vuisten.

'Ik ben geen hoer', schreeuwde ze schor. 'Of hebben ZE u dat ook verteld?'

Ze kwam wijdbeens voor Van In staan, strekte haar arm en wees met een uitgestrekte vinger naar de schuifdeur, die nog half openstond.

'Verlaat onmiddellijk mijn huis. Of ik bel de politie.'

Het klonk een beetje belachelijk, maar geen van beiden durfde te glimlachen. In het tegenlicht, met de zon in haar wilde haardos, zag ze eruit als een wraakengel. Van In probeerde zich te verontschuldigen, hij kreeg lik op stuk.

'Ik zeg het geen twee keer', dreigde ze.

Haar borstkas ging op en neer en ze hijgde amechtig alsof ze een marathon had gelopen. Van In had duidelijk een gevoelige snaar geraakt. Het was alleen bijzonder jammer dat hij in die omstandigheden niet verder op haar kon blijven inpraten. Ze hadden geen andere keus dan te vertrekken. De wet op de privacy was bijzonder streng. Het parket zou het verhoor onverbiddelijk naar de prullenbak verwijzen als zou blijken dat hij haar thuis tegen haar wil had verhoord.

'In dat geval zal ik genoodzaakt zijn dit gesprek op het politiebureau voort te zetten', was het enige wat hij nog kon zeggen.

'U doet maar wat u niet laten kunt', snauwde ze.

In de gang voelde Van In zijn mobieltje trillen in zijn binnenzak. Hij nam op toen ze buiten op het trottoir stonden. Het was Saskia. Het onderzoek naar het telefoonverkeer van Olga Naessens was net afgerond. De laatste oproep die ze had ontvangen, ongeveer een kwartier voor ze werd vermoord, was afkomstig van een mobieltje met het nummer van ene Martha Crabeels. Van In bedankte Saskia voor de informatie en stak zijn mobieltje weer in zijn binnenzak.

'Groot nieuws?' vroeg Versavel.

'Ik denk het wel.'

Hij liep naar de voordeur, drukte drie keer na elkaar op de bel en riep zo hard hij kon: 'Mevrouw Crabeels. Politie. Openmaken. U staat onder arrest!'

15

'Ik ken dat mens niet. Bovendien is mijn mobieltje al een tijdje spoorloos', zuchtte Martha Crabeels moedeloos, toen Van In haar voor de zoveelste keer vroeg waarom ze gisteren Olga Naessens had gebeld. 'En ik ben nog nooit in het Europagebouw geweest.'

De arrestatie van Martha Crabeels was allesbehalve vlekkeloos verlopen. Ze had eerst fel weerstand geboden en daarna de hele buurt bij elkaar geschreeuwd toen ze haar nogal hardhandig in de wagen hadden geduwd. Tijdens de rit van Oostende naar Brugge had ze zich evenmin onbetuigd gelaten. Van In, die de hele tijd naast haar had gezeten, kon ervan meespreken. Zijn romp zag bont en blauw. Gelukkig was Versavel erin geslaagd haar te kalmeren. Hij had gezegd dat ze vandaag nog naar huis mocht als ze aan het onderzoek meewerkte, maar die belofte had tot nu toe nog niet veel opgeleverd. Op iedere vraag kregen ze een nietszeggend antwoord. Van In kreeg het steeds moeilijker om rustig te blijven.

'U verwacht toch niet dat ik u geloof?'

Hij klonk erg geprikkeld. Het telefoontje naar Olga Naessens net voor ze vermoord werd, maakte van Martha Crabeels verdachte nummer één. Maar die verdachtmaking hield geen steek zolang ze niet konden aantonen dat er tussen beide vrouwen een verband bestond. Wie weet klopte haar verhaal wel. Mobieltjes stonden hoog gerangschikt in de top tien van verloren voorwerpen, ergens tussen de paraplu's en de leesbrillen. Het was best mogelijk dat Martha Crabeels haar toestel was kwijtgeraakt, zoals ze bleef beweren. Van In had alleen moeite met het feit dat ze zich niet meer kon herinneren waar en wanneer dat gebeurd was. Tegenwoordig misten de mensen hun mobieltje eerder dan hun partner.

'Ik kan aannemen dat uw mobieltje zoek is, maar u maakt mij niet wijs dat u niet meer weet wanneer u er voor het laatst mee hebt gebeld.'

'Dat hebt u al gevraagd.'

'Dan vraag ik het nog een keer.'

Ze sloeg haar benen over elkaar en bracht haar hand naar haar kin, terwijl ze zich afvroeg wat er zou gebeuren als ze de waarheid vertelde. Annie zou het haar in ieder geval nooit vergeven. En Annie was haar meer waard dan al de rest.

'Ik kan het me niet meer exact herinneren', zei ze verbeten.

'Doe dan een gok.'

Ze moest iets zien te verzinnen, anders zouden de flikken haar nooit laten gaan. Liefst iets geloofwaardigs. Maar wat? Ze probeerde tijd te winnen.

'Mag ik een sigaret?'

Van In haalde zijn schouders op en schoof zijn pakje en zijn aansteker door. Het verhoor duurde nu al ruim een uur. Als Martha Crabeels bij haar verklaring bleef, zou hij zich daarbij moeten neerleggen. Het was wellicht beter het onderwerp even te laten rusten en het gesprek over een andere boeg te gooien.

'U weet het dus echt niet meer?'

'Nee', zei ze resoluut.

Gun uw tegenstander een kleine overwinning. Het maakt

hem zwakker. Van In herinnerde zich niet meer waar hij het aforisme gelezen had en wie het bedacht had, maar het klonk in ieder geval aannemelijk.

'Laten we het dan over iets anders hebben', zei hij.

'Ik wil naar huis.'

'Wie wil dat niet?'

Van In wierp een blik op zijn horloge. Het was tien over twee. Hij kon mevrouw Crabeels maximaal vierentwintig uur vasthouden. Daarna besliste de onderzoeksrechter of ze aangehouden bleef. De kans was echter zeer groot dat hij haar zou laten gaan. Geen enkele onderzoeksrechter liet een verdachte opsluiten omdat hij zich niet meer kon herinneren wanneer hij voor het laatst met zijn mobieltje had gebeld. De meeste onderzoeksrechters wisten het waarschijnlijk zelf niet meer. Toch was hij ervan overtuigd dat Martha Crabeels meer wist dan ze tot nu toe had losgelaten. Hij zou zich in zijn beroepseer gekrenkt voelen als hij haar zomaar moest laten gaan.

'We hebben ons gesprek van daarstraks bij u thuis niet kunnen afmaken.'

Hij probeerde te glimlachen, maar zijn poging om bij haar in de gunst te komen haalde niets uit.

'Ik heb niets meer te vertellen', zei ze stug.

Martha Crabeels was kwaad geworden toen hij gesuggereerd had dat Annie de dochter van Steven David was. Dat kon twee dingen betekenen. Ze was boos geworden omdat hij het bij het rechte eind had of het was toch waar dat Filip Vandecasteele de vader van Annie was. Het zou in ieder geval verklaren waarom hij na al die jaren was teruggekomen.

'Nu weet ik het weer', riep ze plotseling enthousiast. 'Ik ben gisteren gaan winkelen in Brugge. Daarna heb ik een kop koffie gedronken op een terrasje op de Markt. Mijn handtas lag op de stoel naast me. Ik had de klep open laten staan. Waarschijnlijk heeft iemand mijn mobieltje gepikt toen ik naar het toilet was.'

'Dat ik daar nu pas aan denk', voegde ze er met een verwonderde glimlach aan toe.

Ik ken niet veel vrouwen die hun handtas laten liggen als ze naar het toilet gaan, wilde Van In zeggen, maar hij zweeg. De poging om de aandacht af te leiden was te doorzichtig. Het was een bewijs dat hij op het juiste spoor zat en dat het tijd was om toe te slaan. Sommige vrouwen mochten feeksen zijn, moeders bleven altijd kwetsbaar.

'Wat is er eigenlijk met het kind gebeurd, mevrouw Crabeels?'

De manier waarop hij de vraag stelde, sneed als een mes door haar lijf. Hij leek te suggereren dat ze het kind had laten verdwijnen. Het was bovendien niet *het* kind, maar *haar* kind. Ze rechtte haar rug. Haar ogen schoten vuur.

'Ik dacht dat u wilde weten wat er met mijn mobieltje gebeurd was?' schoot ze nijdig uit.

'Dat ook', zuchtte Van In. 'Maar laten we eerst nog even over uw dochter praten.'

Dochter. Het klonk al een stuk menselijker. De emotie slingerde haar terug in de tijd. Ze zag zichzelf op de verlostafel liggen. Met wijd gespreide benen en angst in haar ogen. Ze voelde de neerbuigende blik van de gynaecoloog door haar bolle buik priemen. Ze hoorde het geklingel van kille instrumenten. Maar ze zou nooit meer vergeten hoe een warme baby aanvoelde. Ze had vijf minuten gekregen om afscheid te nemen.

'Ik heb haar moeten afstaan. Wat moest ik anders doen? Ik was amper zeventien toen ze geboren werd.'

Ze barstte in tranen uit. Haar bovenlichaam schokte op en neer. Van In kwam bij haar staan en legde zijn arm om haar schouder. Hij dacht aan Hannelore die straks weer moeder zou worden, terwijl hij zich probeerde voor te stellen door welke hel Martha Crabeels was gegaan.

'En Filip Vandecasteele heeft haar teruggevonden?'

Het gesnik hield even op. Ze richtte haar hoofd op en keek hem met halfopen mond aan. De blik in haar ogen sprak voor zich. Van In knikte.

'Hij is dus haar vader?'

Er kwam geen antwoord. Dat hoefde ook niet. Van In wist dat hij gelijk had. Het maakte de zaak echter niet gemakkelijker. Integendeel. Als Annie Duprez de dochter was van Filip Vandecasteele, was Tom haar halfbroer. Zoiets kon voor een boel problemen zorgen, want zelfs in de eenentwintigste eeuw bleef incest een groot taboe.

'We proberen Annie al een tijdje te bereiken, maar ze geeft niet thuis. Weet u soms waar we haar kunnen bereiken?'

Martha Crabeels schudde haar hoofd en begon opnieuw te huilen.

'Ik heb haar sinds gisteren niet meer gehoord', snotterde ze.

Van In stak een sigaret op, inhaleerde diep en schonk zich een kop koffie in. Een huilende vrouw maakte een man week. Ze mocht niet de indruk krijgen dat hij medelijden met haar had. Dus duwde hij het mes nog dieper in de wond.

'We beschikken over aanwijzingen dat uw dochter gevaar loopt', zei hij met een doodgraversgezicht.

'Welke aanwijzingen? Heeft het iets met Tom te maken?'

Ze probeerde rustig te blijven. Tom mocht een onbetrouwbaar, verwend rijkeluiszoontje zijn, ze kon zich niet voorstellen dat hij haar ooit een haar zou krenken.

'Ik wil het weten, commissaris', zei ze resoluut.

'Ik kan daar helaas niets over zeggen, mevrouw.'

Ze keek hem recht in de ogen. De flik blufte. Hoeveel wist hij eigenlijk? Niets concreets in ieder geval. Hij probeerde haar alleen bang te maken. Annie kon best haar mannetje staan. Bovendien liep ze geen gevaar zolang Tom niet wist waar de blauwdrukken van de machine zich bevonden, want daar draaide het uiteindelijk allemaal om. Ze toonde zich sterk.

'Annie is een verstandige meid', zei ze gespeeld zelfverzekerd. 'Ze komt wel boven water.'

'Laten we dat maar hopen', zei Van In met opgetrokken wenkbrauwen.

Hij besefte dat zijn poging om haar te destabiliseren niet gelukt was. Ze was sterker dan hij had gedacht. Het had niet veel zin haar nog langer vast te houden. De ervaring had geleerd dat zoiets toch niets opleverde. Gelukkig had hij met die mogelijkheid rekening gehouden en de nodige voorzorgsmaatregelen getroffen.

'Ik kan u niet dwingen om een verklaring af te leggen, maar ik raad u aan in Oostende te blijven tot het onderzoek afgerond is.'

'Bedoelt u daarmee dat ik naar huis mag?'

'Voorlopig wel. Zal ik een taxi bellen of neemt u de trein?'

Ze griste het pakje sigaretten van de tafel en stak er gulzig eentje op.

'Ik red me wel.'

Toen ze de deur achter zich dichttrok, belde Van In het schaduwteam dat hij een uur geleden had besteld.

'Ze komt er aan', zei hij. 'En doe me een genoegen, verlies haar alsjeblieft geen seconde uit het oog.'

Martha Crabeels ging te voet van het politiebureau naar het station. Ze kocht een kaartje en belde daarna iemand vanuit een openbare telefooncel. Een agent in burger nam discreet een paar foto's, terwijl een andere bij de loketbediende naar haar bestemming informeerde. Toen de trein aan het perron stond, stapten ze allebei in en kozen een plek in het rijtuig vanwaar ze haar in het oog konden houden.

'Ze heeft de trein naar Oostende genomen', zei Versavel. 'En ze heeft iemand gebeld vanuit een openbare telefooncel.'

Hij las het bericht af van de display op zijn mobieltje en bevestigde de ontvangst ervan met 'oké'.

'Ik ben benieuwd of ze onmiddellijk naar huis zal gaan', zei Van In.

'Dat zou de kerels van het schaduwteam goed uitkomen.'

Versavel, die vroeger ettelijke keren verdachten had geschaduwd, wist uit ervaring hoe moeilijk het was iemand in het oog te houden die voortdurend in beweging was. Aan de andere kant leverde iemand die thuis bleef zitten niet veel informatie op.

'Is er nog nieuws van de technische recherche?'

'Momentje', zei Versavel. 'Ik roep Saskia er even bij.'

Saskia droeg een fleurig jurkje, dat haar ranke figuur pittig accentueerde, en modieuze pumps. Van In moest even aan Carine Neels denken toen ze binnenkwam. Hannelore was haar twee weken geleden nog thuis gaan bezoeken. Het ging niet goed met haar. De kanker had weer de kop opgestoken en de dokters vreesden dat ze het dit keer niet zou halen. Van In probeerde de sombere gedachte te verdringen, maar het lukte niet. Hij zag haar in een flits weer voor hem staan.

'Zeg het maar, Carine.'

Ze keek hem met grote ogen aan. Als ze bepaalde collega's mocht geloven, hadden Carine en Van In ooit een verhouding gehad. De manier waarop hij haar nu aanstaarde, leek hen gelijk te geven.

'Dierickx en Waardeloos beweren dat ze de verdieping niet hebben verlaten, maar we hebben niemand gevonden die hun verklaring kan bevestigen', zei ze.

'Ik had het niet anders verwacht', gromde Van In.

Er waren minstens tweehonderd genodigden op het feest aanwezig geweest, van wie de meesten flink gedronken hadden. Zelfs als iemand gemerkt had dat Dierickx of Waardeloos even weg was geweest, had hun getuigenis niet veel waarde gehad, maar ze mochten geen enkele mogelijkheid uitsluiten, dus vroeg hij ook of Sylvie Adriaenssen de hele tijd aanwezig was geweest. Het antwoord was hetzelfde.

'Eén ding kan misschien belangrijk zijn', zei Saskia met enige trots. 'Er is een manier om de parkeergarage ongemerkt binnen te komen.'

De conciërge had de speurders binnengeloodst via een dienstingang, waar geen camera's waren geïnstalleerd, en onderzoek had uitgewezen dat de plek waar het lijk van Olga Naessens was gevonden buiten het bereik van de andere camera's lag.

'Zijn veel mensen van die route op de hoogte?'

'Dat weet hij niet, maar laten we aannemen dat hij niet de enige is', zei Saskia met een ernstig gezicht.

'Piers wist het in ieder geval niet.'

'Dat lijkt me logisch', zei Saskia. 'Volgens mij zijn alleen bewoners van het gebouw op de hoogte van de sluipweg.'

'Of mensen die er regelmatig te gast waren en liever niet gezien wilden worden.'

'Olga Naessens?'

'Onder anderen.'

'Omdat ze een affaire met Waardeloos had?'

'Hij ging in ieder geval bij haar op bezoek.'

'Ze was ook bevriend met Tom Vandecasteele.'

'Wat moeten we daar allemaal van denken?'

Van In stak een sigaret op, terwijl hij zich voor de zoveelste keer afvroeg waarom Olga Naessens uitgerekend in de parkeergarage van het Europagebouw was vermoord op een moment dat hij er ook aanwezig was. En waarom had de dader de schuld op een nogal onhandige manier in de schoenen van Piers proberen te schuiven? En dan was er nog de moord op Danny Vandecasteele. Volgens Zlotkrychbrto was de kans bijzonder klein dat iemand een nachtje in een diepvriescel overleefde, zeker als die iemand aan een ernstige hartkwaal leed, maar het was zeker niet de efficiëntste manier om iemand om zeep te brengen. Het waren allemaal tekens dat ze met een amateur te maken hadden, waardoor de zaak nog gecompliceerder werd. Amateurs waren immers onvoorspelbaar. Ze improviseerden vaak en gingen lukraak te werk. Tom Vandecasteele beantwoordde perfect aan dat beeld. Hij was wispelturig en onervaren en hij gebruikte drugs.

'Wat doen we nu?' vroeg Versavel.

'Afwachten, Guido. Ik ben ervan overtuigd dat Martha Crabeels op een af andere manier contact zal opnemen met haar dochter. Als we haar vinden, vinden we Tom Vandecasteele. Ik ga ondertussen een Duveltje drinken.'

'Er is toch niets mis?' vroeg Tom Vandecasteele.

Annie legde haar mobieltje op het bijzettafeltje en stak een sigaret op. Tijdens het telefoongesprek had hij haar gezicht zien verstrakken, maar hij had niet kunnen opmaken waarover ze hadden gesproken, omdat zij bijna uitsluitend ja en nee had gezegd. Hij wist alleen dat ze met haar moeder had gesproken omdat ze 'dag mama' had gezegd toen ze opnam.

'Het was mama', zei ze dromerig.

'Dat heb ik gehoord', reageerde hij zenuwachtig. 'Wat heeft ze gezegd?'

'De politie heeft haar opgepakt.'

Tom schoot als een schicht overeind en pakte haar nogal ruw bij haar schouder.

'Zeg dat het niet waar is', schreeuwde hij.

'Je doet me pijn, Tom.'

Ze pakte zijn hand en trok zich los. Ze kon niet verbergen dat het gesprek met haar moeder haar in verwarring had gebracht.

'Sorry.'

Hij ging weer op het terras zitten en stak op zijn beurt een sigaret op, hoewel zijn hele lichaam hunkerde naar een lijntje.

'De politie wilde weten waarom mijn moeder Olga Naessens heeft gebeld kort voor ze in de parkeergarage vermoord werd. Op het moment dat jij de deur uit was.'

Ze keek hem beschuldigend aan toen hij niet reageerde.

'We weten allebei dat jij haar mobieltje hebt.'

Ze wist nu ook waarom hij het mobieltje van haar moeder had geleend en wat hij ermee had gedaan. De vreselijke waarheid drong langzaam tot haar door, maar hij liet haar niet de tijd om er lang over na te denken.

'Dat heeft je moeder toch niet aan de politie verteld?'

Zijn ogen schoten angstig heen en weer. Alles dreigde verkeerd te lopen als hij niet gauw iets ondernam. Hij tokkelde met zijn vingertoppen op de zijkant van zijn pakje sigaretten. Zijn leven was een puinhoop geworden. Waarom eigenlijk? Hij had toch zijn best gedaan? Waarom gunde niemand hem de dingen die hem toekwamen? Waar haalden ze verdomme het recht vandaan om hem opzij te schuiven?

'Maak je geen zorgen', suste ze. 'Natuurlijk heeft mama je niet verraden. Ze heeft gezegd dat haar mobieltje gestolen was.'

'Geloofden ze haar?'

'Ze hadden haar anders niet laten gaan, Tom.'

'Wat heeft ze nog meer verteld?'

'Ze vroeg hoe het met jou was.'

Hij keek haar recht in de ogen als een cobra die zich klaarmaakt om toe te slaan.

'Ik heb je alleen ja en nee horen zeggen.'

Ze beet op haar lip. Tom lette op dat soort details. Hij kon zich ongelooflijk kwaad maken als hij haar op een leugen betrapte.

'Ze vroeg letterlijk: Gaat het een beetje met Tom? En ik heb ja gezegd.'

'Ach zo.'

Hij leek genoegen te nemen met haar antwoord, maar daarmee was de kous niet af. Het gesprek had meer dan tien minuten geduurd. Hij zou eisen dat ze hem alles van naaldje tot draadje vertelde, maar dat kon ze niet. Tom mocht niet weten dat haar moeder zich ongerust maakte over haar, zeker nu ze wist wat hij met haar mobieltje had gedaan. En dat was nog niet alles.

'Ze wil dringend met je spreken, Tom.'

'Ze denkt toch niet dat ik Olga Naessens heb vermoord?'

'Wat moet ze anders denken?'

'Het interesseert me niet wat zij denkt. Ik wil alleen weten wat jij denkt.'

'Wat moet ik denken?'

'Olga probeerde ons te chanteren, schat.'

'Chanteren? Je had beloofd dat je haar nooit meer zou zien.'

Tom kwam bij haar zitten, legde zijn arm om haar schouders en schurkte zich tegen haar aan. Ze voelde de warmte van zijn lichaam door haar T-shirt. Haar hoofd duizelde en ze kreeg het benauwd.

'Ik had het je eerder moeten vertellen', zei hij zacht. 'Toen Olga in de krant las dat papa dood was en ik de enige erfgenaam, is haar fantasie op hol geslagen. Maar maak je geen zorgen. Ik heb de flikken op een dwaalspoor gezet. Zij denken dat Piers haar vermoord heeft omdat ik ervoor gezorgd heb dat hij in de parkeergarage was toen zij pas dood was.'

'Je hebt haar dus toch vermoord?' snikte ze.

'Het was geen moord, Annie, maar zelfverdediging. Vergeet niet dat ze ermee dreigde naar de politie te stappen als ik niet betaalde.'

'Hoe wist die hoer dat jij in Venetië was?'

'Zo mag je het niet bekijken, schat', fluisterde hij terwijl hij haar schouder streelde. 'Het was al meer dan een jaar uit tussen ons. De feeks heeft me gewoon verleid en ik ben er als een kind ingetuind. Ik geef toe dat het een uitschuiver was. Ik had haar niet weer mogen gaan opzoeken, maar het vlees is zwak. Vergeef het me alsjeblieft. Ik hou alleen van jou. Dat weet je toch.'

Ze durfde niets meer te zeggen. Tom, haar halfbroer op wie ze verliefd was geworden voor ze wist dat ze dezelfde vader hadden, en van wie ze eerlijk gezegd nog altijd zielsveel hield, was een moordenaar, hoewel het haar niet kon schelen dat de hoer dood was.

'Ik heb het ook een beetje voor jou gedaan, schat.'

Zijn hand brandde op haar schouder hoewel ze van binnen huiverde, maar hij leek zich van geen kwaad bewust. De mensen die haar gewaarschuwd hadden dat Tom ziek was, hadden dus toch gelijk.

'Waarom, Tom? Waarom heb je het gedaan?'

Meer kon ze niet uitbrengen. Haar wereld stortte in als in een vertraagde film. Zijn jongensachtige blik verstarde, zijn gezicht verschrompelde, zijn handen veranderden in klauwen, zijn haar werd stug, zijn huid voelde plotseling als leer aan. De jongen die ze aanbeden had, voor wie ze ieder moreel bezwaar opzij had gezet – hij was tenslotte haar halfbroer –, was een monster.

'Je bent ziek, Tom. Je moet je laten verzorgen', zei ze meewarig. 'Laat me een dokter bellen.'

Ze pakte haar mobieltje, maar hij rukte het uit haar handen nog voor ze een nummer kon intoetsen. Zijn voet schoot uit en trof haar in haar ribben. Ze schreeuwde het uit van de pijn. Het maakte hem alleen nog kwader. Hij pakte haar bij haar lange haar en sleurde haar als een ledenpop over de vloer naar de badkamer. Daar bond hij haar aan handen en voeten vast met een elektrisch snoer, dat hij stevig aanhaalde. Daarna trok hij een sok uit, maakte er een prop van en stopte die in haar mond.

'Wie niet voor me is, is tegen mij. Heb je dat begrepen, slet?'

Annie bleef verstijfd achter. Haar hoofdhuid brandde, het strak aangetrokken snoer sneed venijnig in haar polsen en haar enkels. Gelukkig liet hij de deur van de badkamer openstaan zodat ze kon zien wat er gebeurde. Tom snoof een paar lijntjes en verdween daarna op het balkon.

Martha Crabeels mocht dan niet gestudeerd hebben, ze was niet achterlijk. Toen een van de mannen die met haar in de trein waren gestapt, haar bleef achternalopen in de Kapellestraat, begreep ze waarom commissaris Van In haar zo gemakkelijk had laten gaan. Ze hield even halt voor de etalage van een lingeriezaak en wachtte tot haar schaduw niets anders kon doen dan haar voorbijlopen. Hij werd een paar seconden later afgelost door een andere kerel. Ze wist nu zeker dat ze met twee waren. In politiefilms waren ze altijd met twee. Ondanks de ernst van de situatie kon ze een glimlach niet onderdrukken. Ze stapte een tearoom binnen en bestelde koffie. Haar tweede schaduw volgde een halve minuut later. Hij ging aan een tafel bij het raam zitten. Martha Crabeels draaide haar rug naar hem toe. Ze wilde er zo snel mogelijk achter komen waarom Annie niet had willen zeggen waar ze zich schuilhielden, maar ze moest eerst een manier zien te vinden om de schaduwen van zich af te schudden voor ze haar opnieuw kon bellen. Als de Brugse flikken even dom waren als die van Oostende, zou dat niet zo moeilijk zijn.

'Ze zijn haar kwijt', zei Versavel met zijn hand op het mondstuk van de telefoon.

'Dat meen je niet.'

'Zal ik een van onze helden doorgeven?'

Hij reikte hem zijn mobieltje aan, maar Van In maakte een afwerend gebaar. Eigenlijk kon hij het hen niet kwalijk nemen dat ze Martha Crabeels kwijt waren geraakt. Een degelijke schaduwoperatie voorbereiden kostte tijd en meer mankracht dan hij kon inzetten. Hij had alleen niet verwacht dat ze het zo snel door zou hebben.

'A la guerre comme à la guerre', zuchtte hij. 'Hoe heeft ze het voor elkaar gekregen?'

'Met een klassieke truc. Ze heeft gewoon een taxi genomen.'

'Tja', zei Van In. 'Op die manier weten we in ieder geval dat ze iets in haar schild voert.'

Uit het gesprek met Martha Crabeels was duidelijk gebleken dat ze Tom en haar dochter probeerde te beschermen. Zo zijn moeders nu eenmaal. Het lag voor de hand dat ze hen eerst wilde opzoeken en ongestoord met hen wilde praten voor ze iets anders durfde te ondernemen.

'Ik bel ondertussen het taxibedrijf', zei Versavel.

Van In knikte niet erg enthousiast. Martha Crabeels was een pientere vrouw. Hij kon moeilijk geloven dat ze zich met de taxi naar de schuilplaats van haar dochter had laten brengen. Maar het kon natuurlijk geen kwaad dat Versavel natrok waar ze was uitgestapt.

'Ja, doe dat maar, Guido.'

Hij stak een sigaret op en kneep zijn ogen halfdicht. Sherlock Holmes greep naar geestverruimende middelen als hij wilde nadenken, Van In nam genoegen met een dosis nicotine. Tegenwoordig maakten speurders steeds vaker gebruik van forensische technieken om de schuld van een verdachte te bewijzen. En dat was goed omdat zulke technieken onomstotelijk bewijsmateriaal konden opleveren waartegen zelfs de meest gehaaide advocaten geen verhaal hadden, maar geen enkele techniek zou ooit het analytisch denken verdringen. Dat was sinds Sherlock Holmes niet veranderd. Van In had geen kaas gegeten van de moderne wetenschap, hij kon alleen een beroep doen op zijn grijze hersencellen en die hadden in het verleden al menig keer hun deugdelijkheid bewezen. Eigenlijk was de zaak heel eenvoudig. Er waren drie mensen vermoord en ze hadden een verdachte die er tot nu toe in geslaagd was in een kleine stad onvindbaar te blijven. Er was maar één conclusie: Tom Vandecasteele hield zich schuil op een plek waar je hem nooit zou verwachten, niet al te ver van de plek waar de twee laatste moorden waren gepleegd. Anders hadden ze hem allang gevonden.

'Hallo. Ben jij het, Tom?'

'Ja.'

'Is Annie daar?'

'Natuurlijk.'

'Kan ik haar even spreken?'

'Ze neemt een bad.'

Zijn stem klonk zweverig en hol. Ze voelde instinctief aan dat er iets mis was.

'Ik wacht wel even', zei ze. 'Of beter nog. Ik kom langs. Waar zitten jullie eigenlijk?'

'Dat kan ik niet zeggen over de telefoon', klonk het.

Het bleef even stil. Ze hoorde iets op de achtergrond. Toen was hij er weer.

'Annie belt je straks zelf terug.'

'Nee, ik wil haar nu spreken.'

'Laat ons toch met rust, trut.'

Zijn stem maakte haar doodsbang. Ze wist nu zeker dat het verkeerd zou aflopen als ze bleef zwijgen.

'Ik heb de blauwdrukken, Tom. Zeg me waar jullie zijn en ik kom ze brengen.'

16

Martha Crabeels stond voor een dilemma. Wat moest ze doen? Wat zou Filip in haar plaats gedaan hebben? Hij kende Tom beter dan zij. Misschien had hij hem tot rede kunnen brengen. Maar Filip was dood. Hij kon niets meer doen en hij had waarschijnlijk ook niets kunnen doen als hij nog geleefd had. Ze hadden het zien aankomen en ze hadden Annie ervoor gewaarschuwd dat het slecht met hen zou aflopen. Maar ze hadden ook moeten weten dat verliefde mensen van niemand goede raad aannamen, ook niet als ze zelf aanvoelden dat het de verkeerde kant uitging. Ze stak een sigaret op en ging op een bank in de zon zitten. Dat deed ze vroeger vaker als ze in de problemen zat. Ze moest een oplossing zien te vinden. En wel zo gauw mogelijk. De stoppen konden bij Tom ieder ogenblik doorslaan. Filip had haar destijds een pistool cadeau gedaan. Je weet maar nooit, had hij haar toegefluisterd toen ze het ding eerst niet had willen aannemen. Hij maakte zich immers voortdurend zorgen omdat ze zo afgelegen woonde. Die Filip toch. Hij maakte zich om alles zorgen. Daarom had ze het pistool uiteindelijk toch aangenomen, om hem gerust te stellen. Het was alleen de vraag of Tom haar zou geloven en of ze hem mocht vertrouwen. Als hij haar overmeesterde – wat hem niet veel moeite zou kosten – waren ze allebei verloren. Nee. Dat risico kon ze niet lopen. Daarvoor was Annie haar te dierbaar. Ze gooide haar halfopgerookte sigaret in het gras, haalde het mobieltje dat ze net had gekocht uit haar handtas en belde Van In.

'Hallo, met Van In.'

'U spreekt met Martha Crabeels, de moeder van...'

'Annie Duprez.'

'Dat klopt.'

Van In zette het luidsprekertje aan en gaf Versavel een teken dat hij mee moest luisteren. Hij wilde dat hij de angst in haar stem hoorde.

'Wat kan ik voor u doen, mevrouw Crabeels?'

'Ik wil u dringend spreken, commissaris. Het gaat over Annie en Tom. Ik heb hem een kwartier geleden gebeld en ik maak me ongerust.'

'Weet u waar ze zijn?'

Martha liet voorlopig niet in haar kaarten kijken, dus zei ze: 'Nee, dat weet ik niet.'

'Waar bent u nu?'

'In het park.'

'Oké', zei Van In. 'Dan spreken we af bij het station. We zijn er over een kwartier.'

Versavel fronste zijn voorhoofd.

'Ik ben geen formule 1-coureur.'

'Niet klagen, Guido. Formule 1-coureurs beschikken niet over zwaailichten en sirenes. Wij wel.'

Maar ze hebben wel snellere wagens, wilde Versavel zeggen. Hij kreeg de tijd niet om te repliceren. Van In was al weg. Hij had zelfs moeite om hem bij te benen.

Bijna alle Vlaamse burgemeesters hadden de voorbije jaren ernstige inspanningen geleverd om hun stad op te fleuren en aantrekkelijk te maken. Zelfs de NMBS, niet direct het vooruitstrevendste bedrijf, deed tegenwoordig zijn best om de stations weer toonbaar te maken. Dat van Oostende was als een van de eerste aan de beurt gekomen. Het schitterde nu weer in zijn oude glorie. Van In had met Martha Crabeels in het fraai gerenoveerde buffet afgesproken. Ze waren vijf minuten te laat, maar dat nam Martha hen niet kwalijk. Ze begroette de flikken met een schuchtere glimlach en een klamme handdruk, terwijl ze zich afvroeg of ze wel de juiste beslissing had genomen.

'Ik denk dat Annie in gevaar verkeert.'

'Waarom denkt u dat?'

'Ik heb Tom gebeld', zei ze. 'Toen ik vroeg of ze aan de lijn kon komen, zei hij dat ze in bad zat.'

'En?'

'Annie neemt nooit een bad.'

'Tja', zei Van In.

Moeders maakten zich gauw zorgen om hun kinderen. Het aantal aangiften van onrustwekkende verdwijningen was na de excessen van Dutroux enorm gestegen en daar kon hij in komen, maar vrezen dat je dochter in gevaar verkeerde omdat ze een bad nam in plaats van een douche, vond hij toch een beetje te ver gaan. Het was voor hem eerder een opluchting dat Annie en Tom samen waren. Het was bijna een bewijs dat hij niet van plan was om haar te vermoorden, zoals hij eerst had gevreesd.

'Ik dacht wel dat u me niet zou geloven.'

Martha Crabeels beschikte over een gezonde dosis mensenkennis. Ze zag duidelijk aan zijn gezicht dat hij haar niet geloofde, hoewel hij zijn best deed om het te verbergen. Dus gaf ze haar geheim prijs.

'Ik zal er geen doekjes meer om winden, commissaris', zei ze toen hij amper reageerde. 'Ik ben mijn mobieltje niet kwijtgeraakt. Tom heeft het van me geleend. Hij heeft die hoer gebeld en het zou me niet verbazen als hij haar ook heeft vermoord.'

‘Waarom hebt u ons dat niet vroeger verteld?’

Het was een stomme vraag. Martha had haar dochter willen beschermen en de zaak zelf oplossen. Hij excuseerde zich.

‘Laat me de vraag anders formuleren, mevrouw Crabeels. Wat doet uw dochter bij Tom?’

Het was duidelijk dat die vraag haar van streek bracht. Ze haalde zenuwachtig haar vingers door haar kortgeknipte haar en sloeg haar ogen neer.

‘Ik zal alles opbiechten’, zei ze.

Ze bleef meer dan een kwartier onafgebroken aan het woord. Toen ze klaar was, moest Van In, die toch wel heel wat gewend was, even slikken.

‘Dat verandert natuurlijk de zaak’, zei hij droog.

‘We hebben er alles aan gedaan om hen te doen inzien dat ze verkeerd bezig waren’, zei ze.

‘Wat bedoelt u met “alles”?’

‘Filip heeft eindeloos op Tom ingepraat en ik heb hetzelfde gedaan met Annie, maar zij gaven ons de schuld. Hadden jullie het maar niet met elkaar moeten doen, was hun argument. En eigenlijk kan ik hun geen ongelijk geven. Als Filip er niet achter was gekomen dat Annie onze dochter was, hadden we het nooit geweten.’

‘Misschien heeft Tom zijn vader daarom vermoord?’

Martha Crabeels kon zich niet langer beheersen. Ze barstte in tranen uit.

‘Ik wilde het eerst niet geloven’, snikte ze. ‘Ik was er vast van overtuigd dat jullie de verkeerde voorhadden toen ik in de krant las dat Tom verdacht werd van de moord. Net als Annie trouwens. We dachten dat Dierickx hem uit de weg had laten ruimen. Of Waardeloos, met wie Dierickx onder één hoedje speelde. Het bedrijf was immers virtueel failliet.’

‘Was Filip zich daarvan bewust?’

'Natuurlijk. Hij heeft jaren geleden al voorspeld dat de visserij op sterven na dood was, dat er dringend behoefte was aan nieuwe ideeën om de zeevisserij van de ondergang te redden. Daarom probeerde hij kweekprogramma's op te zetten en nieuwe technologieën te ontwikkelen.'

'De garnalenpelmachine', zei Van In.

'Inderdaad, commissaris.'

Ze had nu geen andere keus meer dan haar tweede geheim prijs te geven.

'Filip heeft me de blauwdrukken van de machine toevertrouwd', zei ze. 'Toen hij zich begon te realiseren dat bepaalde partijen voor niets zouden terugdeinzen om ze te bemachtigen.'

'Dierickx en Waardeloos?'

Ze knikte.

'En Tom', voegde ze er bitter aan toe. 'Het liep pas goed mis toen Filip de geldkraan dichtdraaide. En Tom erachter kwam dat zijn vader een fantastische uitvinding had gedaan, een heel lucratieve uitvinding, als ik Filip mag geloven.'

'Nu begrijp ik het', zei Van In. 'Tom wist dat de NV Hippocampus geen cent meer waard was.'

'En dat de blauwdrukken van de garnaalpelmachine een fortuin vertegenwoordigen', zei Martha Crabeels mat.

'Inderdaad', zuchtte ze. 'Daarom heb ik hem een voorstel gedaan. Maar ik wil dat jullie me helpen, voor het geval er iets mocht mislopen.'

'Dat is geen probleem, mevrouw', zei Van In, terwijl hij de stroom aan nieuwe gegevens probeerde te ordenen. 'Zegt u het maar. Maar voor we verder gaan, wil ik u nog één ding vragen. Wist Annie dat Tom in Venetië was toen zijn vader vermoord werd?'

'Ja.'

'Koesterde zij dan geen argwaan?'

'Nee. Ze was er net als Steven David en ik heilig van overtuigd dat jullie op het verkeerde spoor zaten.'

'Die was ik bijna vergeten', zei Van In.

'Wie?'

'Steven David.'

Versavel wachtte niet tot Van In hem vroeg of hij de officier met wachtdienst wilde bellen. Hij haalde zijn mobieltje uit zijn binnenzak, toetste het nummer van de meldkamer in en vroeg de dienstdoende officier of hij een patrouille op Steven David wilde afsturen.

'Je moeder is een teef, net als jij.'

Tom trok Annie overeind, maakte haar voeten los en verwijderde de prop uit haar mond. Ze kokhalsde en begon amechtig te hoesten.

'Maar ze komt straks op bezoek en ik heb moeten beloven dat alles goed met je gaat. Trek iets anders aan en maak je een beetje toonbaar. Anders gelooft ze me niet.'

'Daarvoor moet je eerst mijn handen losmaken', fluisterde ze tussen twee hoestbuien.

Hij duwde een slagersmes onder haar neus. Zijn ogen keken haar wild aan.

'Ik snij je aan reepjes als je iets probeert te ondernemen', siste hij. 'En dat ander wijf ook.'

Ze zweeg en ging met haar rug naar hem toe staan zodat hij haar kon losmaken. Haar vingers waren dood en haar armen tintelden.

'Wat bezielt je toch, Tom? Niemand wil je kwaad berokkenen. Dat weet je toch. We houden toch van elkaar.'

Hij lachte gemeen.

'Vrouwen zijn domme snollen, die alleen geneukt willen worden. Jij bent net als je moeder. Die liet zich ook door iedere vent bespringen. Maar wie ben ik om jou de les te lezen? Mijn moeder deed het ook.'

Hij maakte daarbij een obsceen gebaar. Annie had hem nog nooit in die toestand gezien. De dierlijke grijns om zijn lippen maakte haar doodsbang. Aan de andere kant had ze ook medelijden met hem. Hij leek een weerwolf, een normale jongen die na zonsondergang in een nietsontziend beest veranderde. Cocaïne maakte een mens euforisch, je werd er niet gek van. Volgens haar gebruikte hij ook andere rotzooi, spul dat zijn hersenen aantastte. De laatste zin – 'Mijn moeder deed het ook' – bleef hangen. Tom sprak zelden over zijn moeder, hij verafgoodde zijn vader.

'Als jullie braaf zijn en je moeder haar woord houdt, zal ik ook braaf zijn.'

Hij grijnsde weer terwijl ze haar polsen masseerde en zichzelf in de spiegel bekeek. Ze pakte de borstel en begon met trage bewegingen haar lange haar te borstelen, in de hoop dat hij haar even alleen zou laten, maar hij bleef in de badkamer.

'Wat heeft ze je beloofd?'

Er kwam geen antwoord. Ze voelde zijn blik op haar lichaam branden. Het zou niet lang duren voor hij haar weer besprong. Daarom talmde ze. Als ze zich nu begon om te kleden, zou hij zich helemaal niet meer kunnen beheersen.

'Je hoeft het me niet te vertellen als je het niet wilt', reageerde ze luchtig.

Haar nieuwsgierigheid was sterker dan haar afkeer. En ze dacht Tom goed genoeg te kennen om te weten dat hij moeilijk kon verdragen dat iemand geen interesse had voor wat hij te zeggen had. Ze had gelijk.

'Ze brengt me het deel waar ik recht op heb.'

Ze grabbelde in haar toilettas en haalde er haar mascara en oogpotlood uit.

'Welk deel?'

'De blauwdrukken', snauwde hij. 'Jij smerige hoer. Alsof jij niet wist dat zij ze in haar bezit had.'

Annie schrok zichtbaar. Haar oogpotlood schoot uit.

'Dat wist ik inderdaad niet', zei ze verwonderd.

Daarna lachte ze.

'En wij maar zoeken.'

Steven David had contact opgenomen met vrienden van een motorclub in de buurt van Bologna en hun gevraagd om het huis van Calzone te doorzoeken. Zonder resultaat. Daarna hadden ze de villa van papa onder handen genomen, maar ook dat had niets opgeleverd.

Ze begreep ook niet waarom haar moeder nooit had verteld dat Filip haar de blauwdrukken had toevertrouwd. Ze vertelden elkaar alles. Vreemd was dat.

'Je hebt ons in ieder geval goed te grazen genomen', zei ze schamper.

'"Ons" is wat overdreven', grijnsde hij. 'Of ben je vergeten dat Steven me verlinkt heeft en dat ik zoiets toch niet ongestraft kon laten passeren?'

Het Europagebouw was volledig omsingeld. Van In had de straten die erop uitkwamen niet laten afsluiten om Tom niet te verontrusten. Alles leek normaal en dat was de bedoeling. Ze hadden afgesproken dat hij en Versavel en nog vier mensen van het Cobra-Team met Martha Crabeels zouden meegaan tot aan het appartement waar Tom zich al die dagen verscholen had gehouden, een leegstaand appartement dat ironisch genoeg eigendom was van Rien Waardeloos. Ze zouden op de gang wachten en alleen ingrijpen als het nodig was, hoewel Van In het anders had gewild en het appartement liever door mensen van het Cobra-Team had laten bestormen, maar Martha Crabeels had zich daartegen hevig verzet. Ze wilde het eerst alleen proberen te redden.

'Nu begrijp ik hoe Tom erin geslaagd is Olga Naessens te vermoorden en ongemerkt weg te komen. Hij woonde hier, verdomme.'

'Als hij het was', corrigeerde Versavel, correct als hij was.

Van In stak een sigaret op en haalde verveeld zijn schouders op.

'Wie anders?' snoof hij.

'En waarom?'

'Het is al goed, Guido. Je hebt gelijk.'

Tijdens de voorbereiding van de operatie had Martha Crabeels nog een paar interessante dingen verteld. Namelijk dat Filip Vandecasteele haar had laten beloven met niemand over de blauwdrukken te praten. Zelfs niet met Annie, had hij gezegd. En als hem iets overkwam, moest ze wachten tot een notaris contact met haar opnam. Van In had zich een beeld proberen te vormen van de man die in Venetië was vermoord, maar hij had dat beeld moeten bijstellen telkens als er nieuwe informatie over hem opdook. Van één ding was hij overtuigd: ze wisten nog niet alles. Het leek wel of de goden begrip hadden voor zijn verzuchting. Net voor hij het sein op groen wilde zetten, ging zijn mobieltje over. Twee agenten van de Oostendse politie hadden een paar minuten geleden het levenloze lichaam van Steven David aangetroffen. Hij was doodgestoken met een mes in zijn eigen luie stoel.

'Is er iets?' vroeg Versavel.

'Ik vertel het je straks wel, Guido.'

Martha Crabeels stond te dicht bij hen in de buurt. Hij wilde het haar nu niet nog lastiger maken dan het was.

'Die goede oude Steven', lachte Tom. 'Hij had helemaal niets door. Hij reageerde zelfs niet toen hij mij met een mes zag binnenkomen.'

Ze keek hem verbijsterd aan, omdat ze gewoon niet kon geloven dat hij twee mensen in koelen bloede had vermoord. Twee mensen. Of waren het er nog meer? De verschrikkelijke waarheid trof haar met de kracht van een sloopbal.

'Je hebt papa toch niet vermoord?' schreeuwde ze schor.

Tom haalde onverschillig zijn schouders op.

'Ik dacht dat iedereen zou denken dat de oude zelfmoord had gepleegd. Het scenario was aannemelijk. Hij had suikerziekte en hij was zo goed als bankroet. Een mens zou er voor minder een eind aan maken.'

'Hoe kun je zo over je vader praten? Ben je vergeten wat hij allemaal voor jou heeft gedaan?'

Tom wierp een blik op zijn horloge.

'Als ik jou was zou ik gauw andere kleren aantrekken. Mama komt zo. En je weet toch dat je mooi moet zijn als mama komt.'

Annie protesteerde niet. Ze gehoorzaamde zwijgend. Hij liet haar gelukkig met rust terwijl ze zich omkleedde. Daarna ging ze bij het open raam zitten, waar het frisser was dan in de bedompte badkamer. Hij liet haar begaan. Ze keek naar buiten. Onder haar ging het dagelijkse leven zijn gewone gang. De auto's leken speelgoed, de mensen poppetjes. Een vliegtuig trok een wit spoor door de blauwe lucht. De wereld draaide gewoon verder en dat zou ook zo blijven als ze dood was.

'Daar is ze dan', zei Tom toen er geklopt werd.

Hij keek door het spionnetje in de voordeur voor hij opendeed. Martha Crabeels droeg een jas met schuine steekzakken en een spijkerbroek, ondanks het warme weer, en ze had een boodschappentas van Delhaize bij zich.

'Hier ben ik', zei ze met een trieste knipoog naar haar dochter.

'Dat zie ik.'

Tom ging voor haar staan. Het grote slagersmes flikkerde dreigend in zijn hand. Hij ontblootte zijn tanden en bekeek haar als een roofdier dat op het punt staat zijn prooi te verslinden.

'Waar zijn de blauwdrukken?'

Martha overhandigde hem de boodschappentas.

'Ze zitten in de vuurtoren.'

Hij perste zijn kaken op elkaar, zijn ogen vernauwden zich tot spleetjes.

'Dat had je niet moeten doen, kreng.'

Hij zette de punt van het mes op haar keel en prikte ermee in haar vlees. Martha bleef ijzig kalm. Ze keek hem recht in de ogen.

'De vuurtoren zit in de tas', zei ze toonloos. 'De vuurtoren die ik van jouw vader cadeau heb gekregen.'

In normale omstandigheden was Annie in lachen uitgebarsten, nu bezorgden de woorden van haar moeder haar koude rillingen. Het angstzweet brak haar uit. Waarom daag je hem toch uit, mama? wilde ze schreeuwen. Er gebeurde niets. Hij nam het mes weg van haar keel, zette een stap achteruit en pakte de boodschappentas. Martha had de gipsen vuurtoren met opzet in krantenpapier gewikkeld. Hij deed geen moeite om het te verwijderen. Hij gooide de vuurtoren gewoon aan stukken op de vloer.

'Filip is mijn vader niet. Mijn moeder was een hoer net als jullie. Als Filip op zee was liet ze zich neuken door haar schoonbroer.'

Zijn woorden zinderden onheilspellend na. Martha was de eerste die iets durfde te zeggen.

'Heb je hem daarom ook vermoord?'

'Ik heb hem niet vermoord. Ik heb hem gestraft zoals ik mijn echte vader heb gestraft.'

'Omdat hij zijn schoonzus neukte.'

Martha liet haar hand ongemerkt in de zak van haar jas glijden en omknelde de kolf van het pistool. Voor ze het appartement binnenging, had ze het wapen doorgeladen. Ze hoefde alleen nog de trekker over te halen.

'Dat zeg jij.'

'Ik weet wat ik zeg.'

Hij haalde een in vieren gevouwen vel papier uit zijn achterzak en gooide het op de grond.

'Lees maar wat de vader van je dochter me in Venetië heeft laten zien toen ik niet wilde zwichten voor zijn eisen. We hebben ruzie gemaakt. Ik ben eerst weggelopen en daarna teruggekeerd, zogenaamd om me met hem te verzoenen. Met een flesje rohypnol op zak. Ik heb gelukkig altijd rohypnol bij me, voor het geval ik een meisje ontmoet dat me niet meteen ziet zitten. Filip heeft nooit gemerkt dat ik het spul in zijn wijn heb gemengd.'

Martha ging door haar knieën, raapte het vel papier op en vouwde het open. Het was een kopie van een protocol van een medisch laboratorium.

'Toen mijn zogenaamde vader zeker wist dat Annie zijn dochter was, heeft hij een genetisch onderzoek laten uitvoeren. Maar je kent hem. Hij maakte van de gelegenheid gebruik om ook erfelijk materiaal van mij en Danny te laten onderzoeken. Omdat hij al lang een vermoeden had dat zijn broer het met zijn ex-vrouw had gedaan terwijl hij op zee was. Het onderzoek gaf hem gelijk. Op die manier kon hij die nietsnut van een zoon onterven en alles aan zijn echte dochter nalaten. Waarom denk je anders dat ik je verleid heb, schat? Een kunstenaar kan niet leven zonder mecenas. Mijn vader steunde mij zolang hij dacht dat ik zijn zoon was. Ik moest wel ingrijpen. Anders dreigde ik alles kwijt te raken.'

Annie begon zachtjes te snikken. Het was allemaal haar

schuld. Ze had naar haar vader moeten luisteren in plaats van hem uit te schelden. En ze had Tom nooit mogen bellen toen ze in Venetië ruzie hadden gemaakt en hij kwaad van haar was weggelopen. Ze had het noodlot zelf over zich afgeroepen.

'Niemand hoeft hier iets over te weten', zei Martha zacht. 'Voor ons zul je altijd Tom blijven. De blauwdrukken zijn van jou. Doe ermee wat je wilt. Wij zullen je geen strobreed in de weg leggen.'

Ze boog weer door haar knieën, haalde de blauwdrukken tussen de brokstukken uit en reikte ze hem aan. Het leek er even op dat hij op het voorstel zou ingaan. Hij liet het mes zakken en stak zijn hand naar haar uit om de papieren aan te nemen. Toen bedacht hij zich. Even snel als een wolk die van vorm verandert.

'Het heeft allemaal geen zin meer. Ik beland hoe dan ook in de gevangenis. Waarom zou ik jullie niet straffen?'

Hij pakte Annie ruw bij haar schouder en sloeg zijn arm om haar keel. Martha aarzelde geen ogenblik. Ze trok haar pistool en richtte het op zijn voorhoofd.

'Laat haar los.'

'Ik denk er niet aan', grijnsde hij.

De knal liet iedereen opschrikken. Van In was als eerste bij de voordeur. Hij zette zich schrap, haalde uit met zijn linkervoet en trapte. Het massieve hout gaf geen krimp.

'Help! Hij vermoordt ons.'

Hij herkende de stem van Annie. Binnen klonk gestommel en gerinkel van glas. Versavel trok hem opzij zodat de mannen van het Cobra-Team met een stormram hun werk konden doen. Het hout kraakte, maar de deur bood weerstand.

'Nee, niet doen.'

Het klonk als een wanhoopskreet. De stormram beukte voor de tweede keer op de deur in. En een derde keer.

'Nééééé!'

De langgerekte schreeuw ging door merg en been. Toen bleef het stil.

Annie stond voor het open raam. Ze was alleen in de kamer. Op de grond lagen een pistool en tussen een hoopje vertrapelde gipsen brokstukken een rol bedrukte vellen papier, die met een elastiek bijeen werden gehouden. De overgordijnen wapperden lichtjes heen en weer in een luchtige zeebries. Hij ging naast haar staan en keek door het raam naar beneden. Tom en Martha lagen twaalf verdiepingen lager op het platte dak van een bijgebouw. Robert Piers, die de hele operatie vanuit een anonieme wagen had gevolgd en onmiddellijk naar boven was gelopen, bedekte de lichamen met een deken. Gerechtigheid was eindelijk geschied, dacht hij. Hij vond het alleen jammer dat een onschuldige vrouw het met haar leven had moeten bekopen.

Annie verklaarde later dat haar moeder zich op Tom had geworpen toen hij dreigde haar de keel af te snijden. Het pistool was afgegaan in een korte schermutseling.

'Ik heb nog geprobeerd mama los te trekken, maar het was te laat. Tom sleurde haar mee door het raam. En hij lachte. Ik zal nooit vergeten dat hij lachte terwijl hij me voor de laatste keer aankeek.'

'Zal ik een ambulance voor haar bellen?' vroeg Versavel.

Annie stond nog altijd bij het raam. Haar gezicht leek uit marmer gehouwen. Haar tranen verdroogden in de wind.

'Ja, doe dat maar, Guido.'

Hij bukte zich, raapte het rolletje met de blauwdrukken op en keek door het raam over de daken van de stad. De zee geeft en de zee neemt, dacht hij bitter. Filip Vandecasteele en Martha Crabeels hadden hun dochter met een zware erfenis opgezadeld. Gelukkig zou hem dat nooit overkomen. Zijn kinderen zouden zich nooit om een erfenis hoeven te bekommeren. Hij en Hannelore bezaten niets, zelfs geen plan om de wereld te verbeteren. Hun schat groeide in haar buik.

Van PIETER ASPE
zijn bij dezelfde uitgever verschenen:

Het vierkant van de wraak
De Midasmoorden
De kinderen van Chronos
De vierde gestalte
Het Dreyse-incident
Blauw bloed
Dood tij
Zoenoffer
Vagevuur
De vijfde macht
Onder valse vlag
Pandora
13
Tango
Onvoltooid verleden
Casino
Ontmaskerd
Zonder spijt
Alibi
Rebus
Op drift
De zevende kamer

Grof wild
De Japanse tuin

Het vierkant van de wraak

Van In heeft bedenkingen bij een mysterieuze inbraak in een juwelierszaak. Er wordt niets gestolen. De inbrekers laten alleen een raadselachtige handtekening achter...

'Een klein meesterwerkje.' – Brabants Dagblad
'Een schot in de roos.' – Het Nieuwsblad

De Midasmoorden

Paniek en chaos wanneer Brugge door een reeks misdaden wordt opgeschrikt. Een geheimzinnige foto, een kneedbom... Een aartsmoeilijke opdracht voor adjunct-commissaris Van In.

'De tweede van Aspe bevestigt al het goede van het debuut.'
– Humo

De kinderen van Chronos

Een lijk wordt ontdekt in de tuin van De Love, een gerestaureerde boerderij in de omgeving van Brugge. Commissaris Van In komt erachter dat De Love destijds als lustoord fungeerde voor tal van prominente figuren.

'Een wervelende thriller die nauw aansluit bij de Belgische politieke en criminele actualiteit.' – Het Laatste Nieuws

De vierde gestalte

In een sloot bij een flatgebouw wordt het lijk gevonden van de jonge kalligrafe Trui Andries. Ze werd vergiftigd met een uiterst zeldzaam product. De moord leidt naar een zekere Venex, de incarnatie van Satan op aarde.

'Een misdaadmeesterwerk van formaat.' – P-Magazine

Het Dreyse-incident

Patrick Claes, een rijke beursmakelaar, wordt in zijn eigen huis neergeslagen. Een gewone diefstal of een kluwen van misdaden? Wat is waarheid en wat is leugen?

'...stond al in de toptien terwijl de boekhandelaars nog bezig waren het boek in de rekken te zetten.' – De Morgen

Blauw bloed

Onderzoeksrechter Hannelore Martens, de vriendin van commissaris Van In, wordt door een jeugdvriendje benaderd. Opnieuw volgt een spannend verhaal met een dramatische ontknoping.

'De vaste hoofdpersonages worden intrigerender en aantrekkelijker.' – Het Nieuwsblad

Dood tij

Een verkrachting, een moord op het strand, perikelen op het ministerie van Justitie. Deze ingrediënten zijn slechts enkele elementen van deze wervelende thriller...

'Een Aspe van een goed jaar.' – Het Laatste Nieuws
'Om in één ruk uit te lezen.' – Het Volk

Zoenoffer

Terwijl Brugge zich opmaakt voor een prestigieuze tentoonstelling, wordt Van In geconfronteerd met een bizarre afrekening in het Minnewaterpark. Er wordt ook een kunstdiefstal gepleegd. Van In komt echter op een ander spoor.

'Veel humor en fantasie, maar ook veel spanning in de nieuwe Aspe.' – De Morgen

Vagevuur

Bij een inbraak worden foto's aangetroffen van Chileense folterkamers. In de buurt van het Concertgebouw wordt een potloodventer gesignaleerd. Een manege gaat in vlammen op. De puzzel valt stukje voor stukje in elkaar.

'Zwoel, erotisch, hitsig, intrigerend. En vol dubbele bodems. Een Aspe pur sang.' – De Morgen

De vijfde macht

Tijdens een huwelijksfeest op een kasteel wordt de bruidegom vermoord. Hij is de zoon van de manager van een groot visbedrijf. Van In, die een van de genodigden was op het feest, wordt beschuldigd van verkrachting en komt in de gevangenis terecht.

'Een spitant en spannend verhaal.' – Knack

Onder valse vlag

In een villa aan de Damse Vaart heeft Wilfried Traen, directeur van een belangrijk bedrijf dat computers recycleert, zijn gezin uitgemoord en zelfmoord gepleegd. Op het terras van een penthouse in Blankenberge wordt een luxecallgirl vermoord aangetroffen.

'Wellicht de beste politieroman die hij totnogtoe publiceerde.' – De Standaard

Pandora

Een oud dossier wordt heropend. Twintig jaar geleden werden in Brugge een legerofficier, een geestelijke en een gemeenteraadslid op dezelfde manier vermoord. Bij de lijken werd telkens ook een tarotkaart gevonden. De misdaden werden nooit opgelost.

'Aspe blijft een ongelooflijk natuurtalent die zowel slapstick als ironie en kolder kan mengen met sérieux en sarcasme. ' – Knack
'Vakwerk van een tedere anarchist.' – Gazet van Antwerpen

13

In 13 hebben Hannelore Martens en Pieter Van In het plan opgevat om in het huwelijksbootje te stappen. Een rustige voorbereiding van het huwelijksfeest is hun echter niet gegund. In een Brugs hotel wordt Wim Raes vermoord aangetroffen.

'Meer dan ooit voert Aspe zijn personages op als mensen van vlees en bloed, met goede maar ook met bijzonder kleine kantjes. Pas wanneer je het boek hebt weggelegd, besef je hoezeer je aan Pieter, Hannelore en Guido gehecht bent geraakt.' – GAZET VAN ANTWERPEN

TANGO

Een vrouw meldt zich op het politiebureau. Haar vriend is spoorloos verdwenen. Op het eerste gezicht lijkt het om een gewone huiselijke twist te gaan, waarna de man met de noorderzon is vertrokken. Als duidelijk wordt dat ook de in Brugge in de hotelsector opererende maffia bij de zaak betrokken is, wordt de toestand zeer ernstig.

'*Tango* is, mede door zijn aangehouden tempo en strakke suspense, Aspes spannendste boek in jaren geworden.' – GAZET VAN ANTWERPEN

ONVOLTOOID VERLEDEN

Op een zomerse ochtend vindt de exploitant van de Oesterput, een restaurant in Blankenberge, het lijk van een jonge vrouw. Het slachtoffer en haar man zijn lid van een vereniging van neonazi's. Als twee dagen later ook de vermoedelijke minnaar van het slachtoffer wordt vermoord, komt Van In in contact met een mysterieuze groep die zich commando Mannaz noemt.

'Een stevige plot en flitsende actie.' – HET BELANG VAN LIMBURG
'Aspe bewijst met *Onvoltooid verleden* dat hij de vervoegingen van de thrillertaal uitstekend onder de knie heeft.' – GAZET VAN ANTWERPEN

Casino

Faites vos jeux. Hubert Blontrock, een notoir gokker, krijgt een decadent voorstel dat elke verbeelding tart. Een paar uur later wordt hij opgepakt wegens openbare dronkenschap. In zijn roes laat hij iets los over een roulettespel waarbij doden zullen vallen.

'*Casino* is het 16de verhaal dat Pieter Aspe uit zijn pen tovert. Die pen raakt duidelijk niet moe.' – Dag Allemaal
'Pieter Aspe zoals we hem kennen: sterk.' – Metro

Ontmaskerd

De jonge Joris Mareel zit in zijn eentje in een Blankenbergs café te kijken naar het vrolijke carnavalsgedruis rondom hem. Hij neemt niet actief deel aan het gejoel en de feestvreugde, want eigenlijk heeft hij geen vrienden. Hij droomt wel van mooie meisjes, maar hij heeft nog nooit ook maar een schijn van kans gehad bij het andere geslacht.

'Dit boek opzijleggen is moeilijk.' – Libelle
'Het was meteen het miljoenste Aspe-boek dat over de toonbank ging, een unicum voor Vlaanderen.' – Gazet van Antwerpen
'Een miljoen boeken verkopen in amper 10 jaar tijd: het is in Vlaanderen niet eerder vertoond.' – Het Laatste Nieuws

Zonder spijt

Jens Vermeire, journalist bij de linkse krant *Gazet*, maakt zich zorgen over een collega die al een paar dagen niet meer is komen opdagen. Hij stapt naar de politie. Van In dringt de flat van de vermiste journalist binnen en treft zijn levenloze lichaam aan. Hij verneemt dat de man op het punt stond ophefmakende details over de Bende van Nijvel aan het licht te brengen.

'Weer een Aspe om in één ruk uit te lezen!' – Libelle
'Pieter Aspe op zijn best.' – De Morgen

Alibi

In Brugge wordt met man en macht gewerkt aan de opnames van een nieuwe politieserie. De realiteit overtreft de fictie wanneer op het parkeerterrein bij de filmset de wagen van hoofdrolspeler Tack in vlammen opgaat. De brandweer doet een uiterst macabere ontdekking: in het uitgebrande wrak bevindt zich een verkoold lijk dat met handboeien aan het stuur werd vastgeketend. Vanaf dan verplaatst het werkterrein van Van In en Versavel zich naar de Scheldestad.

'Veel humor, degelijk speurwerk en romantisch vuurwerk tussen Pieter en Hannelore enerzijds en Guido en Luk anderzijds.'
– Gazet van Antwerpen

Rebus

Een oude man krijgt een hartinfarct in de kerk van het Brugse Begijnhof terwijl hij een non bedreigt met een pistool. Enkele dagen later treft de eigenaar van de Lucifernum, een diabolische bar in de Brugse binnenstad, een vreselijk verminkt lijk aan in de toiletten. Het spoor leidt al vlug naar een geheimzinnig genootschap dat zich de Gezellen van de Brugse Beer noemt.

'Twintig misdaadromans in twaalf jaar [...]. Je zou verwachten dat er stilaan sleet op de formule komt. Aspe is echter een vakman.' – Het Laatste Nieuws

Op drift

In het eenentwintigste avontuur van Pieter Van In, Hannelore Martens en Guido Versavel is er weer een mooie rol weggelegd voor de charmante badstad Blankenberge. Het onschuldige toeristische vertier wordt er opgeschrikt door een niets of niemand ontziende drugsbende.

'Volgens het beproefde recept geschreven policier met veel dialogen, humor, sympathieke en overtuigende hoofdpersonen.' – NDB Biblion
'Aspe is intussen uitgegroeid tot een sterk merk.' – De Morgen

De zevende kamer

Louis Vandervelde, ex-minister van Justitie en toekomstig premier, wordt vermoord aangetroffen in de buurt van de Villa Papillon, een luxebordeel in de buurt van Brugge. Van In legt meteen een verband tussen de locatie waar Vandervelde werd vermoord en de Villa. Uiteraard wordt hem deze toch voor de hand liggende conclusie niet in dank afgenomen.

'Pieter Aspe trekt in *De zevende kamer* alvast alle registers open. *De zevende kamer* is een vintage Aspe, met een Van In in uitstekende doen.' – Gazet van Antwerpen

---

Grof wild

Om hun zilveren huwelijksjubileum te vieren besluit Eva haar echtgenoot Victor te verrassen met een korte vakantie in een afgelegen chalet in de Ardennen. Wat een gezellig weekje uit zou moeten worden, ontaardt al vlug in een nachtmerrie zonder weerga.

'Een tussendoortje van Pieter Aspe.' – Het Nieuwsblad

De Japanse tuin

Hasselt. In het water van de Kom aan de Kolenkaai, vlak bij een discotheek, steekt het hoofd van het lijk van een jonge man boven het dunne ijslaagje uit. Een zestienjarige discotheekbezoekster doet de lugubere ontdekking. Op het lichaamvan het slachtoffer wordt een lidkaart van de bibliotheek gevonden, de enige verwijzing naar zijn mogelijke identiteit.

'Commissaris Van In is niet van de partij, de charmante hoofdinspecteur Lies Rutten en haar collega Rudi Nelissen worden belast met het onderzoek.' – Het Belang van Limburg